U0139891

一路跟随

陈武文集·北京追梦故事

陈　武

著

中国文史出版社

图书在版编目（CIP）数据

一路跟随／陈武著. -- 北京：中国文史出版社，2024. 1

（陈武文集. 北京追梦故事）

ISBN 978 - 7 - 5205 - 4217 - 3

Ⅰ. ①一… Ⅱ. ①陈… Ⅲ. ①中篇小说 – 小说集 – 中国 – 当代②短篇小说 – 小说集 – 中国 – 当代 Ⅳ. ①I247. 7

中国国家版本馆 CIP 数据核字（2023）第 137768 号

责任编辑：刘华夏

出版发行	中国文史出版社
社　　址	北京市海淀区西八里庄路 69 号　　邮编：100142
电　　话	010 – 81136606　81136602　81136603　81136642（发行部）
传　　真	010 – 81136655
印　　装	廊坊市海涛印刷有限公司
经　　销	全国新华书店
开　　本	880×1230　1/32
印　　张	10
字　　数	213 千字
版　　次	2024 年 1 月北京第 1 版
印　　次	2024 年 1 月第 1 次印刷
定　　价	58. 00 元

目录

CONTENTS

一路跟随 / 001

湖边的惊恐 / 023

杯子丢了以后 / 083

一个小囊肿的切除过程 / 103

恋恋的草原 / 151

郊野公园的几个小场景 / 253

一封信和另一封信 / 269

跋 / 309

一路跟随

1

高铁发车时间是上午十点，我得提前两小时出发，加上准备行李和吃早饭的时间，所以刚到六点就起床了。

我先下楼，给那只可爱而胆小的小黑猫送点猫粮和水，没想到就遇到了她，一个长发的黑衣女孩。我来时她正离开。我看到的只是她离开时的背影。在晨曦里的背影，好看，黑色的帽衫也得体，宽松破洞牛仔裤虽然有些晃荡，却衬托得她的腿很修长，两根辫子松散地编着麻花（当代时尚女青年很少编辫子了）。她正走到那几棵海棠树下，脚步迟疑，应该是在观赏海棠花吧。此时正是三月下旬，海棠开得热闹、艳丽，谁从那儿路过，都会忍不住多看一眼。

我后悔来晚几分钟，否则就能和她正面接触了。对于她来投喂的这只黑色流浪猫，我们说不定会有共同话题。这只流浪猫敏感，多疑，不太亲近人，体型不大，却很矫健，也很精明，我会叫它小黑，也会叫它小可爱。它就躲在这块草地地下车库的气窗里。这个气窗建成小屋状，四周全是灰色的百叶窗，叶片密集地横排着。这个气窗小屋，可能担负有空气循环的功能吧。气窗小屋又被几棵茂盛的白皮松包围着，看起来比较安静，像是林间的独幢别墅。我第一次见到这只流浪猫，是坐在草地边的条椅上发呆，眼前是一大片养眼的碧绿，草地上几处苗木花卉的点缀又恰到好处，堪比精心布置的公园，是可以面对着发呆的地方。我发现，在草地上，比我还呆的是一只猫，像一个肉乎乎的黑点，一动不动。我起初不以为它在干什么，当它迅猛地一个前扑，下口叼起一只大老鼠时，我暗暗钦佩它。我看到它步伐骄傲地径直向那丛白皮松走去，一头钻进了百叶窗里——原来那儿是它的家。它选这个家够牛的，简直就是它的城堡，比别墅还高出一档的城堡。不久后，一个朋友搬家，我帮他搬东西时，他丢了一些物品，其中就有一袋半猫粮。我就捡回猫粮，第一次造访它的城堡，看到百叶窗断毁的一个缺口——它进出的门，把盛了猫粮的小碗放在它门口。我不知道它会不会领情甚至反感，因为它一直自食其力，而且有肉吃。据后来观察，它还是享用我送去的猫粮了。它警惕性高，如果正在用餐，见到我去了，会一头钻进百叶窗里。我为了表示对它的友好，每次给它送餐时，都会亲切地"喵喵喵"唤它几声，亲切地叫它几声小黑，叫它几声小可爱。无论叫什么，它都没有回应，也没有出来。就算不是送猫粮时间，碰巧我想去看看它（有时对它的思念莫名其妙），老远就唤它时，它也不理我。有那么三四次，它正在城堡的屋顶上睡觉，或休息，听到我的唤声，不但不理我，反而突然蹿下来，看我一眼，慌张地回家了。它做出的慌张、胆怯状，仿佛是要告诉我，别再这样吓我好不好？于是我知道了，它可能受到过某种伤害，或者被抛弃过，对人类不会信任了，包括给它送猫粮的我。就这样眨眼过了大半年，我以为只有我一个人关注这只猫，给它送吃送喝，没想到今天又遇到了这一位，而且是一位女士，有可能是位漂亮而可爱的女士。这让我心情大好。

我看到她送来的不是传统猫粮，而是四分之一条白鱼，几乎没有动筷子。猫都是爱吃腥的，鱼当然是好东西了。在我出差前，有人给它改善伙食，让我不必担心它会饿着，让我倍感欣慰。我看着在海棠树下踟蹰着的女士，想跟随她，看看她住在哪幢楼里，或者干脆直接追上去，和她搭讪，话题就是小黑。但我还是克制住了。我不年轻了，四十多岁了。虽然一直单身，但一个四十多岁的中年油腻大叔，再玩年轻时的小把戏，不好玩了。如果以后有缘，还会照面的，毕竟，她有可能也是爱猫人士，我们又同住一个小区，都在投喂同一只猫，算是有共同语言吧。我看到她在海棠丛下，整理一下辫子，假装不经意地向我看一眼——也许她不是看我，是看小黑有没有出来吧，然后才穿过海棠树，向 36 号楼走去，进入了单元门。原来她就住在我对面的这幢楼，中间隔着这块大草坪，如果房间格局正好合适，我们有可能在窗口能看到对方。我还猜，她可能就是从她家窗口，看到我投喂小黑的情形，才也来给小黑改善伙食吧。

2

我一反常态，没有带行李箱，只背一个简易的双肩包，在八点时匆匆出门，赶往草房地铁站。我这次出差只住一天，明天晚上七点多我就乘高铁赶回来，无须太多的行李。

八点正是地铁高峰期，地铁六号线草房站又是大站，人肯定很多。没想到的是，这是一趟草房始发车（每天高峰期都会隔几趟就有一列从草房首发的地铁，以减轻高峰压力），我跟着人流上车后居然还有座位。更让我没想到的是，在我对面，是一个穿黑色帽衫、蓝色宽松破洞牛仔裤的女孩。女孩让我陡然一惊，莫非她就是早上给小黑投喂四分之一条白鱼的女士？这也太巧了。她也编着两根随意的大麻花辫，发质有几缕略有酒黄色，掺在麻花辫子里很有韵味，让松散的麻花辫多了层次感。她戴着黑色的口罩，五官露出的部位很清洁。她也出差？一定是了。在她面前，是一只抹茶绿的行李箱。她去哪里？不会是跟我赶同一趟高铁吧？不会和我参加同一个活动吧？完全有可能同行哦。她早上投喂的四分之一条白鱼，我能认出来，那正是天街南京大排档的清蒸白鱼，连鱼身上浇盖的细如头发丝的姜丝和葱丝，也只有南京大排档才这么讲究和精细，同时，把鱼分成整条、半条、四分之一条，也只有南京大排档才这么办。她喜欢吃南京大排档，和我有着相同的口味，有可能也是那一带的人。巧的是，我参加的一场关于金陵画派艺术发展脉络的研讨会，目的地正是南京。如果她也是搞这方面研究而受到邀请，完全在情理之中。有时候世界很大，有时候世界很小。我感叹着，让我们以这样的方式产生关联，不仅仅是旅程的巧合，还可能有更意外的惊喜和发展。

这次偶遇，就像一道数学题，得按步骤解，第一步错了，就满题错。从解题进程看，第一步完全正确——我们同时在金台路转地铁 14 号线，方向也是北京南站。

嚯，她果然也到北京南站。我在心里默念着。

我尾随在她身后，看到她一路寻找十四号检票口时，我确定，她也是去南京——13 号检票口上方的电子屏幕上，正标明 G7 的发车时间——第二步也正确。这是一列开往上海虹口的高铁，中途只停南京站。如果我们在同一列车厢，说明她也在南京站下车——这一步暂时还无法确定。在候车区，我看到她选择一个空位坐下了。我不能离她太近。她好像已经注意到我了，还是在地铁 14 号线转车时，她假装无意地瞟我一眼，那眼神仿佛在说，是你？因为当时在众多排队上车的人群里，我就排在她边上。我们都有在高峰期挤地铁的经验，乘最后一节或最前一节，人会相对少一点。我们现在就是最前一节。她上车后我们原本可以挤在一起，但是我感觉她已经认出了我，就不能和她挤在一起了。广为流传的一个段子是，有一身材瘦小的女孩讲，地铁太挤了，每次上车后，双脚就不连地，连下车都不用走。脚不连地还能移动，可见其拥挤程度。这种挤地铁把人都挤成肉饼子的经历，相信很多人都见怪不怪。但是如果我和她挤，她认为我别有用心怎么办？就会留下坏印象，也就有可能影响我们以后的发展。当然，也有可能留下好印象，从此交往更加顺畅。不过还是谨慎点好，不是每个女孩都喜欢挤的。

直到这时候，我还无法看清她的尊容，因为她一直戴着口罩。当然，我也戴口罩，她也无法看到我的真实面目。我看一眼时间，离检票还有半个小时，我决定去小卖部买水——我早上泡好一杯茶，出门时忘了带。此外，G7是下午一点多到达南京，正好在午饭口。高铁上的午饭我不想吃，再去稻香村买点点心，对付一下。

当我买了点心和水回来时，看到她摘下口罩在喝矿泉水。我再次陡然一惊，天啦，她太漂亮了，我无法形容她有多漂亮，只能说，她的漂亮令人眩晕。她简直就是莫妮卡·贝鲁奇的翻版，或者说是中国的莫妮卡，年龄不会小于三十岁，成熟而稳健。我感觉，她可能知道我在看她。我们相距只有四排的座位，又正好面对面，如果她想逮住我的偷看，只需要一抬眼就逮个正着。但她似乎不想逮我，似乎愿意让我这样看她。从早上一起喂猫，到草房站上地铁后我们相对而坐，到金台路站并肩候车，再到北京南站的同一个候车区域，她一定和我一样也感到世界之大无奇不有了。那么，她会不会想到和我乘同一列高铁同到南京呢？

检票了。排在队伍里徐徐向前移动的她，很出挑，如果她不戴口罩，会不会也像《西西里岛的美丽传说》里莫妮卡所扮演的角色，走到哪里都会引来路人的围观？

仿若神仙安排，我们不仅在同一节车厢，还是挨在一起的同一排座位，04车10排，我是D座，她是F座。我几天前买票时故意选D座，是因为我喜欢喝茶，要经常去加水，如果坐在靠窗座位，会麻烦别人让道。我不喜欢麻烦别人。我知道乘高铁的人心情并非都是很好，常麻烦别人让道，会引起人家的反感。坐在靠走道的位置就不一样了，进出方便，可以随时加水，随时上厕所，都不会影响别人。没想到就是这么选座，居然会这么幸运。

列车车厢在短暂的骚乱之后，归于平静。而我的心平静不下来。在我身边，一寸距离都不到的地方，坐着一个女神，不，天使，她身上有一种特别的气味，不像是香水，但肯定是香水，只是这种香水太高级，和她的美貌一样，不是重口味，却每时每刻让人眩晕、窒息。高铁发车了，复兴号在 340 公里的时速中，我感觉她伴随着行驶中的列车，压迫着我的思想和神经。我试图跟她讲话，各种借口都可以。但我不能，我觉得我不配跟她说话。我一开口，无论说什么，仿佛都会亵渎了她。如此奇异的巧合，又同住一个小区，实在又不能错过这个千载难逢的机会。就在我纠结的时候，她睡着了。我接连离开座位几次，都是为了在回来时能看到她睡着的样子。我后悔遗忘了水杯，否则我会有更多次的往返，就会有更多次地看她。如果不是戴着口罩，我怀疑我都不敢看她。看她也是对她的不敬和冒犯。就在这样的纠结中，我也犯困了，睡着了。迷迷糊糊中，我听到有人打电话，一个女生在说："……我也知道开会没意思……好呀，晚上见。"不是梦，确实是她在接听手机，只可惜前边的话我没有听到。她说"晚上见"。说明她有约会。我也有约会。我南京的朋友蔡教授约我在东郊中山门大街孝陵卫附近的一家特色菜馆吃饭，我一度还想着，要不要叫上她。现在看来，我的想法多么可笑，如此一个独自出差的美女，怎么会没人请吃饭呢？

但是，有人请她吃饭，这可是个新情况，是这次旅行中得到的最有效的信息。我心里不免多了一份心事。

3

一切情节都按照事先设定的剧本有序进行，或都是正确的解题步骤——她果真在南京南站下车。让我不能相信的是，她也是地铁一号线在新街口转二号线到西安门出站，也向东步行不到三百米，进入钟山宾馆。在钟山宾馆花园洋房的老式建筑群中的便道上，她就走在我前边十米远的地方。在她行李箱上的小轮发出不停息的声响中，我的心也突突狂跳起来，到底是我在跟踪她，还是只是形式上我在跟踪而事实上她在跟踪我？如果这种事情发生在好莱坞电影里，她是不是美国国家安全局的女特工？我的紧张是真实的，如果我们确实是参加同一个会议，我会想到这不是巧合。世界上怎么会有如此巧合？同乘一列高铁并不奇怪，同一站下车也不奇怪，连两头的地铁都重合得天衣无缝，并且来自同一个小区，目的地也是同一家宾馆，有可能吗？我觉得这是个阴谋，仿佛我就要沦陷在美人计中。要真是那样，我就太幸福了。我这些年的单身，这些年的寻寻觅觅没有白过，总像在等待什么，原来就是为了这一场邂逅。如果晚上的约会（我是吃饭），我们也是在同一个场合……我简直不敢想了。且慢，为什么不能在同一个场合？约我吃饭的蔡教授，也要参加明天的会。我们是二十多年的老朋友，当年在他的大学校园里，我们一起谈论艺术，谈论文学，谈论美学，谈论台风和哲学

（对，就是这两件不相干的事来混为一谈），谈论神秘法则，今天的奇遇，难道不是一种神秘法则？蔡教授约上她，为我们牵线搭桥，完全有可能嘛。

宾馆大厅里，我一眼就看到离门不远的那个易拉宝，正是我们会议的签到处。可能我们来太早——现在才下午两点，签到处还没有一个工作人员。

她也在那个易拉宝前停留数秒，然后就去服务台了。

我看到易拉宝上写着报到时间是下午三点半。我看向她，犹豫着要不要也跟她走时，帅气的大堂经理来问我是不是参加某某会议的，见我点头后又重复了易拉宝上的报到时间，并让我先去服务台登记住宿，等会议工作人员上班时再来签到。我觉得我还是老土了，没有她经验多，没有她灵活性强。果然，正在办理手续的她也觉得我反应迟钝，回头看我，仿佛让我过去先登记住宿再说。

我到服务台时，她已经办理得差不多了，服务台工作人员正把门卡、身份证交给她。并礼貌地问我："你也是来参加某某会议的?"

我说是，把身份证递给对方。服务员在一张表格上查对后，开始在电脑上操作。

她没有立即离开，而是把麻花辫拿到身后，继续看我，明亮的眼睛扑闪一下，声音带着笑意："这么巧……真够巧的哈……我先上去了。"

她嗓音也这么好听，烟嗓子，是一种艺术的嗓音，很遥远，又如此切近。

我跟她点头，喉咙打结地道声再见——可我真不想她离开，我们可以一起乘电梯，一起上楼嘛，一起聊聊一路上的巧合。她矜持地跟我又点了下头，算是对我所说再见的回应，向电梯厅方向走去了。

我拿着门卡找到我的房间时，还回味着她跟我说的话。她说"这么巧"，说明她关注我一路跟随了她，同时她也知道我和她参加的是同一个会。她一路沉默，到了会议报到处才跟我说话，这是个好兆头。她姓什么，叫什么？不急，等会儿拿到会议手册就知道了。也或许晚上见面时就知道了（我料定我们晚上会相聚在同一张酒桌）。至于她住在哪一层哪间房，现在关心显然操之过急。

正在我想入非非时，手机响了，蔡教授打来的，他知道我的车次，估计我已经入住宾馆了。接通后，蔡教授通知我早点过去，打一局掼蛋。我告诉他："三点半要签到。"他说："急什么？外地专家今天报到，南京人都是明天九点前报到的。你就当你是南京人，明天和我们一起签到也不迟，别啰唆，三点半都是打牌时间了，赶快过来，三缺一。"我还在犹豫，又听他继续强调道："你不来，这出戏就没法唱了。"我试探着问一句："有美女？"蔡教授提高嗓门："当然，这出戏就是为你唱的，你这家伙，野久了，该到脱单的时候了。"我不放心，继续问："南京的外地的？"蔡教授骂骂咧咧道："你想得美，南京姑娘才不爱待见你——外地的。"我立马想到高铁上同来的麻花辫了。

4

我是步行去孝陵卫的,那是南京最美的风景区。整个中山东路和中山门大街也很美。我看离蔡教授约定的时间还有半个多小时,便决定步行了。正是下午的好时光,高大的梧桐树已经鼓出了嫩芽,我要欣赏一下美丽的江南春色,才能和我此刻的好心情相匹配。我从钟山宾馆出来,左拐,向东行走。我是逆方向行走,穿过南京明故宫遗址公园,看到了明故宫里的宫墙、绿化和房舍,直到中山门。还是在刚出宾馆大门时我就想,麻花辫女孩会不会跟我一起去赴宴?我甚至还回头看了看,搜寻一下。女孩当然没有跟在我身后了。前边也没有。身侧也没有。如果有可能,她会在马路对面向孝陵卫方向走吗?完全有可能,她遵守交通规则当然没有错。我喜欢逆行,也是为了看风景,主要是看人。看形形色色的人。但这是我的秘密,不能让她知道。我之所以有她在马路对面和我相向而行这个古怪的错觉,是基于从一清早直到入住宾馆这大半天时间的所有巧合,既然之前都是一路同行,每一个步骤都像事先的约定,现在当然也可以了,何况还有蔡教授从中的巧妙安排呢。

中山门实在是老旧了,陈年的墙砖有的已经残破,砖皮剥落,一副沧桑的样子。我从城门里穿过,沿着城墙外边的小道向左拐,那里是一片绿化带,所有的植被、苗木都是绿的,一个水塘边的几棵树已经开满了白、粉白、浅红的花,热热闹闹的,池塘里的水也很清净,有几只不知名的水鸟在水里漂移、游动。有一只猫——也是黑猫，身形和我在北京所住小区的小黑如出一辙。如果不是相隔千余公里，我还以为是同一只猫。这只猫虾腰曲背，像是在狩猎——果然，在它前边数米远的地方，有一只灰色的鸟，正在觅食。这只鸟显然也发现了异常，它在警惕地观察之后，突然飞走了。我看到猫很失望，回头看我一眼。是怪我惊飞了它的猎物吗？我突然有点歉疚，觉得没有那只鸟，它可能会挨饿。同时我又庆幸鸟的逃离。这个意外的小插曲，扎着麻花辫的女孩要是在场多好啊，我们可以借题发挥讨论一下，是庆幸鸟的逃离呢，还是可惜流浪猫的食物无着？我有点遗憾没有约她同行。我不知道她的手机号码，不知道她的房间号，但我只要到服务台，就可以轻易查到。这个后悔也只是瞬间就消解了——还是在蔡教授组的局上相见更为拍案惊奇，并且有水到渠成的自然感和惊喜感。如果餐后回程，我们能一同散步，可以到这儿沿着城墙边这条美丽的便道（一边是厚重的城墙，一边是各种花卉草木）向北走，不远的地方就是著名的前湖公园。我和蔡教授来这里走过，无论是灯色中的城墙，还是五彩光影中的前湖夜景，都是美轮美奂。如果当时不是蔡教授，而是她，那该是一场多么浪漫的夜游啊，我们一边行走，一边喁喁小谈——我幻想着，仿佛身边真的是她，一起穿过前湖公园，沿着城墙继续前行，来到玄武湖畔，彻夜徜徉在玄武湖边……

我就是带着这样的畅想，过苜蓿园，到下马坊，找到了孝陵卫对面的这家特色餐馆。我比相约的时间晚二十分钟，因为我在路上被一路好风光吸引而耽误了。蔡教授和另外三位已到，除蔡教授之外，一位诗人，我见过，不太熟（南京的诗人太多），另一位女士，相貌周正，微胖，穿着无特色，四十岁左右吧。蔡教授把我介绍给他们时，狠狠夸我一通，我从前没有提过的头衔，他都没有落下，我自己都不太看重的成果他也做了详细的介绍。我猛然觉得，蔡教授要介绍我认识的美女，就是这一位。他煞费苦心把我夸成一枝花，就是让我给美女留下好印象。我虽然内心里倍感失望（不是因为美女不漂亮，也不是对她不尊重），表面还是要保持好情绪。轮到介绍美女时，蔡教授反而克制多了，只说她姓林，是某某高校的艺术副教授，精研元四家和虞山画派，更是国内黄公望研究的后起之秀。最后强调一句，林教授明天也要参会。但我想到麻花辫，不死心，多问一句："还有谁来？"蔡教授察言观色，他立即感知了我排斥的情绪，朝天上翻着白眼，怼我道："没有了。"

我预想中的麻花辫女孩在马路对面和我相向而行的错觉终究是错觉。

毫不隐瞒地说，下午的牌局和晚上的饭局，我发挥都极差。我心猿意马，犹疑不定，心里想着麻花辫女孩，觉得离开宾馆是一个错误。我一定会错过什么。如果按照正常的发展，三点半时，或三点半后，我们会在楼下大堂的签到处碰面。有了整个旅途中的铺垫，我们会愉快地相识，愉快地交换手机号码和互加微信，甚至在大堂的咖啡吧小叙一番，至少会在晚饭上畅聊。就是夜游明故宫也完全正常。可是……我还能说什么呢？好在明天还有一天的会，还有大把的机会。这个欠揍的蔡教授，我一心想把他打输，可是我和诗人的牌一直很烂，连输三局。喝酒时我也毫无状态，滴酒未沾。

5

早餐时，我没有看到麻花辫女孩。我故意慢吞吞地享用早餐，希望她能够出现在早餐现场。但是，我失望了。我把一顿早餐，从七点二十吃到八点半，也没有看到她。九点就要开会，我还没有签到，还没有拿到会议材料。我不能再等了。我在匆忙走出餐厅时，居然碰到了她。她穿一件漂亮的烟灰色风衣，急慌慌地差点和我撞上。她也被我吓着了，看是我，又把慌张变为微笑，赶忙说："来晚了。"然后就去往取餐处。我还愣在原地。我这时候显然不能再去陪她吃了。本来如果在餐厅正常遇见，凑在一张桌子上吃饭是可以的。你都吃过了，都离开餐厅了，再回来，那也太假了、太露骨了，何况我们的关系还没到陪吃饭的地步。她在取餐处看到我还在门口看她，朝我一笑，跟我挥手，那是道别或再见的意思。我只能跟她举一下手，说："会上见。"

然而，会上我并没有看到她。她有急事请假离开了吗？她昨天晚上有应酬，今天早上又那么迟才用早餐，像是有事的样子。也许呢，她压根儿就不是参加这次会议的代表，是我搞岔了，想当然了。蔡教授坐在我对面，隔着他三个人的是林教授。主持会议的南京某大学艺术院院长介绍了来宾后，很遗憾地宣布本来要参会的几个重量级专家因事没有与会，又说已经到会的青年艺术批评家某某某因有急事也临时请了假。我只听到这位某某某仿佛姓陈或程或成，院长普通话带着绍兴腔，咬字不清，但我推测，可能就是她了。我的失落是显而易见的，整个一上午的会都没听进去。下午第二场，是重点发言。我怕发言也不在状态，在差不多轮到我时，我溜走了。

我躺在宾馆的床上，给主持者发了条微信，说突然肠胃不适，我就不发言了。我不想再在宾馆待下去，提前三个多小时来到了南京南站。到了南京南站，我还幻想着，我们还会邂逅吗？还会同乘一列高铁吗？还能同一节车厢同一排座位吗？即便不能再有这样的巧合，我提前来到南京南站，也是急于回去，回到我的小区——她有可能也回北京了。那我们就在小区的草坪上相见。

<h1 style="text-align:center">6</h1>

第二天早晨，我躺在床上，想着昨天我回来时已经凌晨一点多了，便没有去看看我投喂的小黑，夜深了，不能影响它休息。再说了，按照它通常的习惯，也不会出来见我。但我想到了小黑，惦念着小黑，因为我想到麻花辫女孩投喂过它。如果她提前回来，还会投喂的。

我虽然有点疲倦，还是起床了。我带着猫粮和半瓶矿泉水，来到小区的这块大草坪。我之所以把自己穿戴好才出门，是期望能见到麻花辫女孩，不至于让她觉得我很邋遢（第一次看到她时，她的穿着多么讲究啊）。再次让我惊悚般心跳的是，她居然已经在了！我感到我脚下拌蒜，差点摔倒在草坪上。她穿着昨天早餐时我看到的那款时尚的烟灰色风衣，在白皮松下，像是在和小黑说话。小黑显然已经吃过了。她一边和小黑说话，一边慢慢蹲下来，试图要抱抱它。我知道它胆小、敏感、多疑，不会让我抱，也不会让她抱的。同样让我没想到的是，它让她抱了。她把它抱起来，抱在怀里，从白皮松下走出来，朝我开心地笑。她把眼睛笑眯成了缝，又像是在说，看看，它黏我。

这是一种什么样的感受呢？我虽然想到她有可能已经回来。但现在这样的场景，我无论如何也没有想到，就是剧本，也不带这么编的吧？就是逻辑关系环环相扣的数学题，也不是这么解的吧？就是美国安全局的特工也想不到是这样的结局吧？我努力平复着紧张，让自己平静下来，让自己享受这美好的清晨。是啊，我感叹着，昨天那种会议，那种场合，也不是见面畅聊的最佳时机，还是在草坪上偶遇更有情调，和小动物在一起更自然、更浪漫。她是故意这么安排的吗？她也太用心啦。我甜蜜地朝她"嗨"一句，带着美好的抱怨和幸福的责怪说："怪不得会议上没见到你，原来你……回来啦？他们说你有急事请假……原来是惦念着这个小可爱！"

她站立着，愣愣地看着我，品味着我的话，又像做错了什么，略显不安。几秒之后，她把松散到粗枝大叶的麻花辫从胸前拿到肩上，摘下口罩，悄声说："我想收养它。"

我再一次眩晕了。天啦，她不是她——前天和我同乘一列地铁、高铁，同到南京钟山宾馆报到的女孩不是她，声音也不对。她摘下口罩，就是让我看清她的真实面目——因为我的话让她感觉到我认错人了。我确实认错人了，她还是她，和我投喂同一只流浪猫的女孩。而高铁上是另一位。我仔细看她的麻花辫，看她的破洞牛仔裤，看她和她不一样的相貌——眼睛、额头确实是同一个人。拿下口罩，就是两个人了。应该说，她和她同样美丽。如果说高铁上的女孩是莫妮卡的翻版，她就是莫妮卡的修正版。修正版同样美若天使，不同的是，修正版的天使有来到人间的亲切感，更自然、更真实，特别是她怀抱猫咪的样子。她刚说什么啦？她要收养它？收养小黑？

"你不同意？"她说，略显紧张。

我的错愕、惊讶和难以置信，让她错认为我不同意她收养这只小可爱。我赶紧说："不不不不……"

"为啥不？你看，它认我，多乖。"她向前走一步，又走半步。她离我太近，不能再走了，"它应该有个家……我们会互相适应的……你摸摸它。"

我不敢动手，我知道小黑生性敏感、多疑，见到我就逃。我怕我一动手，它就会从她怀里逃走。或者惊吓了它，让它不敢和她亲近。但我还是谨慎地摸了摸它。我觉得它现在需要我的抚摸。它感知了我的抚摸，身体有点微微的痉挛，然后，就安静地接受了我的抚摸，还"喵"地轻叫一声，嗲得让人心麻，团团、缩缩身子，眯起了眼，享受在她怀里的感觉。

"不不不……"我继续语无伦次，但我觉得不能失去小黑，失去小黑，不仅仅是失去小黑，还有可能失去和她见面的机会。我不知道要怎么表达，只是下意识地再次伸手，把小黑从她怀里抱了过来。这是我第一次抱小黑。可能是小黑对于我的怀抱特别陌生吧，它又恢复了以前的紧张和敏感，从我怀里挣脱着，跳到草地上，钻进白皮松下。

我和女孩同时跟过去，半蹲半跪着，试图跟它保持相等的高度，冲着它"喵喵"地唤着，我的声音，亲切中透出焦虑，她的声音，亲切中透出友善。小黑对于我们两人的跟随和呼唤并不领情，敏捷地从百叶窗的缺口钻进了它的城堡。我们又冲着百叶窗，继续唤着，声音此起彼伏，互相交错，期望能得到小黑的回应。小黑果然有了回应，它从那个小小缺口里露出一张疑惑的可爱的猫脸，警惕地看着我们。

"它害怕了。"她说，"我们可以在这儿多待一会儿，跟它说说话，跟它玩玩，让它适应我们……"

7

下午，天傍晚时，我去了一趟天街。确切地说，我是去南京大排档的。我不是要去吃一次南京大排档，虽然正是吃饭时间——我是要去买一份四分之一条清蒸白鱼。当我发现小黑对我不够亲，或根本不愿理我时，我怀疑是我投喂的猫粮没有女孩的猫粮好，是啊，普通的猫粮，怎么能敌得过四分之一条白鱼呢？我走在天街的底层，宽敞的通道两边，是一家家时尚的商铺，卖什么的都有。我无暇细看，准备从直梯直达四楼。南京大排档在四楼。我要直接去四楼，直接买菜。让我陡然一惊的是，在我前边，十米左右的地方，行走的女孩，太眼熟了，她身穿蓝色宽松破洞牛仔裤，一件黑色帽衫，肩上随意地搭着两条松散的麻花辫，身型和走路，和她，她，完全相似。她是哪个她呢？她要干什么？闲逛，还是也到四楼的南京大排档？我是要继续跟随呢，还是上前喊住她？

2023 年 3 月 29 日草于北京草房像素，费时四天

2023 年 3 月 31 日修改，5 月 8 日再改

湖边的惊恐

1

我是在小区里见到庞大萍的。

我开始没有认出她来。她也没有认出我来。我们两人目光对视一下。我发觉这个即将和我擦肩而过的女人既面生又面熟——这是一种奇怪的感觉，仿佛激发了休眠已久的大脑深处的某根神经。于是再看她。她也再次看我，眼神疑惑而闪烁。闪烁的眼神我见过多了，疑惑的眼神当然也有，一直保持疑惑的眼神不多见。我深感奇怪，朝她一笑道："我们认识……"

我的话里原本不是省略号，应该是问号或惊叹号。但，此时，只有省略号更合适。

她说："你是不是阿昆？"

我说："是啊。你是？"

她脸红了（四十多岁的女人还脸红，更是稀有），笑也不自然地说："我是庞大萍啊……"

庞大萍？天啊，我们三十年没有见面了。我心里迅速计算着，1997 年，到现在，二十六年。二十六年可不算短，离三十年也没有几年了。这么久了，我还能发现她面熟，她还是眼神疑惑乃至一脸疑惑，时间这把杀猪刀，还没有把岁月的遗痕彻底斩断，还留下挥之不去的久违的记忆。不知为什么，我心头悚然一惊，瞬间回到1997 年的春天。

遥远的 1997 年清晰地再现了——那年春天特别寒冷，二月末，一个衣着单薄、精神抖擞的女孩坐在电脑前快速打字，手速非常快，快到我眼睛都跟不上她手指的移动。而她的手又异常漂亮，圆润、白皙、细长，手面上还有几个可爱的小肉坑。我被她的手和手速惊到了。当她发现我一直在看她时，她也抬眼看我，就在眨眼之间，她手指至少又敲出十个汉字，电脑屏幕上的汉字在飞速地移动。可能是我怪异的表情引起她的反感吧，她用疑惑的眼神仿佛在问，干吗这么夸张？我迅速收敛我的失态，从她身边往厂长室走去。我感觉那疑惑的眼神还在一直追着我。

当厂长吴天领着我再次来到她身边时，她又疑惑地看我一眼。

"介绍一下，"吴天撮一下鼻子，他撮鼻子的声音很响，然后才说，"陈昆，我们印厂新客户。庞大萍，最擅长排版——其他员工手里都有事，你们报纸就由庞大萍来排。萍，带点心。"吴厂长的一句"萍"，可见其亲密程度，"带点心"，也不像是一个厂长对下属的工作安排，仿佛是家居生活的日常用语。我还发现，吴天在互相介绍我们时，一双大手还似有若无地搭在庞大萍的肩膀上，在说话过程中，至少轻轻拍打了两次。他们是什么关系？吴天是个精干的年轻人，跟我年龄相仿，有可能还小。庞大萍看样子只有二十岁，甚至更年轻。他们是什么关系？夫妻？不像，恋人？有可能。

这便是庞大萍和吴天给我最初的印象。

"你怎么在这里？"庞大萍说，疑惑的眼神穿越二十六年，并且脚步也停了下来。

我也停下来，和她对视着。如前所述，她疑惑的眼神不是需要疑惑时才疑惑，而是成为她器官的一部分，一直疑惑着，就像她幽深的浅蓝色的眼白一样，让人联想到忧郁、怨艾一类悲情的词汇。这么多年了，这种表情居然一直没变。我赶忙说："我住在这里。"我努力平静着自己欢快的心跳（事后我也深感奇怪为什么会那么紧张），让语气自然一些。

"哈，这么巧，我也住这里……"她像她当年的汉字录入一样，语速很快。

但话音未落就被一个声音打断了，那是一个漂亮的小女孩，大约十岁的样子。小女孩喊了句什么我没有听清。庞大萍显然听清了，她急不可待地朝我身后挥手，就是朝那个小女孩挥手，又对我说："先去啦。"

我站在原地看她。她小跑几步，牵着蹦蹦跳跳小女孩的手，向小区大门快速走去。她背影还是那么熟悉，头型也没变，短发，随着急速的脚步而飘动。行进中，她扭回头看我。她发现我也在看她时，又跟我挥手。她挥手的幅度很小，像她眼神一样疑惑着。我也跟她挥着手。我感到我挥动的手臂有点滞涩——我得坦白，当我们在工作上成为合作者时，我很快就爱上了庞大萍，她也知道我爱她并对我有好感。但我们的爱情在萌芽阶段，就被扼杀了，"凶手"正是吴天。

2

在苍梧书斋茶社里，我向书斋主人胡小妮咨询一些茶艺培训的事。她是个很斯文的"85后"女孩，漂亮而又知性，开了多年茶社，也卖茶叶并兼做茶艺培训。我是医院的朋友小米粒介绍来向胡小妮请教茶事的。小米粒是年轻的心血管方面的医生，交往甚广。由于我和她父亲是好朋友，知道我退休回到本地定居后，承诺她就是我的私人保健医生了，还请我吃了一顿饭。就是在吃饭时，我向她透露了退休后的打算，其中之一，就是学个茶，便于重新结交一些朋友，为下半生的退休生活做好铺垫。可能是女孩子之间相互了解吧，她就把她的好朋友胡小妮介绍给我认识了。

清明刚过，春茶正好，我一边听胡小妮讲茶经，一边慢品她冲泡的云雾茶，并欣赏她冲泡时的各道程序。但是，说真话，我在品茶时，走心了。我脑子里一直想着刚才在小区里偶遇的庞大萍，想象着她如今的生活，想着她还能记得我，想着既然同住一个小区，说不定以后还会见面。而她肯定早就结婚了，和谁结婚？吴天吗？那个十岁左右的女孩儿应该是她女儿吧？二胎？有可能，因为，如果按照正常的适婚年龄来推测，她的孩子不应该才十岁左右，至少二十岁。于是记忆的河流再次泛滥，当年编辑企业报时的许多景象开始呈现，同时次第呈现在眼前的，还有吴天。

二十六年前，我二十九岁，是一家药企的普通工人。企业入驻开发区以后，规模迅速扩张，已经成长为市里同行业第一。企业非常重视文化，要办一张文化报。领导知道我发表过一些文学作品，又在厂办做过多年新闻报道，就任命我为这张报纸的负责人。如前所述，我第一次看到庞大萍时，是在开发区激光照排印刷厂里，她正在激光照排室（简称电脑房）练习五笔输入法。我当时少见多怪，被她的手速惊到了。

第二天，吴天电话通知我来校对时，我就坐在庞大萍隔壁的另一个隔断里，我发现，庞大萍只要有空闲，就练习五笔输入法。她的五笔输入法已经够牛了，为啥还要练？这个疑问很快就解开了——她突然站起来，朝我笑。她的行为让我受宠若惊，也傻傻地朝她笑。她笑得很好看，未开口脸先红地轻声道："老师，能不能把你现在不校的稿子再给我一篇？我要练练字，下周到市里参加汉字输入比赛，用手写的稿子练习能提高头脑反应和手速。"

怪不得，原来她要参加汉字输入比赛，所以才敬业地加练。我就找出我为副刊写的一首四十多行的爱情诗和一篇散文给她了。我一边校对，一边听她练字时敲击键盘的声音很亲切、很动人。在整个电脑房里，有十几台电脑分布在一个个隔断里，能够让电脑（键盘）发出美妙声音的，只有她。这种感觉非常好，仿佛她敲击的不是我的稿子，而是在朗诵我的诗——她用心语在朗诵，并通过键盘发出动听的声音。我被分心了、分神了，还有一点点感动。我站起来，看她打字，朝她笑。她停下，嘻嘻地回应着："啥事？你的诗和散文已经打过一遍了，这是第二遍……不不不，算上昨天的录入这是第三遍。"

我惊讶道："这速度太快了。这才多长时间?"

她说："不算快,我都担心拿不到名次呢,领导可是抱很大信心的,寄予我很大希望的。"

她说的领导,就是吴天吗?我对吴天印象极其不好,虽然昨天也是第一次见面,他的撮鼻子,还有一双手总是拍打庞大萍,让我厌恶。撮鼻子是他的习惯,也可以说是毛病,在别人的肩上或胳膊上拍拍打打,算什么呢?人品坏。但是他是庞大萍的领导,也是印刷厂的领导,这就没有办法了,印象再不好,也要跟他合作——整个开发区,只有这一家印刷厂,还是全市最先进的印刷厂。

"你怕领导失望?"我说。其实,我想说的是,这个领导不值得你为他拼命。

她也听出来我这句话的潜台词,脸红了。她再一次脸红,说明她心思敏感而细腻,听出了我的话外之意。

我又重点夸她道："你这么厉害,肯定能得奖的。"

她的笑容就露出了羞涩之情,露出她的单纯和可爱的一面。我被她这种单纯和可爱所感染,就这么看着她,心里也跟着美好起来。这样的状态几乎是处在定格或静止中,周边的一切都不存在了——我站着,居高临下看她;她坐着,扬着脸回应,微笑,羞涩,还略有点惊慌。

就在这时候,吴天突然出现了,一点预兆都没有,吴天简直就是从天而降。按说吴天从电脑房那边的厂长室走过来,至少有十几米的距离,又是一个大活人,我和庞大萍怎么会没有注意到他呢?

当我发现他的时候，他已经出现在我和庞大萍对视的现场了。就在我和庞大萍发现他已经置身现场的同时，他说话了，声音客气而严肃："萍，你干你活，别打扰客户工作。"

他说别打扰客户工作，其实是正话反说，是说我打扰了庞大萍的工作。庞大萍的第一反应就是继续投入录入训练。我对吴天解释说："我是在向小庞老师请教……"我本想说出具体请教什么的。但我反应还是迟钝了，"请教"后边一时没有想好。

吴天说："噢……好，到我办公室喝茶？"

我那天有没有到吴天的办公室喝茶，忘了。我现在是在胡小妮的茶社喝茶。

就在我心猿意马、心神不定时，进来一个神气活现的人。因为心里正想着吴天，这个人一下子就变成吴天了。嚯，太神奇了，世界上真有这么巧的事？让我在一天之内，同时巧遇两个二十六年前的熟人？

"你不是说下午来吗？"胡小妮对来者说，声音不高，不悦中带着风骨，说完后才站起来，仿佛象征性地出于礼貌，并非真心实意地欢迎他。

我看到吴天看我一眼，很认生的样子。显然，他没有认出我来——莫非我认错啦？吴天有个习惯性的撮鼻子的动作，下意识的，带点抽搐感。如果他一直没有撮鼻子，说明不是吴天。如果撮鼻子，就是了。

来人的话很直接："妮，我来跟你说个事。"

"我有客人……等会儿来吧。"胡小妮的表情平静，让对方等会儿来，其实就是逐客令。

来者称胡小妮为"妮"，这可是吴天惯常的语言习惯。我确定就是他了。

就在这时，来者突然撮一下鼻子，发出"噗"的一声响——果然是吴天。吴天试图拍打或抚摸胡小妮的肩，胡小妮肩膀一闪，躲过去了。吴天被她躲肩的动作闪了一下，或者对她的躲肩不适应，霸道地说："那好……我去茶室坐会儿，等你。你们先谈。"

吴天轻车熟路地走进一间茶室。这间茶室的门边，挂着刻有"春风"两个书法体的旧木牌，门窗里的窗帘布是手工的印花粗布，很有年代感，既可以起到窗帘的实用功能，又有装饰效果。

我感觉到他们很熟，至少曾经很熟，熟到不拘小节的程度。同时，从两人的对话和表情看，又说明他们之间有事儿了，而且，胡小妮应该知道吴天要"说个事"的事是什么事。果然，胡小妮看着被吴天带上的茶室的门，对我小声道："对不起陈老师，等我一会儿……或随便看看，对了，谷雨包间有我新挂上去的几幅摄影作品，你看看，提提意见，我马上好。"

3

"谷雨"是苍梧书斋茶社一间最大的茶室，有一张老船木的巨型茶桌，可供十几人同时饮茶、教学或开会，装饰也别具一格，特别是墙壁上挂着的十几幅摄影作品，非同凡响，所反映的都是鸟与自然和谐共处的主题。这些摄影作品的说明文字，都署胡小妮。

她还是个摄影家，我由衷地敬佩了。

我在这些作品前慢慢欣赏，被胡小妮的抓拍技巧所感染。其中一幅作品尤其出色，画面上有一只鸟（我叫不出名字），刚落到它的巢上，翅膀还在扇动，脚还没有落稳，尖尖长长的嘴里含着三条大小相当的青虫子，而巢里的四只刚出壳还没有长毛的雏鸟，同时张大着嘴，等着鸟妈妈的投喂。这幅作品让我震撼，特别是鸟妈妈焦急的身体语言和雏鸟夸张到和幼小身躯极不协调的巨型嘴巴，都在强烈地昭示着母性和母爱的伟大。同时建筑在五根笔直的青芦秆上的精致的鸟巢，那一根根纤毫毕现的金色的草丝和环环相扣的精密的工艺，要费多大的工夫和精确的计算啊。此外，我还被胡小妮所震惊，因为我也懂摄影，如此的动态抓拍，如此清晰的近距离，都要付出相当大的辛劳和长久的等候才能做到，而且自己还要做好伪装，不能被鸟发现，能做到这样，真是殊为不易啊。

这幅作品的名字取得也有意思，《三条虫子和四张嘴》。但是，我想了想，虽然诠释了画面，但似乎还不够味儿，应该有一个更妙的名字才能和这幅作品匹配。起个什么名字呢？我年轻时写过诗，这会儿也词穷了。

我曾经也是摄影爱好者，拍过不少片子，甚至自认为水平很高。但是在胡小妮这几幅作品面前，还是相形见绌了。她用的是什么相机？我以前使用的只是普通相机，现在都是用手机拍。她的相机一定很高级吧？我这么想着，下意识地在茶室里环视一圈。我看到茶柜的底层，果然放着一架相机。凑近一看，隔着玻璃柜门，我认出了相机是佳能 EOS 1D Mark Ⅳ，而连着相机的镜头更是夸张的粗大。这哪里是镜头啊，简直就是一门大炮，是佳能 400mm 光圈 F2.8 定焦镜头。我认识这款，我一个摄影家朋友简称这款相机为佳能 428。而镜头上，还罩着价格不菲的防雨套。从装备看，胡小妮不仅是一名出类拔萃的茶艺师，还是一位不俗的摄影家。我觉得我找对人了。我不仅可以向她学茶艺，还可以和她探讨摄影。如果可能，还可以和她的影友们一起出去搞创作，说不定也能拍出惊世骇俗的作品来。

正在我想入非非的时候，突然听到一声巨响，像是东西摔碎的声音。没错，应该是某种瓷器，清脆而尖锐。我担心是吧台（酒吧叫吧台，这儿应称茶台吧）那儿出事了，立即跑出来，看到的却是胡小妮从"春风"茶室里摔门而出，而且脸色铁青，神情愤怒。我立即确认刚才的声音，不是瓷器的摔碎声，而是胡小妮发出的尖叫声。

同时被惊吓了的，还有茶台里的一名工作人员，她神情发呆地看着胡小妮。

他们两人，在一间隐秘的茶室里谈话，突然发出异常的尖叫声，什么情况？

紧随胡小妮出来的，是吴天，他和来时一样，夹着一只黑色的小皮包，神情复杂，和来时的神气活现判若两人。他径直向门口走去。

他们之间肯定出问题了。

我是今天才认识胡小妮，不便多问。她当然也不会主动跟我说什么。她情绪受到很大影响，甚至都忽略了我的存在，手足无措般地坐到刚才和我聊天的那张茶桌前，一连喝了几杯茶。她这样的情绪是不可能谈什么了；即便勉强谈了，效果也不佳。我便谨慎地跟她打声招呼，准备告辞。未承想她抬手示意一下，说："坐。"

我只好又过去坐在她对面了。她给我一杯茶，朝我一笑。我看出来，她给我递茶的手在微微战栗，有点像痉挛；她的笑里，也藏着某种艰涩，显然她还沉浸在某种情绪里没有走出来，便接连夸大其词地夸了一通她的摄影作品，说她的摄影作品是我见过的最有个性也是最好的作品，很感人、很治愈。并且还拿我的作品和她的作品进行比较，以贬低我的摄影技巧来衬托她的摄影技巧的高明。我的目的是转移话题，让她尽快从灰色的情绪里走出来。但她还只是笑笑，情不由衷，对我的夸赞不置一词。那笑也毫无着落，不知散落到何处了。既然这样，我就什么也不说了，陪她坐一会儿吧。

让我没想到的是，吴天又回来了。

吴天没有经过邀请，也没有得到胡小妮的同意，坐到了茶桌前，就坐在我身边。我确认他确实没有认出我来。我也确认，胡小妮对于他的回来还是得到了某种安慰。同时我还确认我再待下去就多余了，便正式告辞。

4

回到小区，我走在小区的绿化道上，脚步迟疑着，朝各幢高楼上仰望。这是北京怀柔的高档小区，住宅有几种模式，高层、多层、阳光排房、连排别墅、独幢别墅。高层是最低档的公寓房，就像我买的那种。其次是多层。阳光排房、连排别墅和独幢别墅属于高端住宅，特别是独幢别墅，不是一般人能住得起的。我不知道庞大萍家在什么区域。这些年了，她住什么档次的房子都有可能。只是早上没有问清她住哪幢楼，连联系方式也没有留，在这么大的一个小区里，要想和庞大萍再偶遇一次怕是不太容易。就算遇到了，我搬来三个月才遇到这一次，按照这个概率，至少还要三个月后我们才能见到第二面。

这个小区规划好，绿化好，管理好，附属设施好。我买的是二手房，不大，小两居，九十多平方米。原房主是个"90后"女孩，因出国读书而转手卖给了我，又因是全款一次性付清，还优惠了不少。今年春节一过，我就搬了过来，到目前还都满意，内心已经决定，就在这里养老了。我当然还没有老，但也不年轻了，刚刚成为退休人员。据说五十五岁也是个坎，不适合油腻了，也不适合拼搏了。从这时候开始，就要追求一种平静的生活，钓钓鱼啊，学学茶艺啊，重拾当年的理想做一名诗人啊，或者把我的摄影爱好再发扬光大啊。光靠茶艺，还支撑不了我的全部生活，像胡小妮那样做个业余摄影家，也是不错的选择。可我和胡小妮还没有深谈，就被吴天给闹了。对于我来说，吴天就是个灾星、克星。当年是他搅黄了我对庞大萍萌发的感情，难道我后半生的业余生活，也会坏在他的手里？

想到胡小妮，胡小妮的电话就来了。

胡小妮说："真不好意思，我刚才失态了，叫你看了笑话——这个人是个神经病……你还在附近吗？我们还没怎么说话呢。你要不要再过来？或者你下午过来也行——下午有个小班，就是几个朋友来学茶艺。我听米医生说你退休了，想学茶。你都退休啦？看不出来是个退休的人，你刚才说你也爱摄影……真是太好了，下午过来吧，三点开始……我们也可以谈谈摄影。"

胡小妮的话节奏很快，我都无法插嘴，这么快就处理好她和吴天之间的不快啦？感觉他们之间的问题挺大似的。但是从她的口气中，似乎是处理好了，不然，她不会约我下午和她见面——无论是学茶艺，还是谈摄影，都是我乐于接受的。

胡小妮所说的米医生，就是小米粒，那个"神经病"当然是指吴天了。用神经病形容吴天，倒也贴切。可不是嘛，当年在印厂的时候，我就发现吴天一些诡异的行为，他处处提防着我。我们原先并不认识，是因为在筹备厂报出版时，我才到印刷厂和他接洽并认识的。这是新成立的厂，规模不大，领导班子也不多，算上他本人，另有两个副厂长，一个从别的印刷厂挖来的懂印刷和设备的专业人才，另外一个副厂长分管财务和外联，吴天主持全面工作，加上他懂电脑，又分管电脑房。在我编厂报的短暂时间，和我直接打交道的，只有他和庞大萍两个人。出第一期报纸时，吴天就曾鬼祟地跟我说，别看庞大萍（这次他没称萍）年轻，她人小鬼大，手里抓着好几个男的周旋，那些男的，都是小流氓，我怕她越滑越深，就把她招进厂里了。吴天的话我听明白了，至少要表达两层意思，一是庞大萍在没有进厂之前生活作风混乱；二是他和庞大萍关系不一般，是他把庞大萍招进厂里委以重任的。当然还有别的意思，比如是在提醒我，甚至是在警示我，让我别打庞大萍的主意。因为我和庞大萍就汉字输入比赛进行短暂交流时被他看到了。我们厂报一月两期，从把稿子送到电脑房，到校对、核红、改版、调版、签付印，每期报纸要经历三四天时间。在这三四天里，和我打交道最多的就是庞大萍。按说这不过是一项普通的业务，第一次把我介绍给庞大萍之后，正常开展工作就是了。但是，每次我们出报期间，吴天都对我表现出过分的关心，只要他在，就会时不时地来跟我打声招呼，问上期报纸满不满意，给我送茶、添水，或问我需要什么，同时，又对庞大萍的工作提出严格要求。那些严格要求的话中，还有一种特别的关怀。即使这样，在此后半年时间里，我对庞大萍的好感也没有消退，而是渐渐加深，特别是，当我知道吴天已经是个已婚男人后，便萌生了追求庞大萍的想法——我能感受到，庞大萍对我并不反感，她曾几次帮我打印稿子时，夸我文章写得好。还主动说起了那首诗，说她能在比赛中拿到第一名，多亏我提供的稿子，特别是那首诗，她录入过多次，都能背上来了，真好。我当然知道，她能得第一名并不是因为反复录入我那首诗，也不是因为那首诗好，而是她本身的实力过硬。她之所以这样说，无非表达一种态度。在交流中，我知道庞大萍才十八岁，比我猜测的二十岁还小，她去年高考失败，秋天进入一家个体打印社，练就一手超乎常人的汉字五笔输入技能。吴天因为在印刷厂筹备时，需要打印各种材料，发现了庞大萍，就破格把她招进了厂里。庞大萍只能对他表示感激。吴天也把这种感激当成理所当然，承诺要重点培养她。这些都是庞大萍说的。吴天是已婚男人的话题也是她说的。我把她这句话理解成一种暗示，也即是对我示好的回应。有一天，她悄悄帮我打印一篇小说后，我要请她晚上吃饭，感谢她的同时，也准备向她明确表示我对她的爱。她在脸红之后，面露疑难之色地让我能不能改天。我答应了。但是，在当天下班后，我看到吴天开车把她接走了。第二天我再约她时，她拒绝了。不久，我从另外的途径知道，吴天离婚了，正热烈追求厂里的一个漂亮小女工。我知道这个小女工是谁。这个消息让我特别难过，同时也知道她为什么拒绝了我的邀约。我无能为力，极度失望和悲伤。我不年轻了，马上三十岁了，我知道在庞大萍面前，我和吴天相比没有任何优势。我不想再编报纸，不想再见到庞大萍，也不想再见到吴天。我的爱情才刚刚萌芽，就被摧毁了，而且这是我初恋之后，真正对一个女孩动心。恰巧厂里试行销售改革，在全国范围推广片区包干制。我决定竞争一个片区经理的职位。我如愿通过了面试，在三天培训之后，踏上了去贵州片区任职的旅程。这个片区经理我一干就是二十六年，其间除短暂到云南片区干了不到一年经外，我带领我的团队一直都在贵州深耕、拓展，多次被评为优秀经理。直到刚刚办理退休手续。而我的个人问题，也因一直长期在外奔波，没有解决。虽然有过几次恋爱经历，甚至和贵阳一个女孩曾经同居过一段时间，也最终没有修成正果。原本只想回故乡安度晚年，没想到会和庞大萍不期而遇。到这个年龄了，我并没有重叙旧情的意思，何况当时我们的关系还没有点破，形式上也只是熟人。但毕竟我们同住一个小区，能结识一个我曾暗恋过的熟人总比两眼一抹黑要好吧。更巧合的是，居然又在苍梧书斋茶社里见到了吴天。如果庞大萍和吴天终成一家，那吴天也和我同住一个小区了。

但他们是不是一家呢？好奇心害死猫。吴天和庞大萍最终结局让我好奇，吴天和胡小妮之间发生了什么，同样让我好奇。

5

这确是一个小型茶艺培训班，除了我，只有三位"90后"女孩，她们一个比一个好看，一个比一个认真——我们就坐在上午我参观过的谷雨茶室里，看胡小妮娴熟、优雅地表演，听她轻柔、温软地讲解。胡小妮在讲白茶，讲不同岁月和产地的白茶，在胡小妮的讲解和演示中，我喝着香茶，心思却不能集中，时不时地开小差，觉得胡小妮的情绪并没有受到吴天的影响，或者说，她消化不良情绪的能力太快，连带地，更想知道她和吴天之间究竟发生了什么，是什么关系。

我的心猿意马、犹疑不定的神态没有逃过胡小妮的眼光，她每每用眼睛瞟我时，我就知道她在提醒我别开小差，我就能集中一小会儿，过后又开小差了。等到两个小时的学习结束后（包括我们自己的冲泡实践），这堂课就算结束了。胡小妮提前预告了两天后的下一堂课的内容，就是品鉴号称"岁月的古董"的普洱茶，还要求大家来了就要专心和投入，别老走神——她后一句话是针对我。当三个学员陆续散去时，胡小妮主动跟我谈起了摄影。

"没想到陈老师也爱好摄影，这下我们有的聊了。"胡小妮看着墙上的作品，"陈老师要多多关心和指导哦。"

"我那三脚猫的功夫，哪敢称摄影？"我立即谦虚地说。

"谦虚是美德。我听米医生说你办过厂报，写过诗，写过散文，很有才华，拍片子也是响当当的厉害。"

"米医生还说啥？她是我当年在开发区工作时一个朋友的女儿，在贵州医学院读书时她爸让我多多照应，我们又成了忘年交，她肯定都会说我好话的。"

"那当然，"胡小妮说，"不过也是实话，她还说，你的摄影得过贵阳市摄影家协会年度大奖，是不是？"

"就是一个三等奖。"

"三等奖也不得了。"胡小妮说，"陈老师现在对摄影还有兴趣吗？"

"当然有啦，正想跟你讨教呢，看到你这些作品，这才是艺术，我那些照片就不值得一提了。"

"什么艺术啊，讨教更不敢了，有机会我们可以一起去搞搞创作嘛。"

"那真是求之不得。"我立即请求道，"什么时候去搞创作，一定要叫上我啊。"

"巧了，这两天正想着这事呢。春天了，是拍鸟的最佳时机……这样吧，等我选好拍摄地点，通知你。"

"太好啦。"我期待地再次看着墙上挂着的一幅幅精美的摄影作品，幻想也能拍出这样富有神韵的片子来。

但是，胡小妮突然转移了话题："你认识吴天？"

胡小妮的话转得太突然，我脑子里迅速产生联想，是小米粒说的，还是上午吴天认出了我？无论是小米粒说的，还是吴天认出了我，这都不重要，重要的是，她为什么突然提起吴天？

"没什么，别紧张啊，哈哈，小米粒说你在开发区编过报纸，吴天的印务公司不是也在开发区嘛……我就随便一问而已。"

我发现，胡小妮脸色出现了一丝不易察觉的变化。如果胡小妮的话是真的，她要想知道我认识不认识吴天，只需问问小米粒就知道了。但显然，这也不是重点，莫非她是想从我这儿了解关于吴天的情况？那她就错了，关于吴天，我离开开发区后，是一点也不知道了。我现在只对摄影感兴趣。胡小妮大约也看了出来，见我目光不停地盯着墙上的摄影作品，她适时地跟我讲起了光色、光圈、像素、焦距等摄影专用术语，最后，她说："讲这些空头理论没用的，莫急，我尽早安排，让你见识一下鸟类的生活，见识一下小鹏鹏的情感世界，在实战中，你会收获很多的。"

6

我以为胡小妮所说的实战（摄影），不过是一句俏皮话或玩笑话。没想到她约我了，就在这次谈话的两天后。

更让我没想到的是，搞个摄影，堪比一场地下活动，相约出发的时间是凌晨三点半，她开车接我。凌晨三点多啊，天还是黑的，许多人还在酣睡中，我就往小区门口走了。说真话，当我在品鉴、学习普洱茶的课后，她认真告诉我出发时间时，我稍稍有点矛盾，一是怕我三脚猫的摄影水平被她嘲笑。二是怀疑是不是个坑？会不会有陷阱？产生这个念头的同时我就笑话自己"自作多情"了，人家一个美丽姑娘，精通茶艺的优雅女子，技术高超的摄影艺术家，能有什么坏心眼儿？你一个退休人员，还值得人家去陷害？那么，问题来了，她为什么会带上我？她能带的摄影爱好者应该很多，男的女的都有，选择邀请我同行，不仅是我也爱好摄影，可能小米粒跟她说了什么。小米粒在向我介绍她的时候，重点强调了她是单身，善良又容易相处，还暗示我说，没有什么不可能的，只要缘分到。既然小米粒在我面前说了她的情况，小米粒也会在她面前说我的一些情况，甚至说到当年我为什么不搞报纸而去搞销售的故事。因为这段经历，小米粒的父亲是知道的。表面上的介绍当然不是主要的了。主要的，小米粒也许同样在她面前流露出把我们撮合成对的意思。她带我一起去潜伏、搞创作，是在通过茶艺课上的考察之外的进一步考察？不是有人说过嘛，两个人合不合适、投不投脾气，只要一起出去旅行几天，就能差不多确定了。而我们这次行动，比旅行更能显现出各人的个性和脾气。

我的这样的漫想，一直延绵到坐上她的车之后。

我的漫想和疑虑被她一眼看穿，她半调侃半鼓劲地说："想什么呢？跟着我就行了。搞茶艺我是冒充大马队，是为了糊个口，为了赚钱。玩摄影，我才是真心喜欢，难得你也喜欢，一起玩不是更好？"即使这样，她的话也并未完全消除我的疑虑。接下来的整整一天，我们两个孤男寡女要在一起度过了，那将是怎样的情形呢？我没有经历过，无法想象。无法想象就别想吧。我把目光投向窗外。窗外的街道和建筑，在四月中旬温润的气候中，安静而祥和。我暗自抖擞精神，觉得这样也好，有点冒险精神才是生活，也是真正必需的生活，何况是和胡小妮这样的"85后"美丽姑娘一起冒险呢——从她的话语中，我能听出来，我们去抓拍的这种鸟，生性胆小，要趁天未亮就提前潜伏在水边等着它，才能观察到它一天的行踪和日常生活。否则，一旦被它发现，它就离开了这个区域，再也找不见了。

我们很快就出了怀柔城区，又很快行驶在山区的绿化道上，四点二十不到，车子拐上一条窄窄的沙石小路，停在一座小山下。胡小妮的车子是一辆奥迪Q7越野车，后备厢和后排座上装满了设备。这些设备大多是她的，只有一个摄影包和一个双肩包是我的。下车后，我和胡小妮背着设备——我背起了胡小妮的超级大背包，她背起了我的重量较轻的双肩包，我手里还提着她的一个大拎袋。我们肩背手提，身上挂满了各色包包，向小山上爬去。胡小妮一直走在前边，她身上有个灯，粘在她的左肩，亮度集中在前方，山上初生的野草灌木在灯光中清晰可见。小山不高，也不险峻。我以为是到山上潜伏的。没想到她带着我翻越了小山来到湖边——山下是一片湖泊。

按照胡小妮的规划，我们在湖边扎了两顶帐篷。第一顶帐篷扎在一处悬崖上。这处悬崖实际上是湖边隆起的另一个小山包，悬崖到水面的高度目测有五六米，山顶较平，正好可以扎下一顶帐篷。这是一顶标准的单人旅游帐篷。有了帐篷我就放心了，即便下雨刮风，气温骤降，我也可以钻进去躲起来。

另一顶帐篷是迷彩色的，扎在临水边。

小山包一侧是较缓的坡沟，虽然上下比较艰难，但还能攀爬。

胡小妮先于我下到临水边时，还小声叮嘱我："陈老师行吗？当心哦。"我不服老，当然行了，何况我本来就不算老，我手脚并用比她还灵活。这顶水边的迷彩帐篷太小了，直径目测不过一米二，一个人钻进去还得曲着身体。本来我以为，两个帐篷是胡小妮的有意为之，我们每人一顶，互为邻居、互为独立。没想到差距这么大。胡小妮开始说一大一小，我还以为是男式女式的意思。看来我又想多了。我想霸占大帐篷的想法瞬间破灭。我虽然爱好摄影，帐篷我还没有，也想不到会如何用它。这次行动，我除了一架相机和三脚架外，所有设备都由胡小妮来提供。

安置好两顶帐篷后，是安放相机。她把她的相机安放在临水边的小帐篷门口，把她的另一部相机和我的相机安放在悬崖上的大帐篷门口。在临水边，有一棵野生白杨树，因无人照料，长势疯狂，根部岔出许多枝条，为不影响视线，胡小妮还用两根细绳，把两根枝条拉开，小帐篷门口的相机镜头就从枝条的缝隙间对着前方。一切部署停当后，天亮了。我们这才不用借助胡小妮的肩灯来看清周围的情况。那棵扎根于水边的不大不小的杨树，主干超过了悬崖，我们的大帐篷，就躲在白杨树茂盛的伞状树冠下。我钻进大帐篷里，放眼这片水域，面积不小，呈弯曲的不规则狭长形。水是深蓝色的，比蓝天还蓝，有的地方蓝得发黑，那应该是最深处了。在悬崖下，也就是小帐篷的临水边，是一处小小的浅滩，有一丛去年的芦苇在浅滩的一侧。苇秆呈苍黄色，细看，在其根部已经冒出许多新芽。另一侧浅滩的水里，过冬的水草已经返绿，和新生的草芽并混着，半沉半浮在碧清的水里，个别草芽还冒出了水面。再往远处看，水波微漾，能看到天空还没有退去的一颗星倒映在湖里。通过观察，我还发现，我们所处的位置，实际上处在湖泊的小湾里，在我们两侧分别向远方逶迤而去的，都是高低不同的山体，有的地方还是劈陡的悬崖。在这里能拍到什么鸟呢？我有些怀疑，在我目极的视线之内，没有看到一只鸟，除了在帐篷外整理背包的胡小妮，连一个喘气的动物都没有。而胡小妮像摆地摊一样地从包里取出一样一样的东西，除了好吃的，许多我都不认识。我又从相机里看世界。通过镜头，相机里出现了不一样的风景，晨曦中蓝和更蓝的水，水面上的波纹，由于镜头的集中，比真实的更好看，但还不是我们想拍的东西。胡小妮仿佛知道我的心思似的，"扑哧"一笑，说："还没出来，肯定躲在哪里睡觉了，别急老陈。"

我注意到胡小妮改变了称呼，此前她都叫我陈老师，现在叫我老陈了。老陈比陈老师要家常些，也亲切些，而且她的口气也发生了变化，这种细微的变化我还是能体会到的。以前的话偏重于尊重，现在则更随意，像是真实的心声，又像是相处和谐的邻居。胡小妮驾轻就熟地开车来到山下，摸着黑翻山来到湖边，再到选址安好帐篷，如此老练，她肯定此前来过这里，踩过点了。而她从容地安抚我别急，一定是胸有成竹了。

胡小妮也钻进帐篷来了。帐篷虽然不小，毕竟也是单人帐篷，容入两个人，空间受到挤压，瞬间就有了不一样的气息。胡小妮身穿黑色的帽衫，一条牛仔裤，进到帐篷里，就把睡袋铺在地上。她没有钻进睡袋，而是趴在睡袋上，从她众多的装备里拣出一个小皮包，从小皮包里取出一架望远镜，像个前线侦察兵一样地开始在湖面上观察、搜寻。一进入工作状态，胡小妮就像换了个人，沉稳而投入。我没有像她那样的望远镜用来观察，我只能通过摄影镜头来观察——她说的那个鸟还没有来，叫什么来着？我在手机上查过，很生僻的两个字，对了，鹏鷉（pì tī）。她喜欢在鹏鷉前面加个"小"字，小鹏鷉。鹏鷉个头确实不大，长相调皮而可爱，弱小又胆小，且生性机敏，一有风吹草动就躲起来，人类更是难以接近。但越是这样，拍出它的日常琐屑和生活细节，才更加珍贵、更加感人。所以，我理解她要先把我们藏起来的原因。

现在的情景是，我们躲在帐篷里，用不同的设备进行观察。或许是年龄原因吧，我一会儿就累了，加上湖面上除了近前的一小丛陈年的芦苇，什么都没有，便想躺着了。我怕我的懒散给胡小妮留下坏印象，就预防地说："你继续，小鹏鷉出来就喊我。"她更是善解人意地说："你睡会儿吧，起了个大早呢。"我不想睡，怕犯困，就拿出手机刷起了短视频。就在我专心致志离不开手机时，我感觉身边的胡小妮一个激灵，迅速放下望远镜，开始操作相机。

我被她的情绪带动，也反应敏捷地扔下手机，从相机镜头里观察。还是什么都没有，除了水还是水。但是，胡小妮已经在按快门了，"嚓嚓嚓"，她一连拍了多张。我看到，她相机的角度跟我的不一样，我的相机是平行略有下俯状，她的相机是平行略有上扬状。她在拍什么呢？我顺着她相机的角度看去，发现湖对岸有一座房子，青墙青顶的房子，隐藏在一些绿化树丛里，高大的窗户被零星的绿化树切碎了几段，但仍能看到大片的玻璃在晨曦中闪着明暗不匀的光泽。湖对面怎么会有这一幢房子呢？我不知道。我猛然觉得，胡小妮选在这个地方搞创作，也许并不完全是为了拍小鹏鹏一家的日常生活，有可能还有别的行动。我也调整好相机，拉近了对面的房子，看到了大玻璃窗的窗帘拉开了，窗户里有一个女人穿一件鲜艳的睡衣在走动，来回地走动，做扩胸、甩臂的动作，她的长发也随着她的动作而飘动。胡小妮不停地按动快门就是拍她的这些动作的。我的相机也不错，虽然隔着三百米左右的距离，也能看得清清楚楚。这个女人的轮廓挺好，身材高挑，年轻，有朝气，虽然无法清晰地看清她的五官，但如果是熟人，也能认出她是谁了。我对这个女人没有兴趣，不想拍她。就在我准备调整相机角度时，女人打开了一扇玻璃窗，探出头来，双臂伸出窗外。她要干什么？胡小妮的快门声感染了我，我也拍了一张——原来她从窗外摘了一朵花。这是一朵大红色的花，可能是玫瑰或月季，它的开放和含珠带露的鲜艳一定是感染了窗户里的女人，情不自禁就摘了一朵。

7

湖对岸的窗户被人关上了。窗帘也拉上了。关窗户和拉窗帘的，都不是那个摘花的长发女人，而是一个男人。我在镜头里看到时并不能看清他的脸。他像是故意要隐藏自己似的，拉窗帘时让窗帘布挡住了大半个身体，在关窗户时也是用窗帘做了掩护，不让脸露出来。他难道发现有人在偷拍？不太可能啊？我们来得太早了，安营扎寨的时候还是在黑夜里。难道是胡小妮肩上的灯光引起他的注意？那也不至于怀疑有人偷拍啊？是偷鱼偷猎者也有可能的。莫非是我们的帐篷被他发现？也不可能，即便是天亮了，我们的帐篷躲在树下，帐篷又和山体颜色非常接近，如果没有专业设备，凭肉眼，不可能发现我们。

说来真是巧，湖对岸那幢房子的窗户和窗帘闭合以后，胡小妮重新拿起望远镜再次观察湖面时，小鹛鹛出来了——我看到胡小妮的嘴角勾起了笑，一定是我们的主角出场了。如果说前边的拍摄只是花絮，或者说只是开胃小菜，小鹛鹛的出场才算大戏的真正开始。胡小妮立即丢下望远镜，说了句"我到下面去"，就钻出帐篷，消失了。

大帐篷所在的位置，因角度问题，看不到小帐篷。但我能感觉到，胡小妮躲在小帐篷里一定不舒服，空间小，不平坦，无论坐着或站着，总之是很委屈的。可见胡小妮为了拍好小鹛鹛，她宁愿吃苦受累受委屈，也要拍到好片子，这也让我无法理解她又为什么对湖对岸房子或房子里的人物感兴趣了，她要观察什么？仅仅是好奇吗？先不想这些了，小鹛鹛要过来了，我也得好好拍几张。但是，当我从相机里搜索湖面时，并没有看到小鹛鹛。难道胡小妮又发现了新目标？我拿起望远镜，在湖面上观察，大面积地搜寻。我看到了，在我们前方左侧，差不多快到湖中心了，有两只移动的小点，像极了大白纸上的一个冒号，它们移动的速度很快。我不知道它们向哪里移动。在湖对岸，是大片陈年的芦苇。我们所处的地方，芦苇的面积只有两三张床那么大，春天了，它们要做窝，难道它们会选择到我们这边？可能性不大吧？胡小妮的判断有误？她有拍鸟的经验，或许去年她就观察好了，这里有一家小鹛鹛，今年还会来这里筑巢生蛋，养育后代。我应该相信胡小妮的判断。我放下望远镜，用相机拉近那两个小点点，我要把它们从哪里来也记录下来。

像是受到指引一样，两只小䴙䴘拐了个直角弯，径直来到悬崖下的这片水域里，它们一边玩耍一边巡查，发现这里一切都是原始状态后，开始筑巢。我第一次如此近距离地看到小䴙䴘，真是漂亮极了，特别是头部的花纹，一半芦花色一半宝蓝色，两种不同的色系竟如此协调、和谐，特别美。它还有一个奇怪的特征，不像别的飞行的鸟类有长长的尾巴。它就是个秃尾巴。它们筑巢也不选那丛芦苇，而是在那片水草密集的水域，四周无遮无拦，特别开阔。它们是把半浮的互相纠缠的藤状水草，用喙剪断成一小截一小截，再含到它们选中的一处水下水草较密集的地方，摞叠起来。如果仔细地看，那里已经堆积着一些水草了，只是水草的含水量太大，底部水草的托举能力不足，又下沉了，成了半浮状，不容易看出来。它们在已经开工的工程上忙碌着，一边玩一边干，还不时地亲密接触一下。我抓住时机，一连拍了好多照片。在拍片中，我才体会到，胡小妮为什么要躲在离小䴙䴘更近的地方拍摄了，近且平视，更能抓拍到它们的神态和忙碌的精神面貌。

太阳出来了，朝霞照射在水面上，映现出神秘而迷人的光芒。小䴙䴘也有自己的作息时间，太阳刚一露头，它们就不干活了，丢下半拉子工程，玩去了，也或许是吃早餐去了，它们没有顺着原路返回，而是沿着山体，向左潇洒游去，很快就被山体挡住了，不见了。

不多一会儿，胡小妮也上来了。

"怎么样？拍到好片子了吧？"胡小妮喜悦地说。听她口气，我就知道她是拍到了。她提着相机，进了帐篷里，盘腿而坐，把拍到的片子回放给我看。确实，她所拍的照片，真是漂亮多了，小鹮鹩的神态、情态、调皮的动作，还有光色的运用，都恰到好处，特别是朝霞初一映照时的色彩和影像的处理，更是我从未见过的。我知道这并非完全取决于拍摄的角度，也不是相机的品牌问题，这里面综合性因素太多了。我正想要请教她的时候，她又说："你在这里守着，别乱跑啊，小鹮鹩生性敏感、胆小，你要是叫它发现了，它就会立即搬家，再也不来了。我先去办个事，耽误不了多久，完了我早点过来。有事微信留言啊。"胡小妮说罢，弓身出了帐篷，屁股一扭，不见了，只听到她细碎的脚步声渐渐消失在帐篷后。

现在就我一个人了。胡小妮的相机也没有带走。我取过她的相机，再一次认真观赏一遍她的摄影，对于她的抓拍技巧，我实在佩服。我还对照我的摄影，细心琢磨着，期待找出其中的差距。让我深感失望的是，这样的差距靠自己琢磨，根本无法领会其中的奥秘，必须有人讲解，才能起到事半功倍的效果。我期待着胡小妮能早点回来。但我也知道，她刚刚离开，还不到十分钟，不会这么早就回来的。如果她进城，往返就得一个半小时；如果再办事，那时间会更久。怎么办？我倒是不怕孤独，这么多年了，除了工作，我不是大部分时间都是一个人吗？问题是，我还负有责任，她的这些设备，还有她提醒我的关于小鹮鹩生活习性的注意事项，都是我要小心的。我便利用这个空当，上网查了小鹮鹩的信息。网上关于小鹮鹩的信息还真不少，介绍很详细，还有许多短视频，再结合胡小妮的一言半语，我用大约一个小时的时间，基本了解了这种鸟的生活习性和生存规律。在上网过程中，我还时不时地拿起望远镜，寻找小鹛鹛的踪迹，怕它们玩一会儿，贸然回来。它们到哪里玩了呢？一定去找东西吃了。小鹛鹛只吃小鱼小虾和水里的小虫子，典型的食肉者。从网上我还得知，小鹛鹛的领地意识非常强，如果有同类入侵，其中的雄性鹛鹛会和入侵者展开殊死搏斗，直到把入侵者赶走。赶走入侵者，主要是保护区域内的食物不被掠夺。所以它们离开自己的领地，也有可能是为了保护区域内更多的食物，以便以后繁育后代时有充足的美味可供食用。

上午十点多时，我开始犯困，想睡一会儿。可胡小妮还没有回来，我不敢睡，怕错过了什么。而小鹛鹛也玩野了，忘了它正在建筑的巢。我看到，那个它们堆砌的一窝水草，还没有巢的雏形，并且下沉，几乎被水漫掉，只露出三五根水草的尖儿。这要多久才能把巢建筑好？我有点百无聊赖，也有点心浮气躁，便调整了望远镜的角度，看向湖对面的那幢房子。阳光明媚中，那幢房子显得清新峻朗，窗帘依然是紧闭的，树木静静地矗立着。我的望远镜的镜头慢慢地移动，房子的青瓦，干净的墙壁，树木的青葱，都是那么的安逸、静美。猛然间，窗户下边条椅上坐着的一个人让我悚然一惊，那不是别人，正是胡小妮。

天啦，怎么会是她？她居然到了那里。她不是说去办个事吗？就是这个事？更加狗血的是，吴天不知从哪里走进了镜头，走到胡小妮身边，他没有坐下，保持站立的姿势。他们不是在苍梧书斋茶社里发生过争执吗？怎么又会在这里约会？他们是什么

关系？胡小妮为什么不和吴天来湖边搭帐篷搞摄影？我又充当了
什么角色？

8

　　我也学着胡小妮，放下望远镜，用相机对准湖对岸，接连给胡小
妮和吴天拍了数十张照片。胡小妮一直坐在条椅上，吴天和她相距有
些距离，吴天还有夸张的肢体动作，耸肩，挥臂，摊手，伸脖子。胡
小妮一度还两手掩面伏下身体，把脸埋在双膝上。我感觉到他们是在
吵架，或者在争执，从他们的肢体语言上能看出来，很激烈。我不知
道该不该拍下他们这些。但我还是拍了。大约十分钟，或更短的时
间，他们离开了那张条椅，是背向两个方向离开的——谈话应该是不
欢而散，那张条椅又空空如也了，湖对岸又恢复了原有的寂寞。

　　我联想到屋里关窗帘的男人，会不会是吴天？我从相机里查看
我拍的照片，我的照片只能看到关窗帘男人三分之一的身体，还没
有面部。我立即想到胡小妮曾拍了更多的照片，便移到她的相机
前，打开回放功能。胡小妮的照片拍得好啊，她采用连拍技术，所
拍景象更密集更清晰，有更多惟妙惟肖的细节，其中有五六张，是
那个男人拉好一边的窗帘，去拉另一边窗帘的转身时拍的，虽然他
是背向窗户的，却能看出来他面部的轮廓，如果不是前几天见到吴
天，加上刚才在望远镜里所看到的，我还不敢判断这是他。这个发
现让我惊讶。

　　我的手机突然响了。在旷野里，在无名湖边的帐篷里，我又深

陷在另一件事里，手机的铃声吓我一跳。平时打我手机的人不多，经常是几天几周不接一个电话。谁在这时候打我手机呢？我第一个想到的是胡小妮。但，看手机号，不是胡小妮，是一个陌生的号码。我退休后，离开贵州，把原来的手机停机了，回来又办了这个新号，知道我新手机号的人没有几个。会是谁呢？接不接这个电话？我下意识地看向湖面。这会儿的湖面静悄悄，贪玩的小鹏鹏还没有回来。我便接通了。

对方"喂"了一句，说："陈老师你好，知道我是谁吗？"

对方是个女的，声音有些陌生又有些熟悉。我立即就想到了庞大萍。莫非是庞大萍？很久以前，或者说就在不久前那次小区门口的邂逅，庞大萍都是讲一口方言。手机里可是标准的普通话啊。我有些拿不准，没猜她是谁，却用普通话重复一遍我的名字。她在听了我报出姓名后，立即转用方言说："我是庞大萍啊——不好意思，打扰陈老师啦。干吗呢？"

我撒了个谎，说在钓鱼。可不是吗？钓鱼是在水边，我也在水边，虽然不是钓鱼，却是在等候小鹏鹏，在等候这方面，和钓鱼有着异曲同工之处。

"是吗？真有闲情雅兴。听小米医生说，你退休了……时间这么快。"庞大萍不等我回话，继续说，"对了，我是从小米医生那儿要到你的手机号的……那天太匆忙了，也没怎么说话，就被我妹妹家的孩子叫走了……没啥事，就是打个电话……有空聚一下啊，都住同一小区了，不聚一下说不过去啊。得便打我这个手机。这是我的手机号，你存一下，我平时都在家里。"

"你不用上班?"我以为她还在印刷厂工作。

"早就不上班了……就待着,挺好。"

我急忙也说"好啊好啊",接下来却不知要说什么了。我脑子里迅速想起了吴天,要不要问问她,吴天怎么会出现在湖对面的湖景房中?但我马上知道不便在这个电话里说。她肯定会怀疑我怎么会知道湖岸的房子,我在望远镜和相机里看到的景象,万一不小心说漏了嘴,就惹大祸了,那一定是吴天的秘密。胡小妮已经是一个秘密了,湖景房中那个身穿艳丽睡衣的年轻女人更是个秘密。但我还是说:"你家吴天事业做大了,都忙些什么?"

"他呀……他忙他的。"庞大萍似乎不想细说或多说。

"赚到大钱了吧?"我试探着问。

"有鬼用?"庞大萍的声音有些遥远,话里有话地悠然道,"钱……不过是钱……你没怎么变化啊?你看我,都老得不能看了,那天你都不认识我了。"

你没老,你还年轻,比我小十一岁呢。但我没有这么说。我换了个角度说:"人都有老的时候。你比我小那么多,说什么老?"

"真没想到你都退休了……好像……没过几年似的。退了……还干点什么?"她的话不连贯,像在寻章摘句。

"不想干什么了,喝喝茶,搞搞摄影,钓钓鱼……不过今天这个鱼窝没选好,到现在还没有钓到。等钓到鱼给你送几条。"我的话既回答了干点什么,又是进一步试探,如果这片湖泊也是她家的,或跟吴天有关,她的话会露出蛛丝马迹的。

"好,等着吃你的大鱼。"

我也说好。但是再说什么呢？二十六年没有见面了，说多了，怕有重叙旧情的嫌疑，引起她的不适甚至反感。在尴尬地停顿几秒之后，她说："改天再跟你说话啊……有点事我先忙一会儿，希望你能钓到一条特大特大的大鱼……那就，先再见……知道手机了，以后联系方便啦。"

挂了电话，我发呆了足足十分钟，仔细回味着她的话，试图从她的话里知道她和吴天的婚姻。从我目前看到的情形，可以肯定地说，他们的婚姻出大问题了，而且出在吴天身上。我要不要把我看到的情形告诉她？怎么告诉？直说还是暗示？说了会有什么后果？我的目的又是什么？是在帮她还是在害她？说不定她早就知道，不需要我多此一举。正在我纠结的时候，手机又响了。我以为还是庞大萍打来的，心头一喜，看手机显示，是小米粒，才知道我太敏感了。米医生在电话里告诉我，庞大萍跟她要了我的手机号，问我没问题吧？我回答可以，没问题。没想到米医生又说："吴天刚刚也跟我要你的手机号了，我没给他。我也没说庞大萍有你的手机号。没有别的事，就是跟你说一声。"

我知道小米粒是为了保护我。小米粒是知道我当年离开我们公司本部去贵州做一名销售经理的原因的，那时候她还是个小小少女，只有十来岁，但是她父亲老米，是接替我做了我们厂报主编的。老米在做厂报主编的时候，继续和开发区激光照排印刷厂打交道，报纸的排版人员也是庞大萍，他大约也和吴天、庞大萍说了我已经改换了工作的事。老米和我是好朋友，关系密切，他一直要我给报纸写稿。本来我不想写，但老米不依，说如果他不接这个报纸，我根本走不成，又说我必须要支持他，写稿就是最好的支持。在最初的几年间，在老米的逼迫和穷追猛打下，我写了不少文章，有关于贵州当地风光的散文随笔，有诗歌，也有我们片区的新闻，实在没招了，就找几幅摄影作品来抵挡。那几年蒙老米的厚爱，我人虽不在公司，但公司的报纸上一直有关于我的信息。后来企业报刊整顿，报纸停办了，我才停止这些创作。在这个过程中，小米粒的作文一直都是我辅导的。我本来也是冒充大马队，没想到第一次辅导的一篇关于读书的作文，在全市中学生（初中部）读书征文比赛中，获得了一等奖，老米和小米粒对我就更加信任了，每每写一篇得意的作文，就让我"斧正"。我和小米粒，即现在的米医生的友好关系就是这样建立起来的。

手机再次响起来，让我从回忆中回到现实。这次打电话的，是胡小妮。电话中的胡小妮语气一如既往的平静，她告诉我，她暂时不过来了，下午有一堂茶艺课，是为某公司员工集体上课，上个月就约定了的。她让我中午自己解决吃饭问题，还特别提醒我，包里有很多好吃的，零食、主食，一应俱全，甚至还有饮料和啤酒。最后还不忘提醒我，中午是小鹏鹏的工作时间，别忘了多拍照片，并说天傍黑时来接我。

9

我没有钓到鱼。我突然想和庞大萍见面了，就说钓到了一条大鱼。

这是四天后的事了。

在前三天里，我和胡小妮一起，每天都到湖边拍小鸊鷉，也摸到了小鸊鷉出没的基本规律——天刚亮，两只小鸊鷉就从它神秘的宿营地来到悬崖下的那片水域，一边嬉戏，一边筑巢。大约一个半小时后，它们就开开心心远离我们的视线玩去了，一个上午都不会再来。在中午时，小鸊鷉再来忙碌一会儿。这次时间较长，也最为辛苦，大约要忙到三点钟，又快快乐乐一起离开了。天傍黑时会来这儿绕一圈，相当于巡视，确定领地安全后，再离开。经过三天的忙碌，小鸊鷉的巢已经初具规模，有了巢的样子了，其中的一只小鸊鷉，还蹲到巢穴里试了试，看看新家的承重力和舒适度。当然，巢还不够结实，浮力也不够，三分之二部分又陷到水里了。看来小鸊鷉筑巢经验十分丰富，巢落入水底的部分，就相当于人类建筑的地下工程，要有相当的承重，才能建筑成一幢安全、牢固的小家。在这三天里，胡小妮也每天都起大早，按照约好的时间带上我，一起来拍小鸊鷉。她一天比一天敬业，一天比一天投入。第一天她还中途溜走，跑到湖对面的湖景房去和吴天约了个会。第二天就哪儿也没去，我们一直坚守在湖边。在小鸊鷉出没的那段时间里，她一直躲在临湖边的小帐篷里。小鸊鷉离开的时候，她就爬到悬崖上的大帐篷里，和我一起交流所拍的照片。她会根据她的经验，活学活用地跟我讲解一番。老实说，我的摄影技艺，在她手把手的指导下，有了明显进步，从前不知道的一些影像小技巧，现在也基本掌握。三天里，胡小妮对我的态度，也一天和一天不一样，如果说第一天还有点像老师，基本上是以公对公的样子，包括当晚我们一起收拾帐篷回城，她的态度都是和蔼而亲切的，似乎并没有受到和吴天约会而带给她的影响。第二天，她的态度有所转变，很细微的转变，我们像朋友了。第三天的关心就更贴心了，话也多了起来，还有些热络劲儿，在对我的摄影进行现场点评时，身体还有意无意地碰到了我。我感受到她表达的善意。我还感觉到，三天来，我们居然能和谐相处，并没有相互嫌弃。可能是她在拍摄时，我们是分开的。但无论如何，这是个好兆头，至少我们三观一致。有一次我提到这个湖的归属，她也没有说清楚，只说这里原是炸山的采石场，二十年前禁止炸山采石，逐渐形成了这个湖。至于对面的那幢湖景房和房子的主人，我根本就没有提——那儿也一定隐藏着她的隐私。既然是她的隐私，就得假装浑然不知。由此我还想到另一个问题，也是前边想到过的，她教我茶艺是收费的，且收费不薄。她指导我摄影，难道仅仅是因为我也爱好摄影？我仿佛感觉到，她来这儿拍小鹏鹏，是她真实的爱好，此外，还有监视对面湖景房的意思。而我在此间能起到什么作用？我也不知道。不过，我还是时不时地拿相机对着湖对面的房子看看，偶尔也会拿起望远镜，朝对面望去。那幢房子倒是一直安静。

第四天，我跟庞大萍说钓到一条大鱼。我是用手机短信告诉庞大萍钓到一条大鱼的，并且告诉她，可以送到她的府上。她说太好了，问我几时到。我说快到时打电话。

我便在小鹏鹏离开后，跟胡小妮说，家里有点事，要回去处理一下，稍晚点回来。她问稍晚点是几点？她在说这句话时，不经意地瞟一眼湖对岸。我便说下午五点前一定回来。她便把车钥匙给了我。

水产市场的鱼比较多。我毫不犹豫就买一条五斤多重的大花鲢子，直奔我们小区。我一边开车，一边给庞大萍打电话，说我十几分钟后就到小区了，让她把她家的门牌号码发到我手机上。短信马上到了，我只瞄一眼，就看到"C区"字样了，我就知道她家果真住在别墅区。

庞大萍家的别墅是独幢的，不是很大，有一个种满各种花卉的后院，像个袖珍园林。我们就在小园的紫藤架下坐下了。老船木的方桌上摆着两杯绿茶、时令水果和精致小点。鱼已经被她拿到厨房，怎么处理的我不知道，中午是不是要吃我也不知道。她看到我拿来的大鱼时，照例还是先脸红，再表示疑惑和惊喜，连感谢的话都没说。此时是上午十点半，阳光非常温润，院子里的牡丹、芍药都开了，紫藤花也开得正好，一串一串地悬垂着，花香弥漫，很好闻。有几只小蜜蜂在花丛间寻寻觅觅。紫藤是两种，一种是传统的紫色，一种是白色的。白色紫藤我是第一次见，有点像洋槐花，花穗只比洋槐花要长些。我好奇它是不是紫藤时，庞大萍告诉我，这是从日本引进的品种。我再次表示好看，用手机拍了几张照片。然后她让我吃吃小点心和水果。我为了放松自己、消解拘束，吃了一颗草莓，又吃了一块唐饼家的点心，除此之外，似乎就没有别的话了。确实，说什么呢？当年的话题也没必要重提，我至今单身的情形，她一定从小米粒那儿知道了，退休后的生活也没什么可说的。一时间，就这么沉默着。我发现她今天很美，穿着也适合居家，铁线莲花纹的汉麻连衣裙，轻糯、细软、薄而有型，是那种宽松的款式，七分袖卷了两叠，也很雅致，露出白皙、温润如玉的胳膊。平底白色休闲鞋，鞋帮上居然还有一朵淡紫色的小花。她的整个衣装，如花在野，和小园子里的环境很搭。"喝茶。"她说，声音特别遥远，接着，她还是说了，"接替你的米老师挺好，从报纸上也能看到你的文章，大致知道你事业有成。你刚才拍照时，我就想到你那时发表的许多照片了，真好……可惜报纸停了。后来企业改革，印厂实行股份制，其实就是私有……吴天成了大股东，所以，我也懒得再上班了……我们是丁克，丁克知道吗？……这样也好。几年前，吴天以扩大生产的名义，承包了一片野湖，承包期二十五年，准备开发瓶装水……你要钓鱼可以跟他联系，不过他不爱钓……瓶装水因为技术问题没有搞成，也没搞养殖，没开发旅游项目，却搞了个会所。其实他包湖就是为了玩，玩也不错……我都没去过那里……妹妹一家会来找我玩。我们中午吃鱼吗？我让我妹妹买菜来了，她会做，鱼也会做。这条鱼够大，可以一鱼两吃。可惜吴天有应酬，不回来了，不然，他可以跟你喝两杯。"

庞大萍的话简洁明了，中间虽然有些停顿和犹疑，表述还很清楚，但有几个关键词让我记住了：其一是丁克，她强调丁克，说明他们没有孩子，从庞大萍的话中，有明显不甘的意思。其二是承包一片野湖就是为了玩——只能说钱太多了。其三极其重要，她一次也没去过野湖，就是没去过吴天的会所，即如前所述的湖景房，湖景房中发生的一切，她自然就不知道了。我想提醒她，可以去会所看看。但觉得这样提醒会有弄巧成拙的风险，惹出什么麻烦来就无法收拾了，便忍住没说。但听话听音，从庞大萍的语气里，还是清晰地暴露出他们夫妻情感有问题，结合我所看到的情形（胡小妮和吴天不明不白的关系以及会所里身穿睡衣的摘花女），对于庞大萍，我不免心生同情。

10

看来我的体格还是不行，经不住折腾，在我和胡小妮一起拍摄小鹇鹛的第十天，我突然病倒了，肋骨部位疼。开始我怀疑是不是上下悬崖时扭着的，跟着就头疼了，重感冒的症状来势凶猛：打喷嚏，流鼻涕。

肋骨疼，又重感冒，只能在半夜里给胡小妮微信留言，明天不能随她去拍小鹇鹛了。凌晨三点半时，她给我回电话，问我怎么样。我只说感冒了，打喷嚏，流鼻涕，没说肋骨疼的事——肋骨疼有可能是大事，我不愿她为我担心。她嘱咐我好好休息，又说片子她来拍，每天选几幅发给我，并强调，她发给我的片子就送给我了，让我注意保存，她会把原片删除。我秒懂她的意思，类似的片子她有很多，因是同一个拍摄现场，她又是连拍，不在乎送我几幅，而且连版权也送了。她这样做，是让我对小鹇鹛从筑巢，到生卵，到孵化，到幼鸟出壳，直到陪伴成长，都能留下一个完整的记录。在这些天的拍片和闲聊中，我已经知道她拍片的意图了，她是应一家著名策展机构的预约，点名要这一系列的摄影作品，主题是"鸟，自然，环境，家园"，她还说，如果她的片子选不出一百张系列图片，可以从我的片子中选，我们共同署名。我当然受宠若惊了。只可惜我的身体不给力，出现了小问题，要缺席几天了。在我已经拍摄的这十天中，特别是后期这几天，我审视我的照片时，比真实的小鸊鷉的日常活动还精彩，很多抓拍不仅惟妙惟肖、活灵活现，其动感、静态和情态都十分传神、感人，加上自然光影的运用，既纪实，又艺术。就在三天前，小鸊鷉已经把它们的巢基本完成了。这个巢不大，坐落在水中央，贸然一看，结构、工艺和其他鸟巢没有什么两样，不同之处，就是不借助树枝或苇秆，就连水底半浮的水草，也起不到托起的作用，整个巢，湿淋淋的，悬在水里，感觉如果有一波大浪，都能随风漂移，不知流落何方了。就在昨天，巢筑好了，我知道，下一步就是要产下它们爱情的结晶了，接着是更艰苦的孵化过程。可我却病了。我非常懊恼。更让我懊恼的是，天亮时，还发烧了。

好在胡小妮兑现了她的承诺，每天晚上七点左右，给我发微信，把她一天的工作成果选十几幅让我欣赏，还叮嘱我立即保存。在我生病的第三天，从她发我的一组照片中，我看到一只小鸊鷉产卵的过程，先是一幅小鸊鷉一跃进入鸟巢的画面，接着是从容伏在巢里，另一只小鸊鷉在边上，衔着一截水草，继续加固巢穴。接下来的几幅都是两只小鸊鷉互相呼应的图片，感人的是，一个在水里，一个在巢里，两颗小脑袋碰在一起亲昵的样子，心都能萌化了。最后一幅，巢里的小鸊鷉一歪屁股，露出了大半颗鸟蛋。而在小鸊鷉换班孵化的一瞬间，巢里的四颗鸟蛋清晰可见。这几幅照片形成一组画面，连贯地看，简直美爆了。我真想亲自去拍啊。在我感冒的第六天，胡小妮问我怎么样了。怎么说呢？烧是退了，又鼻塞了，还咳嗽，喉咙发炎，脑壳子昏昏沉沉，一天能睡十几个小时。这种身体状况，显然不适宜野外劳作。

在我生病的六天里，庞大萍也跟我通了一次电话，是那天在她家吃鱼之后，时隔十多天的第一次通话。她没有别的事，只是告诉我，那天在她家没有吃好，她妹妹把鱼烧砸了，实在辜负了我的一条好鱼，本想请我再聚聚的，找个好馆子大吃一顿，可她生病了。也不是什么大不了的病，就是感冒咳嗽，十多天了，还没好。我听了，内心一乐，我们几乎是同时生病的，症状和她差不多。便告诉了她。她也乐了，在电话里发出会意的笑声。这是我第一次听她笑。她边笑边说："好吧，等咱们好了，好好聚聚，一起庆祝一下。"

庞大萍的话给了我期待。再一次见面，也是我渴望的，庆祝病愈，更是好借口。那天在她家吃饭的小细节又呈现了出来。鱼确实没有烧好——不知什么原因，鱼头汤有一股子泥腥气；红烧部分，不敢说烧砸了，却是烧过了头，汤干了，稍有焦煳味。我看到庞大萍有些不好意思。庞大萍的妹妹自责地连声道歉，脸都红了。我不知说什么好——既不能夸好，又不能说不好。这时候，庞大萍就在桌子底下碰我的腿，她用腿碰我的腿。我一时没理解她的意图，以为是调情。庞大萍看我反应迟钝，尝着鱼，对妹妹笑道："不错呀，别对自己要求太高了。"说罢，继续碰我一下。我这才知道庞大萍是提醒我说话，别让她妹妹太尴尬。我才如梦初醒地说："一鱼两吃，地道……鱼头汤真鲜，红烧更是把鱼香味烧出来了……好吃！"我的话听上去明显是假话，但也缓解了尴尬。庞大萍听了很满意，再次碰我一下。

神奇的是，这次电话的第二天，我的症状减轻了，头不疼了，不再浑浑噩噩了，咳嗽也好了很多，只有鼻塞比较讨厌。但我有办法，用滴鼻液滴一滴，能管一天。于是我给庞大萍打电话，问她感冒是不是好点了。她说："真是奇怪，昨天和你通了电话，今天就症状全无，不咳了，正要给你打电话呢，没想到你电话来了，听口气，你也好了吧？"

"是啊是啊，明天中午我请你吃饭啊，我知道一家小馆子，都是山珍，特别地道。我这儿还有一瓶红酒，白酒也有。把你老公叫上。"最后一句，是我的灵机一动。我并不想叫她老公。如果她叫上吴天当然可以。如果她不叫，更好。最后这句只是出于礼仪而已。

"好啊，你把位置发我，明天中午见。"

第二天上午十点，我继续收到胡小妮发来的照片，照例是一张比一张精彩。我告诉胡小妮，感冒好多了，虽然还有些鼻塞，咳嗽，体力虚，我想明天就去拍照，如果没有意外，明天早上老时间、老地点接我。胡小妮很快就回复了好，还附带了一朵小红花。

中午时，我是怀着好心情来到小饭馆的。庞大萍比我还先到。不出我所料，吴天并没有来。庞大萍告诉我，她叫了吴天。吴天说有应酬了。庞大萍说："吴天变了，现在比从前豁达多了……"庞大萍自知这句话太冒险，有翻出二十六年前旧账的嫌疑，而那段旧账，大家都是心照不宣地没有点破。庞大萍便不再往下说，而是改了话题道："这家馆子以吃怀柔水库的鲤鱼著名，你选在这里，是不是说那天鱼没吃好，要重吃一次啊？"我便说："其实那天鱼做得挺好的，可能是我们俩都有期待吧。""期待?"庞大萍像是不懂，又像是懂了。其实我只是信口一说，并没有预设的深意。接下来，庞大萍问我退休后有没有打算，说不是钓鱼、摄影这样的打算，就是想不想再做点事。我问她啥意思，庞大萍说:"吴天想让你到厂里，搞搞校对，也没多大业务量，说你做过报纸编辑，又会写，给重点产品把把关。报酬不是问题。"我便知道了，庞大萍这次约饭，或暗示我来约饭，是有使命的。我当然不愿意到吴天的厂里工作了，多少钱都不去。如果吴天不是在讽刺我，就是有别的目的，比如要封住我在苍梧书斋茶社里看到的他和胡小妮的冲突。但，在这个场合，我不好拒绝，当然也不能答应，便采取太极办法，说:"好不容易退休了，得让我玩够了再说。"我同时还想到我和胡小妮正在合作的小鹍鹏的项目，这项工作还没有完成。就算完成了，后续还有别的项目，怎么能答应吴天的邀请呢? 庞大萍听了我的话，沉吟一小会儿，悠然道:"其实我也不希望你去，退休了，就像个退休的样子，是不是?"

这次聚餐，不算失败，也不是我想要的样子，原因就是庞大萍转达了吴天的话。怪不得吴天跟小米粒要我的手机号，原来他那天在胡小妮的茶社遭遇我之后，并不是没有认出我来，而是认出之后，还有预谋。

我和庞大萍的这次聚餐喝了点红酒。后遗症是，夜里咳嗽加重，还伴着低烧。我赶快给胡小妮发微信，说好的同行去湖边拍片，再次延迟。

11

　　我的咳嗽时轻时重，重时多，轻时少。这样反反复复地到了五月中旬时，已经发展成讨厌的慢性咽炎了。这样的状态无法去湖边拍照片了，突然的咳嗽会吓坏喜静怕闹、胆小如鼠的小鹛鹛的，真要把它吓跑了，那就前功尽弃了。我在和胡小妮的微信聊天中也流露了这样的意思，她也赞成我暂时不要出现在拍摄现场。由于小鹛鹛处在孵化阶段，它们每天的活动规律大同小异，就是全力孵化它们的宝宝，这个过程需要二十五天左右，所以胡小妮也不是天天都去湖边了。不过不去的时候，她也会告知我一声。有一天，胡小妮还约我去她茶社听茶艺课，因为我的课还有三个下午。我也想去。但我的咳嗽还是让我望而却步，没有贸然前往。

　　最近几天，胡小妮又每天都有新照片发我了。从照片上可以看出，两只小鹛鹛虽然爱玩，但是对孵化工作还是尽心尽力非常负责。我在欣赏这些照片时，发现小鹛鹛的巢一直都是湿漉漉的，这不会降低温度吗？我把这个疑问还和胡小妮交流了。胡小妮告诉我，小鹛鹛的巢确实是湿的，但是有了小鹛鹛身体的温度持续加持，这种湿温传达到鸟蛋上，有点像盛夏七月的桑拿天，反而有助于温度的保持和提升。我佩服胡小妮知识结构的丰富，盼着小小鹛鹛早日破壳而出。

　　惊喜还是在今天早上出现了，一只小小鹛鹛破壳而出了。我看到这一系列照片时，是在上午九点多。我能明显感觉到照片也沾染着拍摄者的喜悦。这组照片的成功在于，每一个细节都让人暖心，先是蛋壳从小鹱鹱屁股上露出了半颗，依次是：破了个小洞，露出了嘴，露出了头，露出了整个身体，一只小小鹱鹱光着身子往小鹱鹱的翅膀里钻，被妈妈（抑或爸爸）的翅膀完全遮住，从翅膀上方露出尖尖的嘴，露出了半颗头。另一组照片同样感人，依次是：小鹱鹱一个猛子扎入水里，水花四溅，露出了撅起的屁股，钻入水底，水太清了，能看到它在水底水草里的半个身姿，一条小鱼被它从水草里赶出来，逃到更浅的浅水区，被它追上，一口叼在嘴里，飞速跑到巢里，把口中的小鱼投喂到小小鹱鹱的嘴中。这两组照片分别都有十几幅，不间断地记录了小小鹱鹱的破壳、出壳过程和小鹱鹱捕鱼的全过程。画面非常传神，我特别喜欢。

这才是一个小小鹱鹱破壳出世，它还有三个蛋也会陆续孵化成功的。但是，接下来的一天并没有照片发来，一直到下午五点了，胡小妮还没有给我的微信发送半点讯息，晚上七点半了还没有。也许她正在回家的路上吧，我想，心里有点焦虑。这个点儿她不应该在湖边了，我可以直接打她手机，问问什么情况。可手机一直在振铃，就是没人接。再打，还是没人接。怎么回事？就算在开车也可以接电话啊。我只能期待她一会儿回打给我。但是又过了一个小时，她也没有回打。我便给她微信留言，询问她今天的湖边收获，并表扬她昨天的照片真漂亮，期待看到后续的照片。很晚的时候，就是快午夜十二点，我才收到胡小妮的回复："明天发。"有了这句话我就放心了。可想想还是不放心。胡小妮从来不会在午夜跟我说话，也不会只干巴巴地说这三个字。她怎么啦？生我的气？或者遇到了什么事？受伤？生病？也许今天很累了，不想做任何事了。她不是说明天发吗？那就等着明天更多的惊喜吧。我的咽炎有所好转，咳嗽症状有所缓解，也能强忍住，不再咳嗽了，便在微信里留言道："明天我也去湖边，看到这么多好照片，我也技痒了。老时间、老地方接我哈。"对我这条微信，她回复倒是及时："车上我另约了人，改天再带你去。"

原来是这样。

也许这几天车上都有人。她一天没给我发照片，包括不接电话，很可能都是和这个人在一起。谁呢？男的女的？这是隐私，我不便多问，只回复一个"好"。

但是第二天中午时分，胡小妮发来的照片又让我顿生疑窦。照片主角当然还是可爱的小鹏鹏了。只是角度完全不一样，我一眼就看出来，是从悬崖上往下拍摄的。而且一连五六张照片基本上是同一个角度、同一个层面，太平了，比我的拍摄水平都差，甚至相去甚远，可以用大失水准来概括。唯一的功能，就是透露了小鹏鹏及其一家的状况：照片上，一只小鹏鹏坚守在巢里，它的翅膀里露出了两颗小脑袋，仔细看，另一边的翅膀里还露出一张嘴，也就是说有三只小小鹏鹏出壳了，来到新世界了。在离巢不远的地方，是另一只小鹏鹏，显然它是在捕食。这是一张全景照片。显然，这样的拍摄方式完全不是出自胡小妮之手，而且拍摄工具好像是手机。怎么会这样？难道胡小妮态度大变，不再和我共享她的成果啦？她不是说另有人在陪她吗？也许这几张拙劣的照片，就是陪她的那个人拍的。更让我不能相信的是，到了下午，她微信给我发来了更为不好的消息，小鹩鹩一家遭遇不测了，有人打扰了它们平静的生活，湖边已经没有它们的踪迹了。

我不能接受这个消息，小鹩鹩一家怎么会消失呢？谁打扰了它们平静的生活？凭着胡小妮的谨慎和行事风格，应该不会发生这种事的。那就不是胡小妮。那又是谁？

我立即打她手机。奇怪的是，刚一振铃，手机就被掐断了。再打，再掐。我还是善意地以为她不方便说话，一会儿会给我打过来的。但她依然没有打过来，只在微信上留下干巴巴的两个字："有事。"

她掐断电话并回复有事，我就不便再说什么了。但我感觉到，胡小妮变了，大变，是九十度大转弯。她还欠我三个下午的茶艺课呢。我决定去苍梧书斋茶社找她，就算她不在，员工也会告诉我她的行踪的。

说去就去。

茶社的员工告诉我，胡小妮有几天没来了。我问有几天。她说，不记得了，最近一个多月里，胡姐上班一直不正常。我问她能帮我联系一下吗？她说她联系过了，联系不上。又乐观地说，也许明天会突然出现呢。我也只能相信女员工的话了。

但是如果明天不能突然出现怎么办？我在离开茶社之后，还是在微信上给她留言："方便时回个话。"

我还不放心，又打电话问小米粒，问胡小妮还有别的联系方式吗？

米医生问："怎么啦？闹什么矛盾了吗？进展不顺利？"

我说："什么呀，哪有什么进展？只是问一问。"

米医生的思维方向，和我完全不在一个频道上，她说："只有她的手机和微信，别的没有了。"

不多一会儿，米医生又打我电话了，半开玩笑半认真地问我怎么回事，说胡小妮不接她的电话，也不接微信语音，是不是我惹恼了人家。

我不便多说，只好含糊其词应付了一下。最后米医生郑重地跟我半开玩笑地说："陈叔叔，你是老江湖，心急吃不得热豆腐哦。"

就这样，胡小妮突然就失联了——也不能说完全失联，她微信还时不时地回一句。那就是半失联吧。

12

我翻看着我拍的许多张小鹔鹴的照片，也翻看胡小妮发我的照片。这些照片都好，各有各的精彩。但是这样的照片不再有了。真是遗憾。我觉得这个系列摄影，只差一点就要完成了（也许胡小妮故意不把最后一组小鹔鹴的全家福发我），却临到终点时夭折。我翻看照片时，心里生出很多感慨来。说真话，这些照片再好，也没有一张照片能有小鹔鹴现场形态给我带来的切肤的感受更真切动人，小鹔鹴的各种可爱，各种萌，从眼前次第闪过。我便决定，去湖边，一来现场查看、分析一下胡小妮半失联的原因；二来看看小鹔鹴一家到底还在不在，如果在，我得把它们一家嬉戏的照片补拍几张，算是给这次拍摄活动收个尾。

我没有胡小妮的那些设备可带，也没有自己的车，便叫了一辆滴滴，带着相机，黄昏来临前来到山下。我让滴滴车司机等我半个小时，便一人翻过小山来到湖边。

湖还是那个湖。小鸊鷉一家果然不见了，连它们辛苦建筑的巢都不见了。我站在悬崖顶上，眺望整个湖面，百感交集，惆怅难耐。不久前这里还时常扎有两个帐篷。如今扎帐篷的痕迹还隐约可寻，却已物是人非，不，是物是鸟非。湖中的那丛面积不大的芦苇，碧绿的新苇已经冒了很高。新旧芦苇混在一起，仿佛新旧生命的轮换。我拍了几张照片，算是对小鸊鷉的故园留个纪念吧。

简单一算，我已经二十多天没有来湖边了。小鸊鷉一家会迁到哪里呢？不出所料，还应该在这片湖里，因为它们没有飞翔的能力，也不会像别的鸟那样迁徙。如前所述，这片湖是呈东西狭长形，沿岸弯曲，极不规则，南边的沿岸是错综复杂的山体，北边是缓漫的浅滩，生长着大片的芦苇。小鸊鷉一定躲在那些芦苇里。我没有望远镜，不能像胡小妮那样观察。我便用相机当望远镜，拉近了远处的水面。在观察中，我看到远处的一小群鸟，像一个个黑色的小点。它们是小鸊鷉一家吗？也许是，也许不是。摇过镜头，再远看，还有三五只白色的大鸟，其中一只白鸟从远方飞来，正在降落。我继续移动着镜头，看到我正对面的那幢湖景房了。

现在我知道了，那是吴天建的会所。

此时的会所周围，高高低低的绿树更为茂盛，和以往看过去时一样，四周看不到一个人影。在和胡小妮同来的那些天里，我看到胡小妮时不时地偷闲拿起望远镜向对岸观看。我知道她心里有所惦记，有所牵绊——会所里曾出现一个女人。我因此还想到了一些狗血的男女之事，特别是那天我居然在望眼镜里看到胡小妮也到了对岸，而吴天居然和她同时出现在一个场景里，我还想到了圈套、阴谋、陷害这些险象环生的词汇。想到这里，我心头悚然一惊，胡小妮会不会和吴天联合起来合谋什么？在窗帘紧闭的会所里，胡小妮会不会和吴天在一起？在同一个屋檐下？完全有可能啊。我不能怀疑胡小妮对摄影的投入和迷恋，对艺术的热爱和痴情，但也不排除她利用摄影来对吴天采取行动——驱赶争风吃醋者，以达到她个人的目的。我不免替庞大萍担忧了——无论是胡小妮，还是曾在会所出现的摘花女，都是对庞大萍的威胁。我调整焦距，试图在会所里有所发现，说不定以后会帮得上庞大萍，至少能让她掌握有利于自己的证据。我便利用相机功能继续放大，继续观察。我看到会所周围黑色的铁艺栅栏了。除了窗玻璃、屋顶、栅栏，别的什么也没有。

我对着铁艺栅栏，也就是那幢神秘的建筑，胡乱拍了几张。

我沿着崎岖的山体，在湖边攀行。山体很陡，斧削刀劈一样地直上直下，我双脚双手并用，像蜘蛛一样，扒着当年炸山时留下的凹凸的部分山体，艰难地前行——我看到前方水面上有两只齐头并行的小鸊鹈了，它们引着我向前走。也许在某一个湖湾里，会有它们的新家。晚霞正红，倒映在黛青色的水里。这么深色的水，该有多深啊。就在我一发呆时，小鸊鹈却突然不见了。它们去了哪里？就在我张望的时候，脚下的湖水中，半沉半浮着一个女人吓得我魂飞魄散，脚下一滑，跌落进深不见底的湖水里。我大叫一声，醒了，发现自己在返程的滴滴车里。

这是一个噩梦，我真的被吓坏了，心还在抽搐。

司机用嘲笑的眼神看我一眼，稳稳地扶着方向盘。

晚上，我收到胡小妮的微信留言："陈老师，忘了关照你一个事，不要去湖边，小鹛鹛已经走了，也许过几天还有别的水鸟去那里安家落户，别惊动它们。"

这次是胡小妮主动和我说话。以前都是我说，她不回，或回复了，却让我不满意。这回她主动说，是发现我了吗？不会吧？她在哪里发现的我？我便赶快回道："我不去湖边。你在哪里？你的茶艺课是哪一天？请回复。"

"在家处理照片了。近期不便联系。再见。"

原来是这样。原来她是在家处理照片。不过胡小妮的话，总感觉冷冰冰的，没有一点热情和温度，和以前大不一样。

我回到家里，在电脑里处理照片。我大致算了下，这些天里，我所拍的关于小鹛鹛的照片，包括胡小妮送我的照片，有几百张。从几百张的照片中，挑选小鹛鹛成长记的系列照片还是绰绰有余的。这个工作挺费心思，特别是前几天我所拍的照片，多而凌乱。我决定每天建一个文件夹，只在这一个文件夹里挑选照片也还容易。难的是修照片——有些照片是局部好，要采取一些技术手段加以修补，这方面我比较欠缺。有几次，我实在处理不好，想起胡小妮，知道她此时也在家处理照片了，她遇到的问题肯定不比我少。但是她的技术比我高超。我忍不住想打她的电话或通过微信语音向她请教，又都打消了这个念头。我知道我如果强行和她联系，肯定还会碰钉子。但我连夜奋战，还是粗粗选了一组。有了这一组，我再在这组的基础上，进行精细化处理，就相对容易些了。最后，我才把今天在湖边所拍的照片导进电脑里。我知道今天随手一拍的照片没有意义，小鸊鷉的故园，湖面远处的几个小点算不上作品，随意所拍的湖对岸湖景房，也因放得过大而没有实际效果。但是，我在看这一系列照片时，发现湖景房外边的铁艺栅栏上停着一只鸟。细看，那不是鸟，像一顶帽子。我不断地放大、缩小，调节、变幻光亮光色，天啦，那不是什么帽子，是小鸊鷉的巢！有人捞起小鸊鷉的巢，还嚣张、霸道地戴在铁艺栅栏的一根尖刺上。谁干的？我首先想到了胡小妮。但又否定了，她没有理由这么干。但是，不是她还有谁？我又想到吴天。吴天是这个湖的主人，他和胡小妮正有着说不清道不明的纠葛，他知道胡小妮利用拍片时机来监视他而心生恶意？我是不是想得太多啦？我继续看照片，又有惊人发现，我看到，面积巨大的玻璃窗的窗帘没有完全闭合，或者说，有一道人为拨开的缝隙，缝隙里还有一个不太明显的亮点，那一定是有人在偷窥，就是说，我傍晚前在湖边悬崖上拍照，被人偷窥了。那个亮点是望远镜吗？联想到胡小妮给我发的叫我不要去湖边的微信留言，一定是胡小妮在偷窥了。她的行为让我凌乱了，也惊恐、糊涂了。

这一夜，我彻夜难眠。我无法厘清我遇到的事。但我感觉到，出事了。

13

果然出事了。

我是在天亮后才睡着的。我可能刚刚进入梦乡，就被手机铃声闹醒了。我希望是胡小妮打来的。可是我最近对我手机来电的判断老是错——不是胡小妮，是庞大萍。庞大萍在电话中平静地要我去她家一趟，就现在。我问什么事，她不说，说来了就知道了。我听出来，她平静的话语中，透出不平静。好在我们同住一个小区，去她家不难。我便立即起床，简单洗漱一下就去了。

原来，庞大萍毫无预兆地收到吴天通过微信发给她的离婚协议书。

庞大萍卧坐在沙发里，神情有些冷寂。她穿着朴素的睡衣，盘着腿，静静地坐着，身体有些松散。她眼睛没有看我，不知在看什么，散淡而无光，没有集中在某一个点上。

我已经在庞大萍的手机上，把吴天发来的离婚协议书看了几遍了。也没有什么新意，无非是财产的分割。吴天在协议书上说得明白，公司的事和她无关，家庭的财产，在庞大萍名下的，归庞大萍所有，属于夫妇两人共同财产的，也归庞大萍所有。为此，吴天还列了一个清单，没有几项，主要就是这幢别墅和位于一个商业闹市口的门面房以及保险柜里的贵重金属。庞大萍能在这个时候，给我看吴天发来的离婚协议书，我觉得是她对我的信任。而且我也知道了，吴天之所以要和庞大萍离婚，肯定是因为第三者插足。这个第三者还不止一个人，胡小妮肯定算一个，而曾被胡小妮拍照的凌晨从窗外摘花的年轻女人肯定也是一位。有没有别的我就不知道了。庞大萍知道这些吗？我不能确定，但他们夫妇的感情出现危机，她一定会感觉到，否则就太笨了。从这个角度看，我是支持庞大萍离婚的。他们没有孩子的牵绊，也没有财产的纠纷，离了，对双方都好。不过她现在还没有征求我的意见。我要不要给她摆明态度呢？要不要说出我知道的一切？她不问我，我也不便主动说，况且，我还不知道她对吴天提出离婚的态度。

庞大萍还是说了，声音平静得让人紧张："这是吴天第三次提出离婚了，也是第一次正式拟写离婚协议书。这一次，我成全他，随时和他办手续。"

庞大萍的话说到这里，我就没必要再多说什么了。我陪她枯坐一会儿，直到她妹妹来了才离开。

14

两个月后，七月的高温席卷整个城市，街道上的柏油路面都晒软了，道旁树上的叶子都蔫不唧地耷拉着。我和大部分人一样，没有特殊情况不出门。而我和胡小妮，也因为吴天和庞大萍的突然离异而联系中断，就像陌生人一样陌生了。至于和她共同拍摄的那些摄影照片，我也懒有兴致去整理，她欠我的三个下午的茶艺课，我原本放弃不要的，一想从此我们没有关联，凭什么要放弃？便在一周前给她发微信，让她退款。她倒是爽快，问我退多少。我便清清白白地给她算了一笔账。但是她没有直接微信转钱给我，而是跟我要了银行卡号。不久我就收到退款了。就这样，我和胡小妮彻底断绝了联系。我猜想，吴天也不希望我和胡小妮有联系，而且我还多此一举地把胡小妮的退款和我不再学茶艺的行为告诉了小米粒。

一天雨后，庞大萍电话约我去喝咖啡，她开车接我。

如此高温下，在咖啡店喝杯冰咖啡不失为解暑纳凉的好办法，何况又是和庞大萍在一起呢。庞大萍看起来年轻不少，可能已经从离异的坏情绪中走出来，一身清凉的打扮显得特别精神。一坐下来，她就用疑惑的眼神看着我。我问怎么啦？她带着抱怨且俏皮的口气说：“我要是不约你，你是不是也不约我？干吗呢这些天？”

我当然不便约她了。从她给我看的吴天拟写的离婚协议书上，我能感觉到，她是个有钱人，我觉得我高攀不上她。这是真心的。但这话也不便说。另外呢，我也不知道她离婚手续办得顺不顺利，这个时段主动联系她，总觉得不对劲儿。其实我是个表里不一的人，我的真实内心是想约她的。这样的想法有很多次，但我都忍住而没约。我不是怕她拒绝，我是怕她不拒绝——这话听起来怪怪的，没错，我心里就是这么矛盾，我爱她，却又怕不配和她在一起。

“说呀，我要是不约你，你是不是也不约我？干吗呢这些天？”她又重复一遍。

我在心里说，会约你的。但我只回答她后一问：“这么大热天，能干什么？整理一些我过去发表文章的剪报，诗、散文、新闻，还有摄影，订了三大本。"

庞大萍认真地端详着我，对我的回答不知是满意，还是不满意，但她一定看出我内心的想法了。她突然脸红地笑着说："我想起以前，你编报纸时，我帮你打稿子的事了。那时候你很帅的……当然，现在也帅。"

"老了。"

"别说老……你说你在整理稿子，需要打字吗？我打字可是快手。"庞大萍说，"你会编报纸，还会写文章，写诗，我会打字，我们可以再合作的……"

我秒懂庞大萍的意思，这就是重新再来一次的暗示。而恰巧我身边的空椅子上有一张报纸，三天前的，可能是前桌的客人落在椅子上的。既然说到报纸，我便下意识地拿起那张报纸，随便看一眼，就看到了一则公安部门发的协查通告。通告说："7月16日，有游人在某某湖畔，发现一具浮尸，女性，身高一米六七左右，年龄在三十五岁至四十岁，约死于两个月前，该女穿一条牛仔裤，一件黑色汤美费格T恤，手腕上戴着一根红色皮筋……"

我震惊了，突然紧张起来。

从描述中，事发地点正是我和胡小妮拍小鹂鹂的野湖。这个浮尸是胡小妮？她在湖边拍照时喜欢穿一条通告中所说的牛仔裤，也穿过黑色汤美费格T恤，年龄更是相当，而手腕上戴着一根红色皮筋也是她那几天的标配。胡小妮怎么会落入湖中？既然死于两个月前，一周前怎么还能回复我的微信？怎么还能给我退款？我想起来她一直不接我电话的异常，而微信却能回复，难道有人拿她的手机在冒充她？谁？只有身边最亲近的人才可能这样干。吴天？我突然心惊了，我心里的许多疑问瞬间清晰起来，我感觉我拿报纸的手在颤抖。我还想，这算不算知情？要不要报警？

庞大萍看我神情不对，也拿过报纸看。就在这时，我的手机响了，一看号码，是胡小妮的。我接还是不接？是胡小妮亲自打来的吗？要是亲自打来的，说明浮尸不是她。如果是公安局的人拿她的手机打的呢？我是最后一个和她联系的人之一，我肯定是协查对象。我紧张得手机都快拿不住了。

"接呀。"庞大萍说，她有点替我着急。

我慌忙接通，对方是一个陌生的男声，他问我是谁。

15

这年的年底，在北京市怀柔区某文化馆里，正在展出一个主题为鸟、自然、环境、家园的摄影展览，一百多幅可爱的小鸊鷉就是此次展览的主角。这些照片的提供者都是我，也是我找到策展者，提出可以按计划完成这次展览。展览的前言也是我写的。全部作品的署名都是胡小妮（虽然有一半以上的照片出自我的手）。在前言里，我从艺术的角度高度赞赏、评价了这些作品的意义和思想，并表达了对摄影者的怀念之情。我和庞大萍都参加了这次摄影展的开幕式。开幕式结束后，我牵着庞大萍的手，仔细观看了小鸊鷉一家充满情趣和爱意的一组组照片。我是重温这些照片，而庞大萍是第一次欣赏。在看到两只小鹧鸪一边玩耍一边卿卿我我地衔草筑巢时，她变换一下姿态，两手紧紧地抱住了我的胳膊。

2023 年 4 月 30 日 21 点 52 分初稿完成于北京像素，历时 20 天

2023 年 5 月 15 日修改

杯子
子
丢了以后

1

胡小菁发现自己新买的杯子丢了以后，突然就不漂亮了。

好朋友英果果隔着过道，一眼就发现胡小菁塌陷了的神情，关心地问："怎么啦？"

"杯子丢了。"

"啊？怎么会？看到你在候机室喝水的呀？"英果果惊讶道，"多好看的杯子啊！确认丢在了候机室？"

"没错，我放在右手扶手边的……怎么办啊？"

那还能怎么办？英果果心想，不就是一只杯子吗？至于这么娇滴滴的？心疼钱？撑死一两百块，大不了让朱大季帮买一个得了。但英果果嘴上却是这样说的："等到了长沙，打电话给这边机场，让他们帮你留着，回来时再取。"

"行吗？能不能找到呀？关键是……没有杯子很不方便的。"

飞机突然加速，又瞬间升高。

在飞机不断爬升的过程中，胡小菁还在为丢了一只杯子而纠结。那确实是一只好看的杯子，是她精心挑选的。或者说，就是为这次旅行而挑选的，造型别致，颜色是她喜欢的抹茶绿，很适合她。可刚用第一次，刚倒第一杯水，第一杯水也只喝一口，杯子就丢了，真是气死人了。胡小菁连带地又觉得，这次旅行，有可能不顺，这不仅是丢了一只杯子，而是弄坏了好心情，甚至破坏了好运气——没错，她是处心积虑要参加这次旅行的。公司工会每年都会在五一期间组织一次旅游，除了法定的假期，还白送四天，即提前两天出发，推后两天返回，这样的好处就是能避开小长假期间的人流高峰，还能多玩几天。胡小菁原本不想出行，她是无意间看到这次旅行人员的名单，才改变主意的。名单共有三十多人，大部分她都不认识。这也难怪，公司大，部门多，加上基层车间和设在全国各地的办事处，一个部门也就摊上一两个名额。看着名单，虽然大部分名字都是陌生的，但有几个人她是熟悉的，或是半生不熟的。她盯着名单想了想，朱大季、英果果两个人就像幻灯片一样在她脑子里不停地闪现，不停地交叉、重叠，又交叉，又重叠，她就下定决心，跟工会活动办的人申请了。按规定，已经过了报名时间，很难被批准的，但她找了公司分管办公室的副总，也就是她的顶头上司，让副总和工会那边协调，这才报上了名。谁承想开头就搞砸了呢？一事不顺，万事不顺的。

飞到长沙，也就两小时十分钟的时间，空姐收了简餐后遗落在各人小桌板上的垃圾（胡小菁无心吃饭，看一眼就饱了，懊恼的），就通知说飞机正在下降。胡小菁心情不爽——不，简直是糟糕透了。自从丢了杯子开始，心情就坏了，藏在心底的那点小秘密跟着也开始摇摆不定，像一棵无根的小树，风稍微一带，就倒下了，觉得自己傻透了，对这次旅行不抱什么希望了——这行人当中，英果果她是熟悉的，她在她隔壁的督察室任督察员，天天闲得腔疼，只能靠不停地美画指甲来打发时光，出来放放风当然乐在其中了。朱大季她也是熟悉的。朱大季是公司内刊《火星潮》的主编，是她去年年末亲自招来的，这个在大学读书时就担任文学社社长、读研时就发表过散文的英俊青年，一身的文艺细胞，她一眼就看中了，唯一的"不足"就是，他太年轻，比她小三岁，刚刚二十七岁。二十七岁，她三年前也是这个年龄的时候，想到三十岁，觉得还很遥远，可一眨眼，就跨越三十这道坎了。三十岁，在婚姻上可是个节点啊，和二十多岁相比，简直是天上地下。可朱大季年轻不是他的错啊，要错，就错在自己自作多情，想到此，又不免伤感起来，觉得高傲而聪明的朱大季，一定猜透她那点小心思了。没错，她临时决定要随团出游，就是因为看到了朱大季和英果果的名字赫然在列。她想利用这次出游的时机，暗暗测试一下朱大季，也测试一下自己。没想到自己这么不经测试，轻易就动摇了。

此时的朱大季，坐在哪里呢？应该在后排吧？前边没有发现他，前边她能叫得出的，只有那个老李了，老李是宣传中心搞摄影的。朱大季进入公司后，胡小菁假装给《火星潮》送稿子去过几次宣传中心，和这个老李打过照面。老李知道她是去找朱大季的，不和她说话，只是有意无意地看她一眼，便走开了。就是这个老李，在飞机停在跑道上待飞的时候，转头寻找到了她，眼睛冲着她扇合了几下，仿佛是用眼睛在说话，而且声音挺大。老李的眼睛比较特别，可能和他长期专注于摄影有关吧，两只眼睛的颜色差距很大，一个黑眼珠特别多，一个白眼珠特别多，像一对阴阳眼。他转头这一望，吧唧吧唧扇动着眼皮子，什么意思呢？她一时没意识到——她也不在意他说什么——这时候，她就突然想到杯子丢了（心理的活动路径应该是这样的，由老李，想到了朱大季，由朱大季，想到了杯子），杯子丢了，她就慌了。她能买这只抹茶绿的杯子，完全是为了迎合朱大季的个人喜好。难道不是吗？自从这个朱大季接手《火星潮》杂志后，他把杂志的底色都换成这种特别的抹茶绿了。胡小菁开始没有注意，后来发现，这种绿确实好看。更为关键的是，朱大季用来喝咖啡的杯子，也是这样的绿。

飞机刚一落地，还在跑道上滑行的时候，胡小菁就开了手机。

一条微信赫然跳出，是朱大季发给她的。

胡小菁点开微信，原来是一张照片，正是她丢了的杯子。

胡小菁心里释然的同时，又莫名其妙地甜蜜和兴奋，真是太好了，太出人意料了，就是事先写好的剧本，也不一定如此巧合啊，杯子不但没有丢，还被朱大季捡到了，真是天赐机缘啊。她刚想回复他，表示感谢，突然又觉得哪儿怪怪的，哦，英果果正朝她吊诡地笑，然后把手机举到她面前，说："看看，看看，哈哈，谁捡到你宝贝杯子啦？"

在这次出游临时组建的群里，朱大季也把杯子发了进去。

胡小菁刚刚激动的心，又断崖式回落到原点，瞬间再降落到原点以下，直线坠落到冰点区了。这个朱大季，既然捡到了杯子，并认出了是她的杯子（在候车室喝水时，他一定也注意到她了），还单独发了照片给她，怎么又把照片发到了群里？私聊不是更好吗？公开在群里，只能说明，他不想单独和她享受这个只有他们两人知道的秘密。胡小菁低着眉眼，仔细看了看发图的时间，还对比了单发的时间和群里的时间——时间是登机以后，飞机在跑道上向候飞区滑行的时候，那当儿，她已经按机上的广播要求，关了手机了。单发的时间在前，发群里的时间靠后，相距一分钟。也就是说，他是先单独发她的，紧接着发到群里了，还在群里煞有介事地说："谁的杯子？到我这儿领取。"他装腔作势的寻杯启事当然没有人回应了。再者说了，那么多人候机，你怎么知道是我们这个团队的人丢的杯子？万一是别的乘客丢的呢？所以，胡小菁更加坚信，他是故意想撇清和她的关系。

2

"什么？不是你的？"英果果眼睛都睁圆了，"你说那杯子不是你的？"

"没错，看着像，实际上不是我的杯子，我的杯子和这个杯子有细微的差别，别人看不出来，只有我能看出来。"胡小菁肯定地说，虽然有点心虚，还是咬紧口，不认那个杯子了。

"不会吧？这么巧？"

"怎么不巧，有撞衫的，就没有撞杯子的？"

英果果不说话了，她眼里充满惊恐和好奇，在她看来，事情发展得太突然了，太不可理喻了。明明是她的杯子，怎么会不承认？英果果想想，还是没有想通，莫非有什么隐情？再想想，英果果心里的疑团，渐渐打开了，一定是她心里的小秘密被撞破了。谁都看出来，胡小菁对朱大季有好感，甚至是爱上他了。这有什么不敢承认的呢？难道就因为他学历高？个子高，长相帅？年龄比你小？这些都不算什么啊？女比男大的也不是没有过，名人里更能举出好几对来，民间不更是有"女大三，抱金砖"的说法嘛，再说了，朱大季帮你找到了杯子，不是正好有接近的借口吗？就算没有那个意思（有那个意思也白搭），感谢人家一下也是情有可原的呀。不对，不会这么简单……莫非……

英果果不愿意想下去了。

胡小菁也看到英果果的惊恐和好奇了，还看到她嘴角牵起的不屑和蔑视，心里更不是滋味，觉得一直隐藏的小秘密，全被人家看了去，自己不仅是全身赤裸，连灵魂和思想也完全曝光了。英果果一定在笑话她是老牛吃嫩草，这句比喻一般都是放在老男人身上的，现在怎么这么贴切她的真实心境呢？胡小菁又迁怒起英果果了，觉得她也不是好人，年纪轻轻，才二十五岁，儿子都四岁了，是好人才怪了。早婚早育也就罢了，还惦念着别人的帅，什么意思嘛，还想离婚再嫁？谅你也不敢。胡小菁很怕被拆穿而嘴上拒不承认，还装出漠不关心的样子，其实心里快气炸了。她强忍着，不能气炸了，不能让英果果看出自己的吃醋和愤怒来。

英果果"哧"地一笑，嘀咕道："那个朱大季，留了杯子也没用，他不喝茶，他喝咖啡的……"

英果果自知多说了半句，赶快打住了。好在胡小菁并没有接她的话茬儿。

到了宾馆后，胡小菁和英果果分在一个房间，这是出发前就确定好了的，也是她主动提出来的。胡小菁觉得一直冷着脸，一直被一个破杯子纠缠也不是个事，这才开始呢，还有七八天的旅行呢，还有七八天的朝夕相处呢，便强迫自己要调整心态，要快乐起来，要像一个真正的旅行者那样，对美食感兴趣，对美景感兴趣，对帅哥感兴趣，哪怕先从假装开始。胡小菁便说："房间不错啊，比我预想的要好。果果，今天没有活动吧？晚饭后出去逛逛啊？我要给你家宝宝买点好东西。"

英果果刚从卫生间出来，正拿着手机拍床照，她到哪里都爱拍照，听了胡小菁的话，开心道："好啊胡姐，不过买东西太早了，一路上拿着多费劲，最后一天再大采购。现在主要是吃，吃吃吃，吃遍长沙的小吃，吃饱了有劲逛街啊，哈哈，你还要约谁?"

"约谁啊？谁都不约，就我们俩。"

"那多没劲，得找个埋单的帅哥。"英果果差点就要喊出朱大季的名字了。

"都不熟啊。"

"我来研究下群里的大神啊。"英果果说着，便埋头看手机了。英果果虽然是督察室的，她也没有督察过谁，督察员就是个闲职，特别是这种民营公司，督察谁呀？谁需要你督察啊？要害部门的要害岗位，都和董事长沾亲带故，不督察还好，真要是督察了，那就是狗逮老鼠——多管闲事了，弄不好还惹火烧身。再说她自己也是走关系才进来的——公司的董事长是她婆婆的战友，她婆婆是副区长，虽然明面上她是凭考试考进公司的，但谁都知道是怎么回事，所以，上班一年多来，认识的人并不多，就和同在一个楼层的办公室副主任胡小菁混得最熟，当然还有朱大季了。但叫朱大季跟班确实不太合适，胡小菁丢了的杯子都不承认了，再叫上他，她说不定就不去了。

就在英果果研究群名单的时候，胡小菁将心比心地想，还假模假样研究名单呢，肯定想把朱大季叫出来吧？倒是要看看你们的戏怎么演。

就在这时候，胡小菁收到一条微信，是老李发来的。老李说："胡主任你漂亮杯子是不是丢啦？让小朱捡到了。小朱说不是你的杯子。小朱一定搞错了。要不要叫小朱吃饭时带给你？我和小朱住一个房间，我带也行。"

老李的这条微信，也让胡小菁极其不爽，她想起他在飞机上那夸张的吧唧眼了，胡小菁气不打一处来，没好气地回道："小朱都说不是我的杯子，带来干啥？他自己不会扔啊？他要不扔，委托你扔了！"

"这样啊。"老李回道，"扔了多可惜，一个好杯子……"

"不可惜，你要是替我扔了，我还要谢谢你！"

这个朱大季，还把杯子带到宾馆，已经告诉他不是她的杯子了，怎么不随手扔掉？胡小菁又窝了一肚子气，对英果果说："果果，别找人了，晚饭我也不想吃宾馆的自助餐了，我们直接出去吃，我请你！"

3

长沙街头的霓虹灯，离天黑还很早就亮了，各色店铺花花绿绿很有个性。在解放东路附近，有条网红小吃一条街，店铺更是一家挨着一家。胡小菁、英果果和许多闺密一样，胳膊缠在一起，手扣着手，沿着街边，左顾右盼地慢慢走、慢慢晃，沿途的店都想进去看看，又都不敢进去，那些稀奇古怪的店名，让她们感到新鲜又好奇，什么"面粉家菜""三块砖臭豆腐""吃小来碗""隔壁子厨娘""长物茶舍""而已可食""茶颜悦色"，等等，看着都好，都想尝尝，又怕挑花了眼，败了胃口。在经过一家便利店门口时，两人自然就拐了进去。便利店里有不少特色名点和特色纪念品，根据经验，这些东西只能看，不能买，至少暂时不能买。之所以进了便利店，也许只是想缓解一下那些密集的美味小吃的诱惑，调剂一下已经被勾引了的味蕾，未承想，却意外地发现一个货架上摆着许多只杯子，各式的杯子。二人不觉就在杯子前站住了。

"我正好缺个杯子，得挑一个。"胡小菁说。

"这个好。"英果果随手就拿了一个竹筒杯子。

"这个只能刷刷牙吧，泡茶可以？"

"应该不可以……这个。"

"不行，携带不方便。"

"这个呢？"

"不要，长相太丑了……果果你什么眼光……这个怎么样？"

"你喜欢红色？别买保温杯子了，现在是夏天啊姐，买有点小造型、小特色的，就像你丢的那个杯子，简单而好看，这个怎么样？"英果果挑了一个材质是塑料的杯子，鼓形，带卡通图案，杯子呈正方形，看起来超可爱，英果果兴奋地说："我看好这个了！"

胡小菁接过看看，说："好是好，可是没有杯盖子，我就想买一个带盖子的，装一杯水能放在包里的那种。"

"好吧，就那只保温杯子吧。"英果果把胡小菁看好的那只红杯子拿过来看看。

这种红还不错，不俗气，叫豇豆红，带着釉光，虽比不上抹茶绿舒服养眼，其特色也很鲜明，艳而娇美。

英果果说："呀，胡姐，你眼光真好，这杯子确实漂亮，形状跟你丢的那个差不多，不不不，简直就是一模一样……就它了！"

二人走出便利店，心情大好起来，英果果还主动帮胡小菁拎着装杯子的塑料袋。

新买了杯子，一扫胡小菁心头的尘埃，也让英果果心里有了些安慰——似乎杯子丢了和她也脱不了干系似的，毕竟两人关系密切嘛，又始终形影不离嘛，本来就应该互相提醒一下的，她没有提醒胡小菁，也算是有过错的，帮胡小菁拿杯子，算是弥补这种小过错啦。

重新走在小吃街上，在奇异香味的不断熏染、冲击下，胡小菁和英果果同时食欲大开，就近选了一家叫"臭亦香"的烤串店吃了起来，每人先要了五串烤臭豆腐，三下五除二就干完了。英果果还要吃，胡小菁也感觉不过瘾。但二人都还算清醒，先是胡小菁，说不能逮住一种好东西猛吃，倒了胃口就坏事了，得换个品种，换个口味。胡小菁的话正合英果果的意思，于是又到下一家，各吃了十五串鸭肠，鸭肠很细，也薄，穿在竹签上，撸进嘴里，还没怎么对上牙齿，就化了，滑到肚子里了，主要是那个口味，鲜、嫩、酸、麻，真是唇齿留香啊。再到下一家，吃了烤虾婆，又吃了熏鸡爪，最后是在"粉面佳"吃了一小碗米粉，才结束了这次美食之旅，算下来，吃了不下六七家八九个品种，真是过足了馋瘾。

二人心满意足一路说笑着，往旅店赶。英果果开着手机导航，一边走还一边嘀咕："怎么办啊怎么办啊还想吃啊。"胡小菁也附和着："谁不想吃啊，吃这么多，怎么会越吃越饿呢，感觉还能吃一百串鸭肠。"英果果咽着唾液，哈哈着说："一百串算个啥啊，我能吃二百串好不好——妈呀，真要吃二百串，肯定不是撑死的，肯定是累死的。"胡小菁说："找地方再重新吃吧，刚才不算！英果果说，好呀！"

两个好闺密没有再去重新吃，而是用语言把每一道小吃又重新品尝了一次，一直吃到宾馆，吃到房间，这才算是回到了现实中。

胡小菁这次没有客气，嚷着要先洗澡，她觉得浑身都浸透着各种小吃的味了，衣服上皮肤上头发梢里，全是，感觉身上就是整个一条小吃街。当花洒里的温水从她身上温润地滑下时，心里才爽起来，觉得美妙的生活不仅仅只有风味小吃，还有小吃后的热水澡。

然而，让胡小菁深感吃惊的是，洗完澡出来，发现英果果不见了。

果果？胡小菁裹着大浴巾，轻声叫道："果果你躲哪里啦？别吓我好不好？"

屋里并没有英果果的影子，连衣橱里都没有，也没有她的气息，她的拉箱静静地立在床头。胡小菁奇怪地想了想，拿过手机，看到英果果的微信留言："胡姐不好意思啊，我把你新买的杯子弄丢了。你莫急，洗好澡安心吹头发，我去给找回来。"

4

胡小菁给英果果打了几次手机，想告诉她，别找了，赶紧回来，大不了一个杯子。但英果果都没有接电话，也没有回复。胡小菁就担心了，不是担心英果果找不到杯子，是担心她是不是出了什么差错，走错路啦？遇到坏人啦？果果也真是的，一个杯子，丢就丢了，又不是没丢过，还找什么找呢？即便要找，也等等她一起去啊。胡小菁看看群，群里的消息倒是很多，是有人结伴到橘子洲头和湘江两岸看夜景去了，发了很多照片，就是没看到英果果的半点消息。胡小菁又打她的微信，还是不接。莫非是手机丢啦？

心急火燎的胡小菁在房间里待不住了，这万一要出什么意外……

六神无主的胡小菁一头撞出来，下到一楼大堂。

空旷的大堂里，除了一个保安和吧台的两个服务员，并没有别人。胡小菁失魂落魄地四下张望几眼，透过咖啡厅的落地玻璃窗，倒是有几个人在咖啡厅里闲坐。胡小菁正向那边走去时，突然有人叫了她。她惊喜地回头一看，是老李，老李不知从哪里出现了。胡小菁像是看到亲人一样，脱口叫了一声"老李"，就哽住了。

老李吧嗒着眼皮子，说："怎么就你一个人？没和他们出去玩？"

"你看到果果啦？"

"是英果果？英督察？看到了啊，我看到她出去了。"

"……嘻，出去我也知道啊，她现在在哪里？你知道她现在在哪里吗？"

"这个……"

老李一连吧嗒几下眼皮子，胡小菁都听到他眼皮子碰撞发出的"嗒嗒"声了。老李说一声"这个"之后，就没有了下文，就只剩下吧嗒眼皮子了。胡小菁看他欲言又止的样子，焦急地说："果果在哪你知道吗？"

"胡主任……我，我能请你喝杯咖啡吗？"

老李的避重就轻和慌慌张张，让胡小菁的情绪也稍稍稳定了些，觉得他可能有什么话要说，而且就是关于英果果的。这个老李，胡小菁非常熟悉，在朱大季没来宣传中心之前，他主编《火星潮》杂志。他虽然能写个宣传报道什么的，文字能力却较差，也不懂文学创作，一年四期杂志，每期都以摄影图片为主，各个车间的生产图片，各地销售的宣传图片，还有集团领导的开会图片，等等等等，三十六页的版面，有一多半都是图片，即便是文字稿，文章里插入的图片，也比文字占版面还要多。自从朱大季接手以后，他便不编杂志了，他的图片发表也少很多了。这当然引起他的不满了。但由于他没有背景，人又猥琐，自己嘀咕几回之后，看没人理他，也就认了。胡小菁看他鬼鬼祟祟、犹疑不定的样子，没跟别人出去玩，也不待在房间，干什么呢？不会专门等她喝杯咖啡吧？看情形，他是有话要说，至少要说关于英果果的话，知道英果果的行踪，便说："晚上不敢喝咖啡啊，怕失眠啊……好吧，来一杯！"

老李的神情一跳，在前边急急地走，几乎小跑着进了咖啡厅。

坐下之后，老李就小声说："朱大季把英督察叫走了……我亲眼看到英督察跟着朱大季一起出去的。"

老李的口气像是一个告密者，但他提供的情报也仅限于此了。不过英果果有朱大季陪伴，还是出乎胡小菁的意料。他们两人怎么混到一块啦？大家都去橘子洲头或岳麓山下了，朱大季没去？没去也就罢了，怎么会这么巧地碰到了出去找杯子的英果果？一定是英果果约的朱大季，或者，是朱大季约的英果果。好吧，既然英果果有朱大季陪同，就不会出什么差错了……但是，且慢，英果果怎么不接电话也不接微信？莫非真的又吃起来啦？胡小菁虽然一直怀疑朱大季不是她的菜，但朱大季陪英果果出去夜游还是让她心生嫉妒的，一个小时前吃进去的美味小吃，立即发酵成了酸水，从每个汗毛孔里往外冒，朱大季和英果果实时的场景她能想象出来，身处异地深夜的街头，一个帅哥和一个风骚的少妇，匆忙地进出于各家小吃店……说是寻找一个杯子，谁知道发展下去会发生什么事？

咖啡上来了。胡小菁轻轻搅拌着，并没有喝。

老李两手抱住咖啡杯，胆怯地看着发呆的胡小菁，又是眨眼睛，又是嚅动嘴唇，想说又不敢说的样子。他显然被她的美貌吓住了，他不敢长久地看她，从她表情上，他看出她什么都不想听。不想听怎么表达他的意思呢？老李结结巴巴地还是说了："胡主任……英督察常给朱大季送咖啡的……朱大季爱喝咖啡，有时候朱大季加班，英督察还跟他一起加班……我不是故意要看他们加班啊……我是……都是无意……无意……"

胡小菁听了老李的话，脸色渐渐发生着变化，她先是无所谓，接着是专注，再接着是震惊，一直到瞪大眼睛。不用老李往下说了，胡小菁都能猜到发生在朱、英两人身上的故事了，胡小菁的脑海中，渐渐浮现出英果果多次反常的行踪，没错，她近来确实爱买咖啡，开始是速溶的，后来……她还说过要买咖啡机什么的，原来他们……

胡小菁的神情处于呆滞状态了。

又过了一会儿，老李看胡小菁一直沉默不语，再次提到了杯子："你丢的那只杯子……"

"谁丢杯子啦！"胡小菁没等他说完就打断了他，口气非常果断。

又是沉默。

老李想换个话路，想把自己早就离异的身份告诉胡小菁，可他毕竟四十多岁了，四十多岁的油腻中年人了，话可不能乱说，说自己离异是什么意思？就算自己真心爱她，自己的量级也不够啊。他看着大堂，看到有人进来了，诡谲地笑了，说："看，有人都回来了……朱大季、英督察要是回来……我们这儿肯定能看到的，要不要我拍一张他们在一起的照片？"

"关我屁事!"胡小菁突然爆出粗口。

老李愣住了,他不知道胡小菁为什么突然发怒。

胡小菁的手机有微信提醒,她看一眼,英果果发来的语音,英果果说:"胡姐你人呢?打我电话啦?没听到呀……我刚回房间!妈呀,跑断我小腿啦!杯子找到啦!"

奇怪的是,英果果的语音,并没有让胡小菁开心快乐。

"走了。"胡小菁起身就走,这才发觉如此对待老李是不公平的,口气又软和一些,"谢谢你的咖啡。"

胡小菁走到电梯里才发觉哪里出了差错,是啊,英果果是什么时候回来的?她从下楼,碰到老李,到喝咖啡,这么长时间了,并没看到她回来啊?她如果回来,能不路过大堂?她不会是个隐身人吧?莫非是从窗户里飞进来的?还有和她同行的朱大季呢?也变成了会飞的苍蝇?

电梯迅速升到十七层,她也迅速来到自己的房间门口,刷了门卡,推门进来。

英果果正在整理箱子,看样子是从箱子里往外拿衣服——准备洗澡了。

胡小菁抱怨道,"手机、微信都不接……一只破杯子,丢就丢了,还跑一趟,多辛苦啊。"

"辛苦啥呀,你都丢了一只好杯子了,不能再丢啊。"英果果已经脱下裙子,正别着手臂解文胸呢,她扭着脸说,"看,杯子。"

胡小菁看到放在床上的塑料袋子了,她随手一捞就捞了过来,从塑料袋里取出装杯子的纸盒,打开纸盒,取出杯子。胡小菁一看杯子，惊得下巴都要掉了，情不自禁地"啊"了一声。

英果果发现了胡小菁的不正常，也看过来。英果果脸色瞬间变了，由白变红，由红变灰，由灰变青了，她看到胡小菁手里的杯子并不是豇豆红色，而是抹茶绿——她找回的是另一只杯子。

5

公司这次成功的集体旅行结束不久，也就是一周后，朱大季被辞退了。辞退朱大季是督察室的决定，据说，朱大季在集体出游期间，行为不端，有偷盗行为，被人匿名举报了。具体偷盗什么，没人知道。但宣传中心的老李证实朱大季至少偷过同行员工的杯子。

这件事情本身并没有掀起什么风浪，在一家拥有几千员工的大公司里，又是地处北京的大公司，人来人往早已习以为常，少了一个朱大季，又算得上什么新闻呢？

公司办公室副主任胡小菁和督察室督察员英果果还是好朋友，英果果常常端着茶杯，到胡小菁办公室聊天，英果果注意到胡小菁桌子上的喝水杯子，不是抹茶绿也不是豇豆红，而是一只普通的玻璃杯。

2019 年春修订
2023 年春定稿

一个小**囊肿**的切除过程

1

汪洋洋最近老是想着它。想着它，就有了心理压力。女孩一旦有了心理压力，就无法淡定了——它是一个小囊肿，只有豆粒那么大。

汪洋洋经常用手摸到它——洗澡的时候，或者，在想到它的时候。

最近它却变大了。这让汪洋洋大为吃惊。

小囊肿突然变成了玉米粒那么大——不知是因为汪洋洋老想着它，才使它变大的，还是因为它变大后，才让汪洋洋老想着它。它跟随她二十年了。二十年前，汪洋洋还是大一新生的时候，突然发现了它，它驻留在汪洋洋身上多久啦？最初发现的那天夜里，汪洋洋非常恐惧。她的室友是三个来自不同省份的女生，互相还叫不上名字。汪洋洋不能让她们知道她的恐惧，也不能咨询她们。咨询她们，等于暴露她的隐私了。汪洋洋觉得这是隐私，不仅它位置不好，在屁股和大腿拐弯的地方，同时，让她们知道自己身上有一个豆粒大的肿块，万一传出去……总之，不是好事情。那天夜里，汪洋洋几乎一夜未眠，她做了各种假设，其中就把它当成了不好的肿瘤，如果那样，就真是太不幸了。汪洋洋刚考上大学，她还漂亮，她是爸爸妈妈心上的宝，她还没有男朋友——连恋爱都没有谈过，虽然高三时她喜欢过隔壁班的一个高个子体育特长生，但那也不过是喜欢而已，最多算是暗恋，还不能叫恋爱。所以汪洋洋不甘心。汪洋洋便暗暗下决心，要消灭这个肿块，不能让它毁了自己的青春和人生。第二天一早，汪洋洋早早就来到校医院，等了足足二十分钟门诊才上班。看外科的是个长相怪异的男医生。汪洋洋犯嘀咕了，她不想让男医生看她的屁股，不管他长相如何，就是帅哥也不能。男医生看懂了汪洋洋的犹犹豫豫和羞羞答答，喊来一个看起来比汪洋洋妈妈年纪还大的女医生。女医生把汪洋洋挡在屏风后边，让她掀起裙子，拉下内裤。女医生看看，拍拍，摸摸，捏捏，问疼不疼，痒不痒，麻不麻，胀不胀，多会儿发现的。汪洋洋都老实做了回答，不疼，不痒，不胀，不麻，夜里才发现。女医生说，应该没事。又说，就是小囊肿，坐久了，影响血液流通而形成的小囊肿，如果长在脸上，它就会自然鼓出来了，长在这儿，没有鼓出来，就变成了皮下小肿块。而且，外表皮肤也没有变化。女医生跟男医生商量一下，结论是，先观察观察，如果继续不疼不痒不麻也不见长大，就别管它。如果觉得不舒服，想把它切除了，也可以切除，门诊小手术，简单。汪洋洋听了，松了一口气，感觉自己又美丽了。回到宿舍，便努力不去想它，也不去摸它，然后，很多时候便相安无事。就算偶尔想到了，摸到了，想起女医生的话，也会努力让自己释然。这样一晃就是二十年。

二十年的人生，居然就是一个小囊肿演变的时间，或演变的过程，这让汪洋洋心里特别的五味杂陈。

说老实话，这二十年里，汪洋洋经历了多次"小囊肿式"的心路历程——有些心事，想着就硌硬，不想着，居然也能相安无事。汪洋洋也感受到无处不在的"小囊肿现象"，那些纷繁人事中的杂碎和琐屑，那些社会交往中的磕磕绊绊，"切除"了可以，不"切除"，也能共生共存。但是，真实的小囊肿毕竟长在她身上，做到完全的坦然和淡定是不可能的。如前所述，汪洋洋偶尔会在洗澡的时候碰到它。也偶尔会在独处时，拿着镜子，扭着身体，费力地看它在镜子里的样子，实在看不出来异样，只有用手去触碰了，才感觉有一个软软的黄豆粒一样的小东西。但是，最近，汪洋洋发现它变了，大了一点，感觉有玉米粒那么大了。豆粒大和玉米粒大，汪洋洋还是能分辨出来的。它是什么时候变大的呢？为什么才发现？它还会继续长吗？它最终会长多大？而且，有时候，坐在椅子上，感觉那儿有点硌人了。拿手去按按它，居然有点胀胀的感觉了，甚至还有隐约的、闷闷的疼痛。汪洋洋心里开始惦记它了，对它的想法便多了起来，仿佛又回到二十年前初一发现时的状态中，真心影响到她的心情和生活了。于是便萌生了尽快处理掉它的想法。

"小姐姐。"汪洋洋望着对面的庞小会，突然叫她一声——这是蓄谋已久、深思熟虑后才叫的。

庞小会是诗人，硕士，"90后"。穿着时尚、光鲜，长相也好看，圆鼻，阔嘴，厚唇，美人肩，本身就是一道好风景。可能是对汪洋洋的称呼感到奇怪吧（她以前都叫她小庞，也会叫她小会，这会儿突然叫她小姐姐，把她吓住了），庞小会敏感地张圆了丰满而性感的大红唇，眼光犀利地投过来，仿佛在问，啥事？

"有个事……"汪洋洋还是犹豫了。

"啥事？"庞小会问完，立即又会心地一笑道，"哦，是不是……啊哦，哈哈哈，彼此彼此，我也担心饭碗呢。"

怎么突然说起饭碗啦？汪洋洋过于沉浸在自己的心绪中，被庞小会的话搞糊涂了，疑惑道："啥？饭碗？啥饭碗？"

"吕总没和你私聊？"庞小会朝汪洋洋眨巴着眼，也处在糊涂和思索状态中，言不由衷地一个激灵道："哈，没啥……你不知道那个……就是前途啊……我们这些人，难道不是时时都要想着前途什么的？你这一声小姐姐可吓住我了，啥事？说！"

庞小会所说的"吕总"，是她们共同的分管领导。汪洋洋关于小囊肿的治疗，目前还没有走到找领导请假的那一步，所以对于庞小会脱口而出的"吕总"并没多想，对于"饭碗"和"前途"的话题也不想深聊，继续自己最初的话路，问她："你朋友……康宝医院的副院长，就是常给你投稿的大诗人，叫什么来着？"

"你要找他？"庞小会狐疑地看着汪洋洋，想从她脸上读出点什么。

汪洋洋点点头。汪洋洋理解庞小会的狐疑，因为汪洋洋从未见过那个诗人院长，也没读过他的诗，突然提起一个完全不相干的人，自然会让她多想。

庞小会把桌子上的一摞书刊挪了挪，在汪洋洋面前露出整张脸，还往前探探头，小声而更加狐疑地问："干吗？做人流？"

"什么呀，人流还要找人？想做别的小手术。"于是，汪洋洋轻描淡写地把屁股上的小囊肿和她说了。把小囊肿的历史也和她说了。最后，汪洋洋请庞小会把康宝医院的诗人副院长介绍她认识一下。因为副院长送过庞小会一本诗集，庞小会还夸他的签名潇洒，和人一样有大格局。从庞小会的话语中，汪洋洋听出来他们很熟悉，吃过饭喝过酒，而且经常参加不同的聚会，唱诗啊，读诗啊，笔会啊，诸如此类的。当然，庞小会也投桃报李地在她的副刊上多次发表过院长的诗。

"找我就对了……我朋友姓熊，熊院长最喜欢帮美女了。晚上，我电话和他说一下，说妥后，再把你微信名片推给他。你们互加微信就方便联系了。什么时候看医生，做手术，你们商量。"

2

汪洋洋还在回家的地铁上，小会就把熊院长微信名片推给她了，并留了句："说过了。"

熊院长很快就通过了汪洋洋的微信申请，并且知道汪洋洋要找他干什么了（看来小会和他已经有过详聊），直接让汪洋洋周六去找他，他正好值班，说和普外科主任约好了。熊院长还把他和普外科主任的微信聊天截图给汪洋洋看。汪洋洋就知道普外科主任姓韩。韩主任让熊院长的朋友周六上午九点半之前到。韩主任所说的熊院长的朋友自然就是汪洋洋了。汪洋洋立即给熊院长回复道："谢谢院长，我周六上午九点半之前到。"汪洋洋又立即把情况报告给了小会，并说了好多感谢的话。小会说："客气啥呀，哈哈哈，感觉我就像个媒婆或皮条客，完成了介绍也挺开心的。"话的后边还有一连串捂嘴偷笑的表情。汪洋洋不知如何回复了，"皮条客"三个字有点扎眼，她怎么会这样想？诗人的比喻都这么夸张？汪洋洋在心里苦笑。

韩主任所约的周六，就是明天。

晚上汪洋洋洗了个澡，沐浴露还认真挑了款叫露得清葡萄柚的牌子，这款沐浴露香气纯正。洗完后，连她自己都闻到细腻的皮肤上散发出淡淡而清新的香味了。莫名其妙的，汪洋洋希望这种香味能保持到明天。汪洋洋知道小囊肿所在的位置离身体复杂而隐秘的部位比较近，她得把它周围的环境收拾好。她还认真洗了头发，洗发香波也是顶级的爱茉莉棕吕洗发水，小会送她的，她担心如果需要住院，就没法洗头了。内衣也换了新的，颜色是看起来舒服的黛蓝色。她喜欢黛蓝，会让她想起那句诗，晴山如黛水如蓝，波净天澄翠满潭。她把自己收拾停当后，早早就上床休息了。她得早点睡，从所住的像素小区，到医院所在地，乘地铁至少需要一个半小时，六号线转十四号线，再转一号线，到五棵松，还要乘三四站公交车。如果不乘公交，就得步行约三十分钟。这样算下来，她得七点半出门才能确保九点半之前到达医院。但是七点半又正好是地铁高峰期。如果要躲开高峰期，就得在七点前出门，六点左右就得起床——总得要简单化一下妆吧？所以早睡便于早起。

躺在床上的汪洋洋还想，生一场病真不容易，托关系、花钱不说，仅路上的交通就够烦人的。此外，她还对韩主任产生了联想，不知道这个主任是男的还是女的。虽然，现在她不是二十年前那个初涉人事的大一新生了，但她依然不想让一个男医生看那个地方，那个地方并不漂亮，不是屁股，不是大腿，是屁股和大腿交接处，讨厌的小囊肿就窝在那里。一想到要光着屁股被人查看，还要在那儿喷酒精打麻药动刀子，剜出一块肉来，再缝上几针，心里既紧张，又害怕，仿佛小囊肿不是长在肉里，而是长在心里。

带着这样的心情，汪洋洋失眠了。好不容易刚睡着，定到凌晨五点的闹铃就连声地把她叫醒了。起床，洗脸，刷牙，化妆，打扮，搞了近一个小时，倒不像是去看医生，而是比相亲还煞有介事。甚至，汪洋洋还把腕表也戴上了。这是江诗丹顿的特制款，是她花了几乎全部家底买的，也是她唯一的奢侈品——总不能显得太寒酸吧，庞小会那么时尚，她的朋友也要高段位才不会给她丢面子。

到了医院，刚过八点，门诊楼的挂号大厅里倒是没有她想象的那么多人。汪洋洋给熊院长发了微信："院长好，我到了，在门诊大厅。"

没有回复。过了二十几分钟还没有回复。

怎么回事？汪洋洋看看时间，都八点半了，怕熊院长忘了这回事，便打他手机。手机也不接。汪洋洋紧张了，哪个环节出错啦？还是变卦不愿帮啦？不会吧？汪洋洋是借庞小会的面子，他不给我面子，就是不给小会面子。正在汪洋洋胡思乱想时，手机来电话了，熊院长的，赶快接通。

"对不起对不起……那个，值了一夜的班，刚才睡着了。你在哪?"熊院长说。

"在门诊大厅……不好意思，打扰了。"

"别别别……是我不好意思。"熊院长赶紧说，"你等会儿，我马上下去。"

汪洋洋心里松一口气。他说马上，汪洋洋就心急地朝电梯那儿望。如果熊院长从电梯出来，能认识他吗? 应该吧。汪洋洋昨天就查看了他的微信，他和获国际大奖的某著名作家的合影就发在朋友圈里。熊院长大约有五十岁，头发有点稀，肥肥团团的脸，耳朵下边就是肥肩，没有脖子，面相一团和善。庞小会在他的每一条微信下都有点赞，还多次夸他的诗很清秀，很有味儿，他也和庞小会有过互动。要是以文如其人作为标准，熊院长的外表怕是和清秀不能相符。

汪洋洋朝电梯口移动几步，站在一个稍微空旷点的地方，熊院长一出电梯，就能看到她。大概又过了十几分钟，汪洋洋看到电梯边上的步梯门里，出来一个戴口罩的人，从形态上，汪洋洋一眼就认定是熊院长了。他手里拿着两本书，走路的姿态是欢喜的。

"熊院长好!"汪洋洋立即迎上去。

熊院长又解释道："夜里值班，早上睡了一会儿……久等了吧。现在时间正好，走，我们去找韩主任。这是我刚出的诗集，送你一本。这本给老韩。"

"好呀好呀。"汪洋洋接过诗集，来不及翻，一边紧紧地跟着他，一边讨好地夸道，"我在小会的版面上读过你的诗，真好……谢谢给我送书啊，我回去要认真拜读。"

"还请汪老师多多批评……都是庞老师的鼓励，她的诗才叫好呢……写诗好玩的。"熊院长还是不乘电梯，从步行梯走——这是往上爬，汪洋洋没爬几级就喘了。熊院长瞥她一眼，看到她的腕表了，稍微放慢脚步，再朝她屁股上瞥一眼，恍然而抱歉地说："哎呀，应该乘电梯的……怪我怪我，我走惯了……走走能行吧?"

显然熊院长知道汪洋洋的小囊肿长在哪里，他那一瞥，那一问，已经暴露了庞小会和他说了什么。庞小会善于夸张和形容，她是如何形容汪洋洋的小囊肿的呢? 又夸张到了什么程度? 有没有添油加醋或夸大其词? 甚至断章取义? 熊院长又是如何理解庞小会的夸张和形容的呢? 更让汪洋洋吃惊的是，熊院长停下脚步等她了，甚至，伸出胳膊要扶她。汪洋洋知道小囊肿还没有严重到需要搀扶的程度，便急忙向一边移动小半步，小声而快速地说："能走能走……我经常走楼梯的。"

汪洋洋从心理上、本能上拒绝了熊院长那双肥短的手。

熊院长似乎也不介意，脸上更没有做出其他表情，连尴尬的一笑都没有。但汪洋洋似乎感觉到熊院长的尴尬了，后悔横移那小半步了。其实不横移，熊院长也不一定搀扶她，他的伸手，或抬手，可能只是一种习惯动作而已。当汪洋洋走到和熊院长平行的台阶上时，她眼角的余光再一次发现熊院长在审视她的屁股。在超越熊院长之后（显示自己能走），她小囊肿的位置上就密密麻麻全是摞叠的熊院长的眼珠子了。

3

终于到了三楼，汪洋洋身上叠加的眼珠子不但没有抖落或减少，反而增加了。

当熊院长领着汪洋洋走进韩主任的办公室时，汪洋洋震惊了，在这幢外表看起来高大上的大厦里，这间办公室的位置不仅处在一个隐蔽的旮旯里，还如此之小，如此之简陋，除了门后有一个木质柜子，柜子边有一个洗手池，贴墙有一张电脑桌子和桌子上的电脑外，只有两把椅子——此时的韩主任已经站了起来，屋里有三个人后，仿佛整个空间都被塞得满满当当了。熊院长也尽量地往里靠，把近门的位置让给汪洋洋，同时惊讶地说："主任办公室这么小?"

"谢谢领导关心，不用太大。"韩主任对办公室的小似乎并不在意，"我一周去一天专家门诊，还有两天在医学院那边兼课、带研究生，这边也不常来——有地方坐坐就行了。"

听话听音，汪洋洋从熊院长的话中，知道他也是第一次来韩主任的办公室。而韩主任随意而热情的微笑和简练而平和的自我介绍，给人一种和蔼可亲的感觉。熊院长也没有再说办公室的事，把手里的书扬一下，说："刚出的诗集，送你一本。"

"太好了，"韩主任双手接过诗集，夸赞道，"漂亮，早就知道院长是大才子……一定好好拜读!"

韩主任五十来岁的样子，头发花白，脸上没有什么皱纹，白大褂比较旧，如果行走在宽敞的走廊里，还以为他是一个勤杂人员。

他把熊院长的诗集贴胸拿着，亲切地问汪洋洋："什么样的囊肿？我看看。"

汪洋洋一进主任办公室就想到，如此窄小的房间，没有围帘，没有床铺，没有起码的医疗设备，怎么诊断？或许会寒暄几句，再去另外的门诊室吧。可并没有如汪洋洋所愿，是要在这儿诊断。汪洋洋虽有思想准备，虽然听出来，韩主任不仅是主任，是专家，还是教授，但她还是慌了，赶紧用手捂着屁股的下方，故作平静地说："不好意思……小囊肿长在这个奇怪的地方——把裙子掀起来可以吧？"

"可以。先看看。"韩主任把书放到电脑桌子上，"趴在椅背上吧，会舒服些。"

汪洋洋挽起裙子，把内裤往上拉扯拉扯，让囊肿部位完全暴露出来。

汪洋洋感觉到韩主任的头凑过来了——她屁股上有一股热气，同时一只异样的手在她屁股和大腿连接处的囊肿部位按按、摸摸、揉揉、捏捏。

"好了。"韩主任说，"小问题，要不要做掉？门诊小手术。"

这也太快了吧？而且是"小问题"，更是"门诊小手术"，"要不要做掉"的话也是可做可不做的意思，和二十年前校医的诊断如出一辙。不愧是专家啊。汪洋洋立即恢复原状，心情格外轻松起来。如果不是戴着口罩，韩主任他们肯定看到汪洋洋满脸的笑容了。就算是戴着口罩，也一定知道她是在笑了。汪洋洋毫不犹豫地说："做掉。"

"还想麻烦韩主任亲自主刀。"熊院长不失时机地帮汪洋洋说话了，仿佛不说一句，就没有关心到位一样。

"没问题，谢谢领导信任。"韩主任已经在洗手池里洗手了，"我来算下时间哈……周四吧，下周四早上九点半，到四楼门诊手术室门口等我，我准时到。"

汪洋洋和熊院长几乎同时应一声。

"一些该走的程序还得走。"韩主任拿抽纸擦手，看着熊院长，一脸谦卑的样子，"要检查几个必检项目。"

"应检则检，按院规来。"熊院长也干脆，又对汪洋洋说，"韩主任是大忙人，能请到韩主任亲自主刀，不容易的。"

"谢谢韩主任。"汪洋洋也不失时机地说。

"说谢就客气啦。院长的安排，要不折不扣地执行。"韩主任坐到电脑桌子前，拿过一张纸——居然不是医院的处方单，不过是一张 A4 纸而已。他在白纸上写了八行字，还在每行字前边加上序号，然后看一遍，又突然想起来地说："对了，还要做核酸。"

"三天内的核酸就可以了。"又对汪洋洋说，"今天一起做吧。这么多项目，跑起来挺烦的，我找个人，带着你跑——医院有规定，院领导不能带亲戚朋友做检查。"

"谢谢熊老师。"汪洋洋没有称熊院长为院长，而是改口称老师了，这是说给韩主任听的，表示关系很近的意思。她拿过韩主任递来的 A4 纸，又对韩主任说："谢谢韩主任。"

4

汪洋洋在熊院长安排的一个院办秘书的带领下，顺利做完了各项检查。在从医院走到地铁口的这段路上，虽然有点累，但精神还是放松的，便分别给熊院长、庞小会发了微信。给熊院长发的是感谢的客套话；给庞小会的微信，不仅是感谢，还简略汇报了熊院长的热情帮助和周到安排。最后又给韩主任发了短信——熊院长想得真周到，在她做检查时，把韩院长的手机号发到汪洋洋的微信上了，让她下周四直接和韩主任联系。汪洋洋出于礼貌，提前给韩主任的手机发短信是告诉他，下周四上午九点半，她准时到达四楼门诊手术室门口。

汪洋洋一边走，一边编发这几条信息后，并没有加快行走的速度，而是稍微梳理一下这次就诊的经过。其实在跟随熊院长安排的一个院办女秘书奔波于各个楼层各个窗口时，她已经默默梳理过了，她这次诊病，动用的四个关系人分别是庞小会、熊院长、韩主任和这位院办秘书，这四个人虽然各人都起了作用，同时也都是多余的。如果汪洋洋谁都不找，一个人来就医，挂号后，直接候诊，等待手术，至多只和韩主任发生病人和医生式的交往。绕了这么一大圈，动用这么多人力资源，其结果是一样的，无关痛痒的小囊肿，门诊小手术。且可做可不做。各项检查，加上挂号费，共花费一千八百多元。而不是钱的问题，而是另有多余的四个人知道了汪洋洋的病史。特别是抽血项目里，有一条是关于性病的。做个小囊肿而已，为什么要检查性病呢？韩主任是基于什么样的判断？是做这种手术的正常流程吗？熊院长知道不知道有这一项？熊院长要是知道了，会不会和庞小会说？这些都是恼人的事，虽然她没有过凌乱或不洁的性行为，但做了这个检查，就不由得让别人想入非非了。汪洋洋当时没有问那位院办秘书，也没有问抽血的女医生，现在想想，当时应该问的。汪洋洋有点后悔为一个小囊肿而托找这些关系人了。原本，这些关系人是无须知道也是无从知道她的病史的。到目前为止，汪洋洋还不知道这会给她带来什么影响。至少，汪洋洋是欠了他们一大堆的人情了。特别是庞小会，她一定会记住汪洋洋这次诊断的顺利和接下来手术的成功，和她介绍汪洋洋认识熊院长有着极大的关系，汪洋洋至少要请她吃饭，陪她逛街，帮她值班签版面什么的，并且还要赔许多次的笑脸，如果庞小会知道她例行检查中，有一项是关于性病的，凭庞小会的那张嘴和诗人的想象力，全报社的人很快就都知道了，甚至，如果她高兴了，还可以写进诗里。

这真是一次得不偿失的经历——汪洋洋身体上的小囊肿还没有切除，心理上的小囊肿已经滋生了，而且和真实的小囊肿不一样的是，心理上的小囊肿还在不断地成长。

"顺利就好。"庞小会最先给汪洋洋回复了，"熊院长还是肯帮忙的，嘻嘻，我的朋友都是这么好哦。洋洋不要回家了，到南方高速，我请你吃吃美食，给你压压惊。"

"南方高速"并不是一条公路，而是一家餐厅。汪洋洋和庞小会在这家餐厅吃过，菜品不错，精细，味道好，不像店名这么粗犷。但有点累，她想立即回家睡觉。再说了，哪能让庞小会请呢，点单倒有可能是她，埋单肯定是汪洋洋。可是刚托请过她，她也认为帮了汪洋洋的大忙，汪洋洋要是拒绝赴约也不好，只能去了，反正中午也要吃饭的。汪洋洋临时多了个心眼儿，把腕表拿下来，放进手包里了——这么做的目的有二，一是她不想在熟人面前张扬，尤其是嫉妒心特别强的庞小会面前；二是如果庞小会知道她有一块名表，说明熊院长和庞小会有过深入的聊天——如果表都聊到了，那性病的话题也不会避免的。

"小囊肿也大惊小怪，吓我一跳。"甫一照面，庞小会就说，眼睛果然盯着汪洋洋的手腕看了看，"就小囊肿？"

"就小囊肿"是什么意思？还不是说性病？汪洋洋立即就体会到庞小会的语气以及语气之外的意思了，同时也知道庞小会的眼睛在找什么——汪洋洋能感觉到庞小会没有发现她的腕表时那愣神的眼光。正如汪洋洋判断的那样，熊院长和庞小会说起了自己，话题涉及江诗丹顿腕表，也可能说到了她的衣着，甚至连她手术前要检查的内容也向她透露了，特别是关于性病的检查，一定是他们关注和议论的重点。熊院长还说些什么呢？汪洋洋很悲观地想，他们交往有多深，就会把她议论得有多惨，江诗丹顿，新衣服，性病，小囊肿，联系起来，这该有多么大的发挥空间啊。

"听说熊院长给你安排了最好的医生做手术？"庞小会并未隐瞒和熊院长有过的交谈。

"还不是你面子大？"汪洋洋只好把人情都做足了。

"你看你看又客气了吧？咱们谁跟谁啊？都是家里姊妹，你的事可不就是我的事？你的事我都不关心，这些年不是白处了嘛。来来来，点单，说好了啊，今天我请。"庞小会一嘴义不容辞的口气。

"你帮了我的忙。哪能再叫你请客呢。"汪洋洋越听越觉得庞小会反常了，她可从来没有这么大方过。引用庞小会的话说，无事献殷勤，不是陷阱，就是骗局，何况她才是要接受感谢的一方呢。

5

现在可以找吕总请假了——在周一刚到班上的时候，汪洋洋就做出了这个决定——那天庞小会脱口而出的关于"吕总"和"私聊"的欲言又止的话语和怪异的神态，随着汪洋洋请假的决定，突然重现在汪洋洋的眼前——庞小会那天的话显然是意犹未尽……对呀，和领导有什么私聊的？还有"前途"和"饭碗"，庞小会是什么意思？

如前所述，吕总是汪洋洋所在副刊部的分管领导，其办公室就在副刊部的隔壁。吕总叫吕秀珊，和他名字一样，秀气，亲切。吕秀珊最早是编副刊的，有很多男作家给他投稿或寄书，都称他为"女士"，他也会调侃地说，我姓"吕"，但我是男士。吕总在一间独立的办公室，平时没有领导的架子，比较好讲话，也是热心肠，编辑们都亲切地叫他吕老师。吕老师还在担任副刊部主任的时候，喜欢带汪洋洋、庞小会等几个美女编辑出去吃饭喝酒，他的口头禅是，"我们几个女的"什么什么的，把他的"吕"和女人们一锅烩了，又幽默又放低了自己，和她们就更显得亲近了。但是再亲近也是领导，在领导面前不能造次——汪洋洋周四就要做手术了，做完手术还得休息几天吧，肯定是要请假的。

汪洋洋敲门进去时，吕老师正在看稿子。吕老师看到汪洋洋像是看到陌生动物一样，特别吃惊，特别不自在，几乎失态了，眼睛下意识地瞥向她屁股，还扫过她的小腹。汪洋洋穿一条很少穿过的香云纱连衣裙，收身的那种，显露出凹凸有致、婀娜多姿的身材，略略隆起的小腹显得柔韧而性感。汪洋洋从吕老师的神态中一下就知道了，他也知道她的病情了，而且还不一定是真实的病情。汪洋洋感觉不妙，身上像有蚂蚁爬一样，也像是做了见不得人的丑事一样，胆怯地、柔声细语地说："吕老师早上好，我来……来请个假。"

"……哦——"吕老师勉强恢复了常态，"请假？请什么假？相亲？"

关于相亲的话题，是他们的一个梗，汪洋洋和庞小会都是大龄剩女（庞小会虽是"90后"，也过三十岁了），吕老师忙着给她俩介绍对象，他身边只要有单身男人，无论是剩男还是离异男还是中老年男，都会热情地给她俩介绍，庞小会看不中的，再介绍给汪洋洋，汪洋洋看不中的，再介绍给庞小会，看不出有什么原则性，有点撞大运的意思。后来他这个低级的手段叫汪洋洋和庞小会发现了，她俩就假作真时真亦假地正告他，以后别再给介绍了，关于男人，她们都能自己解决。果然，以后，吕老师真就不再多事瞎操心了。但是只要她俩说有事，或拒绝他的吃请，他都会来上这么一句："干吗？相亲？""相亲"成了他的口头禅。哪有那么多亲可相啊，汪洋洋知道他不过是善意的调侃罢了。其实在来他办公室之前，汪洋洋还怕他会多想，怕他以为汪洋洋要找他的碴儿——那是几周前的事了，他还是副总编兼副刊部的主任，在庞小会不在的一个酒桌上，他喝了几杯酒，略有醉意，说了许多过头话，其中就要把他的主任位置让给汪洋洋，自己专心当副总。汪洋洋虽然说了难堪大任的话，但也没有拒绝。没想到不久之后的考察主任环节时，被考察的，不是汪洋洋，而是庞小会，庞小会也就顺理成章地当上了副刊部的主任。从那之后，吕老师就多了一层心思，总觉得亏欠了汪洋洋，如果不是因为工作上避不开的事，他总会躲着汪洋洋，总觉得汪洋洋会找机会责怪他，甚至痛骂他。而汪洋洋越是按兵不动，他越怕迟来的风暴会更加的猛烈。所以，汪洋洋的突然闯入，还真让他吃惊不小。但他的眼神，又暴露出他的吃惊并不仅仅是因为主任的事，而是汪洋洋即将进行的手术——庞小会的嘴真大，谁知道她是怎么在领导面前添油加醋的呢。吕老师一定知道汪洋洋请假的意图了，他后边加了那句"相亲"，不过是想掩饰自己的失态而已。

"要是相亲就好了。"汪洋洋倒是坦然了，"医院，周四去医院做个手术。"

"哦——手术，别吓人啊？啥毛病？"

"屁股上的小囊肿。"汪洋洋也无须隐瞒了，对方的眼睛已经瞥过了。

"几天？"

汪洋洋看到吕秀珊的神态是若有所思的，眼睛虽然没有再向她的屁股上瞥，但是他的心思还一定放在她的屁股上，还在想着小囊肿是个什么样的东西。

"一两周吧。"既然开口了，汪洋洋就把时间说长点。

"一两周?"他惊讶道，"我只有三天的权力，三天以上，要写请假条让社长批。"

汪洋洋知道吕秀珊说没有权力批这么多天的假是真的。但汪洋洋也知道他有办法，因为汪洋洋不想找社长。找社长也不是不能批。找社长批了，超过三天以上，要扣奖金。月度奖、年度奖都要扣。汪洋洋不想被扣奖金。她提前把版面编好了还不行？她的文摘版时效性又不强。汪洋洋说："吕老师你给想想办法吧，你分管我，又肯关心我。"

汪洋洋最后一句有两层意思，一是记得你平时的关心；二是话里留了半句，也是一种提醒——关于部门主任的事，你还欠个人情呢，至少欠个解释吧。

吕秀珊也听懂了，他沉吟着，想了一会儿，才煞有介事地说："这样好不好，你先请三天的假，我来批，三天后再说。你前边说了什么我没听清。我也什么都没说。咱们重说，你好小汪，什么事?"

"吕老师，我周四要到医院去做个小手术，请个假。"汪洋洋忍不住还是笑了，这种小伎俩，跟小孩子过家家一样，也只有吕秀珊这样的领导才能做出来——说他单纯吧，也算是小有心机；说有心机吧，又是如此的表浅。

"可以，别耽误正常出报就行。"这算是准假了，说完他也乐了，又说，"还有个事，昨天跟几个朋友吃饭时还想着让你也去的——不是相亲啊，他虽然是个单身，是个王老五，也是个作曲家，很有才华，许多大型活动都有他作曲的歌，你们可以认识认识。你看看，定个时间，是手术后还是手术前，见一面吧。你确定了时间，我告诉他。真是巧，你不来找我，我正准备去找你呢。"

又来了。吕老师实在改不了拉郎配的"爱好"。难道喜欢做媒，也和别的爱好一样有瘾吗？但刚求了人家帮忙，也不能拂了人家的好意，何况后续还要再续假呢，直接拒绝肯定不好，就尽量往后拖吧，汪洋洋为难地说："领导，这个手术挺烦的，弄得我心力交瘁心烦意乱心焦不安心猿意马……等手术后吧。"

6

周四很快就到了。有了上一次的就诊经历，汪洋洋从容了很多。当然，选择穿什么衣服还是让她纠结了一小会儿，毕竟，这次和上次不一样。上次是检查，而这一次是手术，他们要在她屁股上动刀子。汪洋洋还从未挨过刀子，何况要在她屁股上拉个口子，取出一块肉，终究不是小事。汪洋洋吸取上次的教训，不穿收身的连衣裙了，要穿宽松一点的。上次不过是撩起裙子，这次恐怕没那么简单。恐怕要将整个屁股暴露出来。汪洋洋决定穿那条好几年不穿的宽松肥大的大摆裙，方便操作。上衣就是那件红云纱开衫了。这件开衫是去年买的，是和庞小会逛街时，在她怂恿下买的，汪洋洋当时也没有犹豫，试穿也还好，可买到家就后悔了，一次都没有穿。这次穿，算是头一回。据说这种料子是自然晕染，要等一个颜色晾干后，再进行另一个着色，可见靠天然之力耗费的功夫有多不易。不过，老实说，这件长袖的大开衫，虽然造型过于一般，但颜色好，至少自己觉得新鲜。至于内衣，上次是黛蓝色的，想着要和外衣匹配。这回简单，黑裙子，自然是黑内衣了。

汪洋洋在八点刚过时，到了医院——她早点来，是要先和院办秘书会合，拿她手术前需要的检查结果。因为上次的检查，当时不能立即拿到结果，要隔天才能拿到，她就托熊院长安排的院办秘书办了。这会儿，和院办秘书接洽很顺利，对方把一个 CT 袋子递到汪洋洋手上时，还夸汪洋洋这件开衫漂亮。汪洋洋谢过之后，就去四楼了。

在四楼走廊的尽头，汪洋洋看到紧紧关闭的门上，用蓝色字体标明的"门诊手术"四个大字了。手术室门口一个人都没有。她在走廊贴墙的一排椅子上坐下，看看时间，不到九点。汪洋洋拿出手机，给韩主任发了短信："韩主任早上好，我到四楼手术室门口了。"发过这条短信，心里就踏实了。马上就要手术了，说不紧张是不现实的。说有多么紧张也不现实，汪洋洋做过多种预想，包括躺在手术台上的姿势，包括手术刀拉过皮肉的感觉，包括把皮肉里的囊肿取出来，只要不疼，都能接受，疼也要接受。但在约定时间渐渐临近的时候，汪洋洋还是害怕、紧张和不安起来，下意识地看看手术室。手术室的门还是关闭着。汪洋洋不知道手术室的门为什么而关闭，是没有病人要手术吗？还是医务人员还没有到？

九点二十了，还是没有人来。没有病人来，也没有医生护士来。怎么回事？莫非今天门诊手术室没有人值班？汪洋洋心事又加重了一分，看看手机，几十分钟前发给韩主任的短信还没有收到对方的回复。没有回复据说也是一种回复，其内涵就靠当事人的理解了，是韩主任不想做这台手术了吗？汪洋洋又开始焦虑、不安和心事重重了。

九点半过了，九点五十也过了，马上就要到十点了，焦急的汪洋洋终于看到走廊一端的人流里，走来一个秃顶的医生，他个子不高，脚步很快，几乎是小跑着，边跑边系白大褂上的扣子。他不是韩主任。他看都不看汪洋洋一眼，从她身边走过后，直扑门诊手术室的门，"啪啪啪"地拍响了门上的玻璃，玻璃发出响亮而沙哑的震颤声。他的敲门有点粗暴，甚至有点野蛮，和医院安静的氛围有点反差——这说明他很心急。

"开门，开门开门开门！"秃顶医生一边拍打着一边大声喊叫，他语速很快，尖细而嘹亮，一句赶一句似的，"开门开门开门……"

"谁呀？"一个女人的喝问声，她的喝问很不友好，是对如此野蛮的敲门的回应和极度不满。门从里面打开一条缝，门缝里露出一张白煞煞的团胖脸。

"韩主任的病人呢？"秃顶医生的话还是那么的嘹亮而急促。

"韩主任？什么病人？哪有病人？"团胖脸的女人并没有把门缝放大一些，甚至还缩小了一点，口气和眼神都是火突突的，对他粗暴的敲门还余怒未消，"郑主任你没搞错吧？哪有什么病人？你脑子是不是发烧啦？"

叫郑主任的秃顶医生被对方怼得一愣一愣的，口气缓和道：

"奇怪呀，韩主任让我快点来快点来快点来，说有台手术，都过了约定时间了……他急我也就跟着急了。"

汪洋洋听到这里，才反应过来，高高举起手："我，是我。我是韩主任的病人。"

郑主任转身看到了汪洋洋。

团胖脸护士也直视着汪洋洋。

汪洋洋赶忙跑过去说："韩主任让我九点半来门口等着的。"

"对吧？"郑主任说，推脱了责任似的松一口气。

"你是韩主任的病人？"团胖脸护士问。

"是我。"

从团胖脸和郑主任身边挤出来一个瘦矮的小个子护士，问汪洋洋："手续呢？"

汪洋洋把手里的袋子交给小个子护士，看着她跟郑主任进了手术室，门随即关上了。是团胖脸关的，发出"砰"的一声。汪洋洋听到手术室里传出团胖脸呵斥般的说话声："把我们当成什么啦？什么手术？通知谁啦？一大早到现在干什么去啦？手术不准备啊？太不把我们当回事了！"

汪洋洋听到郑主任"哈哈哈"的笑声了。郑主任的笑和他拍门声差不多，节奏快而响亮。

"你看你笑的，你也不是好鸟，为啥不提前说一声？"

"我哪知道啊，韩主任突然通知我。我还以为你们早准备好了呢。"

"没接到通知准备个屁啊？没有通知，怎么准备？你一来就能准备好了啊？我们又不是机器，就是机器也要预热吧？幸亏现在没有别的手术，要是搁疫情以前，手术多的时候，我把他姓韩的排最后一个，管他什么主任不主任，太气人了！"

门又开了。

接过汪洋洋各项检查单子的小个子护士又出来了，她倒没有团胖脸护士的大脾气，但也没有好脸色，用毫无感情的口气说："抽屉里有流调表，你得填一下。看清楚了填，每一项都要填。填好后敲门叫我。"

<h1 style="text-align:center">7</h1>

汪洋洋面对流调表一边打钩一边想，韩主任可能有事，不会来了，才派这个秃顶郑主任来做手术。这个郑主任，要么和韩主任关系密切，要么手术技术高明——无论如何，汪洋洋要躺在他的手术刀下了。汪洋洋不担心手术，她担心护士们的情绪，特别是团胖脸的护士，好凶啊，这种情绪会不会延续到手术中？完全有可能。汪洋洋心里便多了一份负担，怕缝伤口时，把药棉或手术刀片缝进伤口里，这种事，她在网上还真看到过。汪洋洋想着要不要跟熊院长说一声。

正在这时，韩主任来了，也是气喘吁吁的。

韩主任先看到汪洋洋了，抱歉地笑道："来啦……处理一个患者，晚了点……还好还好还好，赶上了。"

"你当然还好啦，弄得我们措手不及。"团胖脸护士出来了，脸上冷冷的，像一轮冷冷的满月，"韩老师，跟你提个建议，别不把我们门诊手术室不当回事，你有手术，也请通知我们一声，也不用怎么提前，临时说一声也行，你这样搞突然袭击，让我们怎么准备？这台手术，我们是接还是不接？出了事故，算谁的？"

可能是韩主任真的理屈吧，也可能韩主任本身就是好脾气，他"哈哈"笑着说："抱歉抱歉抱歉……这事情搞的，哈哈哈，一忙就忘了……全是我的错。"

"你也不用抱歉，错不错你自己知道——你是大主任、大权威、大专家，任性惯了，你一任性，我们就措手不及。这也罢了，可我们门诊手术室也要一点尊重好不好？"团胖脸依旧口气如快刀，不依不饶，一副得理不饶人的架势，甚至还有点尖酸和刻薄，完全没有尊重韩主任的意思。

"那是那是那是，哈哈哈……"韩主任只能靠谦卑地打着哈哈来抵挡了。

汪洋洋是紧跟着韩主任来到手术室的。手术室格局有点复杂，或者说是个迷宫，他们站立的地方，仿佛是手术室的外厅。厅里护士不少，汪洋洋看到先进来的郑主任已经换好了衣服，是一身绿色的手术服，手术服干净，人也精神了很多。他是从隔断那边走过来的，也听到团胖脸和韩主任的斗嘴了，一脸笑意地从团胖脸身边走过，推开里侧的一个玻璃门，进去了。另两个年轻护士也跟着进去了。现在，手术室的外厅只有韩主任、团胖脸和拿走汪洋洋流调表的小个子护士了。小个子护士对汪洋洋说："跟我来。"

汪洋洋跟着小个子护士走进那条通道。通道太窄了，如果是两个人相对走来，则要侧身才能通过。小个子护士在前，引领着汪洋洋。在她们身后，韩主任和团胖脸护士的斗嘴还在继续，两人的声音很顽强地挤进了通道里，声音虽然弱了很多，依然紧紧追随着汪洋洋，只是不停的争吵声里，又夹着笑声了，是男女混合的笑声，混合在一起汇成一股欢闹、奔腾的溪水，暧昧而放浪。笑声稀释了汪洋洋忧虑的心情。汪洋洋跟着小护士一拐弯，走进最里边的一间小屋。

这间小屋两头有门——其实是一个过道，还有另一个门通向另一侧的走廊。小个子护士在这间小小的过道里打开一个柜门，拿出带条纹的灰色病号服，说："要把衣服都脱了，换上这身衣服——你手术在哪个部位？"

"这儿。"汪洋洋指一下屁股。

"下边要脱光了，裙子，内裤。"小个子护士说，"上边只换外套就可以了。"

她的话汪洋洋听得明明白白。汪洋洋知道这是为了手术方便，没必要讲条件。

汪洋洋穿一身宽松而肥大的手术服，在小个子护士的引导下，从另一个门进入另一条走廊。这条走廊走到头，又是一扇门，推开后，眼前豁然开朗——超大的一个空间里，只有中间一个白色的铁架床，床腿上装有四个轮子，还有升降的装置，床的四周有几根架子和各种缆线。汪洋洋意识到，这才是真正的手术室。韩主任、郑主任、团胖脸和另外三个护士都到了，他们不知从哪个门进来的，已经在各自忙活了。韩主任也不知什么时候神速地换上了和郑主任一样的手术服，和郑主任都戴同样的薄如蝉翼的手术手套，还有口罩、帽子，汪洋洋只能从身形上判断出哪个是韩主任、哪个是郑主任了。几个护士也分头忙碌着。一个年轻的护士在贴墙的台子上整理器械，另一个年轻护士在准备一个吊水瓶——可能还要挂水，团胖脸把一辆带四个轮子的白色小车子移到中间的手术台边。虽然大家都有点忙，但并不慌，一切都是在按部就班地进行着。

"不急不急，小手术，很快的。"韩主任安抚大家后，又跟汪洋洋说，"不用紧张。"

不紧张是不可能的，毕竟是第一次见到真正的手术室，见到真正的手术台，见到一大堆手术器具。但这种紧张也不是吓到腿软的那种，汪洋洋还庆幸韩主任和团胖脸的斗嘴终于结束了，虽然最后的笑声让汪洋洋恍然知道他们的斗嘴并非真实的相恨相杀，甚至有可能是借此而打情骂俏也未可知，总之对双方情绪会有多多少少的影响。他们各自专心准备着，就可以全神贯注地做手术了。

那个拿吊水瓶的年轻护士轻盈地走过来，一边把吊水挂到架子上一边对汪洋洋说："可以躺下了。"

"怎么躺？"汪洋洋的声音还是颤抖了。

"趴着吧。"韩主任说，"放松点。"

汪洋洋便趴到手术台上了。年轻护士把她的胳膊拿过去——像随意地搬动一个物体，放在边上一个类似于沙发扶手的扶手上，她也让汪洋洋别紧张，说要打什么什么的药水。年轻护士不仅走路轻盈，说话也慢声细语，温柔体贴，专业水平相当高，她摸摸汪洋洋另一个手腕，又扒拉下她的衣领，说："没有金属饰品吧？有金属饰品要拿下来。"

"没有。"汪洋洋这次连手表都没戴。

"等会儿手术时，手不要扶着扶手。"年轻护士把汪洋洋另一只手从手术台的栏杆上轻轻拿过来，说，"手术刀是通电的。"

手术刀通电，汪洋洋也是第一次听说。为什么要通电，她根本无心思去想。

汪洋洋趴好了，吊水挂上了，手术还没做，裤子还穿在身上。可能正如团胖脸护士所说的，手术前确实需要做不少准备。汪洋洋趴着的身体有些别扭，她后脑和背后没有眼，看不到他们怎么准备的。汪洋洋听到团胖脸护士在和谁小声地说着什么，然后提高声音说："汪洋洋，对你说，你差一个核酸报告。刚才韩主任说你应该是做了核酸的，是不是忘了取报告单啦？我查了下电脑，确实做了核酸，但是没有报告单我们是不能接手术的。因为你是韩主任的病人，这次就破个例，给你先做了，等会儿我去打印了补上——这都是看在韩主任的面子上，明白吧？"

"明白明白，谢谢老师。"汪洋洋赶紧说。

"小朱，朱主任，你什么都好，就是讲话能不能再温柔一点？"韩主任的声音，"你看你跟病人说话多体贴、多温柔、多亲切，跟我怎么就会大喊大叫啦。"

"你直接说我粗鲁不就得了？"

汪洋洋听出来了，回答的正是那个团胖脸护士，她姓朱，应该是手术室主任。韩主任先叫小朱，后叫朱主任，看来他们同事很久了。

"我可没说你粗鲁啊。"韩主任说。他们仿佛把刚才的争吵又延续下来了，只是这次占主动的不是团胖脸的朱主任了，而是韩主任，"粗鲁，什么是粗鲁？"

"切，就是那个意思。"朱主任说，"你碰到我这样的粗鲁就不错了，你自己说，你这事做的，啊？你说啊？你叫病人九点半到，十点钟我们还没接到手术通知，你说谁粗鲁？你说叫谁不跟你急？"

"错了归错，说话还可以再温柔点嘛。"

"你还知道错？我就这样了，我对该温柔的人温柔，行了吧？这么多年了，你还不知道我？"朱主任看来不是善茬，又怼上了。

"你在家也这样吗？"

"现在是工作，又不是在家。再说了，你又不是我老公。我怕我温柔了，你消受不了。"

"你温柔我听听，看能不能消受。"

"韩主印（任），我们准毕（备）好了噢。"朱主任的声音突然嗲得让人肉麻，连字都咬不清了，"韩主印（任），手学（术）可以开些（始）了噢。"

手术室里响起快乐的哄笑声，连手术台边护着吊水瓶的年轻护士都把眼睛笑眯了。韩主任的笑声最为响亮——看来他是调节气氛的高手。凭汪洋洋那点有限的人生经验，她感觉到韩主任和朱主任其实关系并不一般。

在笑声中，韩主任、郑主任、几个护士，都围拢到手术台边了。手术真的要开始了。

"要把裤子拉下吧？"朱主任的声音，这回是正常的声音了，像是在征询韩主任。说话间，已经拉下了汪洋洋的裤子，一直拉到腿弯下。汪洋洋感到屁股上空荡荡、凉飕飕的。朱主任又自作主张地说，"不用脱，往下拉拉也可以的——看看，可以吗？"

"可以。"韩主任一锤定音。

汪洋洋感觉到，有一双手在整理她的腿，把紧合着的两腿扒拉开来，在裆部被塞上一个类似于枕头的东西，汪洋洋感觉两片屁股蛋被撑了开来，然后，有一块布覆盖到了她的屁股上，好像连腿脚也罩住了。接下来，就是酒精的擦拭，然后是郑主任的声音："开始了，不用紧张，小手术。要打麻药了。打麻药会有点疼，忍着点。"

打麻药真的很疼，那种疼，像钻到肉里，又在肉里剜了一下。

"手别动啊？没有反应吧？要是不舒服跟我说哦。"床头的年轻护士说。

"没有不舒服。"汪洋洋说。

"有不舒服就说。"朱主任也说，口气也是温柔的了。

汪洋洋在喉咙里应一声。汪洋洋感觉手术已经开始了，皮肤上像是有风吹过一般的异样感。主刀的是谁呢？韩主任还是郑主任？小手术，一会儿就好。汪洋洋在心里不断地和自己说话，试图转移注意力。

"上边像囊肿，下边有点像脂肪瘤。"郑主任的话，声音不高，接着是金属器械相互碰触的声音——可能是在盘子里翻弄着。

"还真是。"韩主任说，"做个活检吧。"

"酒精。"郑主任说。

汪洋洋感觉皮肤上又有风吹过。这就好啦？这也太快了吧？三分钟，还是五分钟？还真有点不敢相信，果然是小手术。

"要缝针了。"郑主任说。

汪洋洋还想着"囊肿""脂肪瘤"的不同之处，想着为什么上边像囊肿，下边又像脂肪瘤，那应该是两个肿块喽？为什么同一处地方发展成两个肿块？是在多年生长中变异了吗？汪洋洋想着"活检"会是什么样的结果。

"好了，简单小手术。"韩主任说，听口气是对汪洋洋说的，"小汪是诗人，和熊院长是诗友。熊院长的诗还真好，这几天我读了几首——也读不懂，哈哈，我就是觉得好。小汪也出过诗集吧？"

"我写得不好。"汪洋洋说，她觉得韩主任肯定把她和庞小会弄混了，或许是熊院长故意说混的，直接把她当成诗人介绍给韩主任了。汪洋洋是不能说破的，只好说写不好，还附和韩主任的话说，"熊院长的诗当然厉害啦，得过多次大奖的。"

"熊院长还有这个才华啊，不得了，会写诗，不得了。"朱主任说，她的口气既不像开始对韩主任的怒怼，也不是发嗲、装温柔的声音了。她这一次回应，也传达了好几个意思，一是怪不得这么个小手术，要韩主任亲自上阵了，因为病人是熊院长的诗友；二是她也理解并原谅了韩主任，韩主任也是要给熊院长面子的嘛；如果还有第三，就是提示汪洋洋别把看到的她怒怼韩主任的态度传递给熊院长。说到底，全是熊院长的面子。

"缝几针啊？"既然大家都恢复了常态，汪洋洋也放松而随意地问了一句。

"四针。"郑主任说，"两周后拆线，到你家附近的医院拆也行，到我们医院也行。记住了，拆线之前不能洗澡，不能沾水，也尽量不要出汗。隔三四天换一次药。"

在郑主任说话的当儿，年轻护士已经把吊针拔了。

"还是来我们医院拆线吧。"韩主任说，"疼痛科拆线的护士对郑主任的针法熟悉。"

"哎哟喂——"朱主任夸张地飙出了北京土话，"你疼人疼到心里啦！直接夸你学生拆线手艺好不就得啦！还对郑主任针法熟悉，切！"

"我也夸过你啊。"韩主任说。

"拉倒吧。我要你夸，你不搞突然袭击就是好的了。再说了，你什么时候夸过我？你还是夸你那个好学生吧。"朱主任像是真吃醋了，"连拆个线都要揽给她，你还要为她奉献什么？"

韩主任看来心情大好，又和朱主任斗嘴了。这回的斗嘴是愉快而喜悦的，两个人你来我往，不像手术前那样的一攻一守、一个怒怼一个赔笑，而是完全的调情了，就连汪洋洋这个局外人，也听出来了，那个拆线的女护士，也是韩主任的学生。

8

汪洋洋在地铁上给熊院长发一条微信："院长好，手术非常成功。我先回去了，等拆线后，请你和小会喝酒。再次感谢！"

"客气。开会中。祝福！"熊院长的回复也秉持他的诗人风格，简洁而精准。

回到家，躺到床上，麻药期已经过了，创口处开始疼，右腿便无处安放了。岂止是右腿啊，整个右边半个身都无法安放了。右屁股不能落在床上，右腿也无法伸直——疼痛时时都在提醒着她。怎么会这么疼呢？不应该呀？如果疼痛会让行动这么艰难，韩主任怎么没在手术前提醒？而且一直暗示说是小手术。从手术过程看，确实是小手术。可韩主任作为经验丰富的外科医生，应该知道这个部位手术后的感觉啊，应该告诉她那种感觉啊。是不是过度反应了呢？创口部位不能碰到硬物是肯定了，那儿毕竟是新鲜伤口，毕竟被取出来一块肉，毕竟被缝了四针，就算在好好的皮肉上缝四针，也是非常难受的，何况那个地方是活肉。汪洋洋为了保持舒服的姿势，她先尝试着让腿伸伸直，再尝试着让右腿弯曲，反复几次之后，反复不停地疼痛数次之后，创口那儿仿佛习惯了疼痛，感觉也就好点了。但好点也只是保持不动的那段时间内，再动，又继续钻心地疼。

微信突然有了消息，一看，是庞小会的问候："祝贺手术成功！"

看来她信息很灵通啊，不用说，是熊院长告诉她的。汪洋洋便回道："谢谢小会，刚到家，躺平了，正要给你发感谢信呢，等拆线后，请你和熊院长吃饭哈。"

"咱们客气啥呀——等好了再说。洋洋，要不要我去看看你？我怎么觉得你需要我去看看啊。"

"不用，好好上你的班吧，我挺好。"

"那就好好养着吧。下周你的版不用操心了，吕老师交代给我了。放心洋洋，我会把你的版做得和以前一样漂亮。"

下周的版汪洋洋已经编好了呀——她们报纸副刊是一周三期，一、三、五出刊，周一是文学，庞小会编的；周三和周五分别是"养生和保健""老年天地"，属于文摘类，是汪洋洋编的。"养生和保健"定位明确，"老年天地"略模糊一点，偏重于绘画、旅行、音乐、传统革命故事等适合老年人阅读的图片和文章，偶尔会发点原创作品，大多是庞小会从副刊版面中推荐的。汪洋洋不明白，吕老师把她的版交给庞小会是什么意思？汪洋洋下周的假还没有请好，庞小会就大包大揽了，庞小会怎么知道她还要续假？不让她做版，会不会扣她的工资？按照以往的经验，不扣工资，也要扣奖金的。汪洋洋的工资都是月挣月销，能攒下一点钱，都是靠奖金。不行，汪洋洋在心里说，我要上班。

汪洋洋给吕秀珊发了微信："吕老师好，小手术非常成功，已经回到家里休息了，谢谢领导关心。三天假后，我正常上班哈。"

没想到过了很久，都没有等来吕秀珊的回复。

汪洋洋又重复了一遍："吕老师好，向您汇报啊，周三和周五的版我都做好了，跟您也汇报过了，我去班上把版调出来就行，下周就不用请假了。"

吕秀珊还是没有回复。汪洋洋没有想到别的，不过以为吕秀珊开车或没有看到微信而已。

9

在短短两三天中，汪洋洋才真正体会到病人的滋味，不仅要和疼痛抗争，和孤独、无聊抗争，还要和各种七七八八、说不清道不明、剪不断理还乱的烦心事抗争。从周四做完手术后，到现在，即周六的下午，手术的创口实在是给她带来太多的不便，不论是躺着、站着、行走着，都不合适——原来以为躺着，会是很舒服的姿势，可由于要长期保持侧身不动，时间久了，半边身都会麻木。而且她还发现一个更为奇怪和可怕的现象，躺久了时，还会出现耳鸣和眩晕的症状。如果坚持看手机，这种症状更为严重，她一度怀疑这是并发症，后来通过自我调节，比如不断地改变姿势，症状便减轻了。还有一件事，也很折磨人——如厕，真是不能蹲下来的，蹲下来的姿势，创口那儿最吃力，都要忍住强烈的撕裂般的疼痛。几天里，汪洋洋也照过镜子，不是一次两次，而是无数次，她站在穿衣镜前，反转着身，能看到屁股和大腿连接处的那个白色的敷贴。至少有三次，敷贴窝在屁股和大腿拐弯的地方，翘起了一个边儿，她会重新把它按按，让它服帖了。但按过几次之后，敷贴就失去了黏性，就一直耷拉着了，她想掀起敷贴看看创口是什么样子，看看缝了什么样的针线，是白线还是黑线。虽然她实在不愿意看那个创口（知道没有什么好看的），可实在禁不住反复想看又不想看的内心拉锯，还是看了一次。看过就后悔了，如何形容呢？说好听一点，创口处像是一根麻花，就是北京特产的那种小麻花；说难听一点，就是一只趴在那儿的蜈蚣，一条胖乎乎的蜈蚣，有可能还是死蜈蚣。汪洋洋不知道那个秃顶的郑主任为什么要把创口勒得那么紧，把创口两侧的肉扯过来，让它们呈隆起状，成了该死的麻花或蜈蚣。

汪洋洋就是在这样痛苦的状态下，在电脑上把下周三和下周五的两期报纸的版面重新审核、校对了一遍。汪洋洋还是满意这两期稿子的。觉得没有问题后，她通知庞小会，下周一照常上班，同时，把这两期版面的电子稿发给了庞小会——这也是正常程序，主任签审后再由值班主编签审上版。

"下周一要不要去接你？"下午五点时，汪洋洋突然接到庞小会发来的微信。汪洋洋心里犯起了嘀咕，要不要她接？从心里说，接当然好啦，庞小会有车。可又真心不想再欠她人情了。她要接，可能还想探听汪洋洋更多的隐私（关于手表，关于性病）。汪洋洋已经从她的言谈中，知道她和熊院长一直保持着联系。汪洋洋想了想，谢绝了她的好意。庞小会又说："其实你完全没必要下周一来上班，你请了三天假，昨天和前天，也就是周四和周五，才两天，刨去双休日，下周一也是你的假期，你可以下周二来上班。"

汪洋洋也想到了这一点，但她觉得还是早点上班好，凭感觉，单位的人都在议论她了，早点上班了，让他们看到她的状态，有可能就减少一些负面的议论了。

"随你啊洋洋，那……咱们下周一见。"庞小会的口气和平时还是不大一样，至少是多了过分的客套。

谁知，刚谢绝了庞小会，又收到一条微信，吕秀珊发来的：

"晚上过来喝酒，福兮福兮饭店福如东海厅。"

汪洋洋看着微信，哭笑不得，这个状态，怎么能喝酒？哪里都去不了啊。汪洋洋正想着如何回复吕秀珊时，对方电话又到了："小汪，微信看到了吧？快过来，有个朋友你需要接见一下。"

所谓"接见"，也是吕秀珊的口头禅，其实就是让汪洋洋给别人看看——这也是变相相亲的一种模式。

"谢谢吕老师！实在不好意思，手术才第三天，行动不便，想去吃也去不成啊，想去看帅哥也没眼福啊。"

"克服点困难过来吧。"

"真不行啊吕老师，伤口还疼。再说，才做过手术，也不能喝酒。"

汪洋洋听吕秀珊犹豫了片刻，才传来他的声音："那……好吧，等你好透了再聚。"

第二天，即周日上午，对汪洋洋来说，是手术后的大日子——要去换药了。她觉得换过药后，就好了，至少是快要好了。汪洋洋艰难地走在大街边的步行道上，身体是扭曲和变形的，右腿要使劲地往外撇，且不能拐弯儿，要把那条腿拖着。仿佛那条腿已经不是她的了。如果有熟人看到她走路的样子，会笑死的。这哪里是走路啊——两腿分开太远，可以钻过一头肥羊了。好在路程不远，就在隔壁小区的隔壁小区，是一家社区门诊。汪洋洋多次在那里看过感冒。但是，这次却吃了闭门羹。就在汪洋洋要离开时，那个年轻医生给她出了个主意，让她自己到药店，买一包无菌敷贴，再买一瓶酒精，自己回家换得了，又省钱又省事，并又强调道："酒精和敷贴，这儿也可以买。"

"当真?"汪洋洋看着他，疑惑地问，"自己能换?"

"可以的。"年轻人眉清目秀，看她还是不相信的样子，有点急了，"不相信我还是不相信你自己? 是不是漂亮小姐姐都不相信自己啊? 要不要我来教你?"

"你都能教了，还不能帮我换个药?"汪洋洋看这个脸上还有点稚涩的年轻医生并不讨厌，得寸进尺地说，"我不进去，你出来，不在你的门诊换还不行吗?"

年轻医生犹豫了，躲躲闪闪地问:"伤口在哪?"

汪洋洋在屁股上指一下:"这儿。"

年轻医生脸红了，犹犹豫豫把手里的无菌敷贴往她面前一送，说:"你还是回家自己换吧，我不能违规。"

汪洋洋觉得好笑，人家说病不羞医，他这倒是反过来了——他像大男孩一样羞涩，多少撩拨了她心底情感的涟漪。好吧，她接过敷贴，扫码付钱离开了。仿佛要故意表演给他看似的，她姿势更加怪异而夸张地走着。没走几步，那个青年医生又追上来了，他喊了汪洋洋一句。汪洋洋听到身后有声音了，回头看，她看到年轻医生跑了过来，庆幸自己卖惨求同情的小心机起了作用，就笑吟吟地看着他，问:"有事?"

"你先回家自己换换看，要是不成功，叫我去帮你。"年轻医生送上了微信码。

10

好不容易熬到拆线这天了——十四天来，汪洋洋经历各种磨难和痛苦，精神上的，肉体上的，大多又是精神和肉体掺杂的。肉体的疼痛会带来精神的痛楚，反过来，精神的痛楚也会加重肉体的疼痛。而很多时候，也不知道是精神的痛楚，还是肉体的疼痛，居然会在一段时间里让她恍惚、混淆，感受不清。如果一定要去体会，能清楚地感知精神和肉体都在不同的痛楚中相互绞杀，相互增加痛楚的程度。当察觉到精神的痛楚影响到肉体的疼痛或肉体的疼痛影响到精神的痛楚时，就算界线清晰，又有什么用呢？这里所说的肉体，当然就是屁股上的囊肿手术后遗症了。而精神的痛楚虽然是肉体引发而来，但也有其他方面的因素，比如工作上的极不顺心和同事之间的人情冷暖——在这段时间里，汪洋洋的工作变得错误百出了，连续两期的报纸上，出现了错别字。更让人不能接受的是，昨天见报的版面上，居然是文章标题错了。在这两周里，汪洋洋已经几次看到庞小会怨怪的眼神了，也看到吕秀珊恨铁不成钢的叹息了。今天又是周四，明天又有新报纸要出版了，汪洋洋已经逐字逐句地把她的版校对三次了，要是在以往，她会很自信。但是，现在，她没有这个自信了。就是在这样的心情下，她来到了医院。

早上八点一上班，她就到了。

对于医院的一套程序，她已经驾轻就熟，在自动挂号机上挂了疼痛科拆线专号，到了四楼——居然也是四楼，就是在门诊手术室那一层的另一端，看到一间紧紧关闭着的门上，写着"拆线"的字样。她在门上轻敲两下，进去了。

"拆线的直接进来，不用敲门。"一个清清脆脆的女声干脆利落。

这就是引起朱主任嫉妒的韩主任的学生？汪洋洋想。进去以后，看到一个窄脑门亮眼睛的女护士，口罩显得特别大，可能是脸窄的原因吧，但那双眼睛确实灵动有光，好看。

"哪儿。"女护士的眼神充满善意。

"这儿。奇怪的地方，不太好弄。"汪洋洋指了指屁股。

"那也要弄啊。趴着吧。"拆线护士的声音依然脆爽。

汪洋洋趴下了，挽起大长裙子。

"你这部位不算奇怪，还有更奇怪的。在哪做的手术？"

"就在咱医院。"汪洋洋多问一句，"伤口怎样？"

"挺好。郑主任做的吧？还是韩主任？"

"他俩一起做的。"

"挺好挺好，像是他俩的手术。"护士的声音越发好听了，在脆爽中，又加入了温柔的元素，"你认识韩老师？能让韩老师、郑主任一起给你做手术不容易的。疼不疼？"

"打麻药了，不疼。"

"哈，我不是说手术，我是说现在，疼不疼？"

"刚才有点小疼。"汪洋洋感觉到了，这个拆线的护士脾气真不错，做事也利索，难怪要引起朱主任的嫉妒和不悦了。

"好了……嘻嘻，我问你疼不疼时就好了。"她用酒精在那儿擦拭擦拭，说，"你得站起来，我再给你换上敷贴——这个位置站起来上敷贴不会打皱。"

她可真细心，只听她的话，病就会好了一半儿。汪洋洋想。换好敷贴后，再走路时，还有点不太习惯。原来，汪洋洋已经习惯屁股上的紧张和疼痛了，习惯一瘸一瘸地走路了。现在却要正常走路，一下子还别不过来，像刚学步的孩子一样。

"别紧张，正常走。"拆线护士也看出来了，挺体贴地说，"三四天之内不能洗澡，中途可以再换一两次敷贴。你是韩主任的朋友还是亲戚？他好久不做门诊手术了。"

汪洋洋这才意识到，怪不得那个团胖脸的朱主任要那么没完没了地怼韩主任了，一个好久不做门诊手术的大专家，突然给一个年轻女人做手术，不能不叫她多一份想法。也怪不得韩主任要假装不经意地把她是熊院长的关系透露出来，其实韩主任就是在撇清，意思是领导安排的手术。看来，真是有人的地方就有复杂的争斗。而拆线护士温柔的问话，居然和朱主任的怒怼是一个意思。汪洋洋只好实话实说地说："我不认识韩主任，我是找院长，院长又请韩主任帮的忙。"

"噢噢噢……挺好挺好。"拆线护士热情不减地说，"你去自动交款机上缴下费用，把回单再给我拿来就好了。"

不知为什么，汪洋洋感觉护士也释怀了。

汪洋洋离开医院时，还不到九点，还是在早上。汪洋洋觉得这时候约熊院长出来吃午饭太早了。昨天汪洋洋已经和庞小会说了，告诉她今天要来拆线，拆完线准备请她、熊院长和韩主任一起吃饭，以示感谢。岂料，一向热衷于吃喝聚会的庞小会却说她今天有事，也没说要改时间。这不是好的兆头，肯定和报纸的连续出错有关，因为报社采取的是株连政策，谁的版面上出现重大差错了，不仅要扣编辑的钱、罚编辑的奖金，部门主任也要扣，而且是编辑的两倍。汪洋洋连续两次出现重大差错，庞小会都受到了株连，她肯定有意见了。但在两周前手术成功时，和熊院长说过要请客的。说话不算话，可不是汪洋洋的性格。但，庞小会拒绝了——庞小会说她近来心情不爽，不想吃。这算什么理由？庞小会拒绝，相当于熊院长也拒绝了——她不会单独请熊院长的。

昨天拒绝了，也许今天会改变主意呢。汪洋洋就是这样想的。

这回，汪洋洋准备来个迂回战术，先请熊院长。熊院长同意了，再请庞小会。

九点半一过，汪洋洋就通过微信，向熊院长报告今天拆线了，一切很好，中午请他吃饭，地点和参加者由他定。熊院长很快就回复了，他很抱歉地告诉汪洋洋，今天他休息，没在班上。但，不知为什么，汪洋洋很自然地把熊院长的拒绝和庞小会昨天的拒绝联系在一起了，莫非他俩早就约定了？

既然这样，今天不去单位了。到单位去，如果庞小会没有好脸色，也是毫无趣味的。好像不仅是庞小会对她有意见，就连吕老师也不像以前那么热情了。那天，汪洋洋第四次跟他请（续）假的时候——这个主意他才是始作俑者，他哼哼唧唧，居然说出了一句"你自己看着办吧"这样的话来——他这句话的弹性很大，既同意了，又没有同意。同意是，汪洋洋可以自己给自己准假；不同意就是，他不承担任何责任，这可不是领导人的性格啊。但是，他既然已经都说过了，汪洋洋也就"看着办"——不去了。

感谢宴是请不成了，单位又不想去，干脆回家。

在地铁上，汪洋洋又多了个心眼儿，请不成熊院长、韩主任和庞小会，那就把十几天前的旧话重提，请吕老师——吕老师不是在请假问题上表露出不高兴的样子吗，请请他，敬他几杯酒，让他高兴高兴。还是在十多天以前，吕老师不是要请她去福兮福兮饭店福如东海厅接见谁谁谁而没有实施吗，现在既然拆线了，成为正常人了，能喝酒了，她来回请，也就算是正常不过的理由了。汪洋洋就给吕秀珊发微信，成全他喜欢做媒的爱好，说她来请客，那个搞音乐的谁谁谁可以见见——又不是见了就要结婚，这样的逢场作戏，她和吕老师配合多次了。但是微信发出去有一会儿了，吕秀珊一直没有回复。直到一个多小时后，汪洋洋从草房地铁口出来，拿出手机扫码出站时，才看到吕秀珊回了句："今晚有安排。"

"有安排"也是正常的。但是按照吕老师以前的性格，在汪洋洋主动请他吃饭而他已有安排时，会把汪洋洋带上的，不仅带上她，还会带上庞小会。可这次"有安排"而没有下文，也是一种反常，甚至，那几个字，汪洋洋还读出了冷冰冰的感觉。汪洋洋心里"咯噔"一下，和报纸上的出错又联系到了一起，还联系上同样反常的庞小会。

11

到家后，汪洋洋又照着镜子，看了看伤口处，她只看到了敷贴。敷贴下的创口，她没有揭开来看，料想那里会有个疤痕。创口那儿虽然还有感觉，也不过是拘谨的感觉罢了，不是疼，也不是痒。接下来的整个一天，汪洋洋如果不想着单位的事，仅是刷刷手机，就和平时休息在家时一样，轻松而惬意，完全没有拆线前的那种心理负担了。

但是，在下午临下班的时候，汪洋洋的微信里突然来了两份文件，是报社总编办主任发来的，打开一看，大吃一惊，第一份文件的大体内容是，报社虽然是行业报，却是采用企业化管理，多年来，收益和上级拨款逐年减少，办报经费十分短缺，报社将从下半年开始，由原来的一周三期，改为一周一期。部门也要撤减，撤销副刊部，副刊部的部分职能并到总编办。第二份文件的内容是，由于报纸期数和版面的减少，采编人员也要相应缩减，总共缩减八至十人。请每位采编人员，含中层干部，每人写一份上半年的工作小结和下半年的工作打算，工作打算也可写成对报社发展的战略构想和具体做法，于下周一早上发到报社总编办邮箱。文件还着重强调一句，准备另行高就的员工，欢迎主动跳槽。

这就是减员了。

汪洋洋立即意识到熊院长婉拒她宴请的原因了，也知道庞小会为什么反常了，甚至吕秀珊为什么"有安排"而没有带上她的原因也找到了——其实有没有安排（饭局）都存疑，因为她已经在减员之列了，谁在这个节骨眼上都会躲着点，这是显而易见的。

汪洋洋猛然觉得她的小囊肿的手术是多么的不合时宜。而她的工作一向表现优秀，最近却接连出错，又是如此的授人以柄。同时她又联想到吕秀珊和庞小会前段时间的变化和反常，特别是她准备做囊肿手术时，请庞小会联系熊主任，庞小会还欲言又止地说到了关于"饭碗"和个人前途的话题，原来他们早就知道这次重大的改革了。虽然，不能确定减版、减员的计划是针对汪洋洋的，至少汪洋洋被利用或针对了，成了别人的话题了。至于吕老师还要不停地请她吃饭，安排相亲，无非是障眼法罢了。当尘埃落定后，不就因为"有安排"而拒绝她的邀宴了吗？关于相亲的话题也没了下文。也好，以后他媒婆的爱好可以集中用在庞小会身上了。工作小结和未来打算没必要再写了——不要说减这么多人，就是减一个，恐怕也非她莫属，写这种小结还有什么意义？再写未来打算，更成了别人的笑话了。

那个小囊肿突然又复活了，并且迅速转移到汪洋洋的心头，形成了新的小囊肿——拆线了，小囊肿的病症本应该消除了，可怎么感觉小囊肿还在呢？还在硌硬着她呢？工作、请客、心情，好像小囊肿无处不在一样，渗透到她生活的各个角落了，甚至她可以感受到帮助她做手术的熊院长、韩主任、朱主任、拆线护士他们之间隐约的关系，也处处透着小囊肿的心态。小囊肿不仅漫漶在她周围，也漫漶到社会的各个角落了。现在，就连创口部位，也有了点痒痒的感觉，不知是长期未洗澡的痒，还是伤口愈合过程中的痒，总之，那儿痒了，不仅是生理上的，也是心理上的。

汪洋洋再次想看看拆线后的创口，又怕那里过于难看而后悔。和上次想看而未看一样的是，这回她也看了，看了，心里就纠结了，敷贴掉了，可能在睡午觉时弄掉的，伤口那儿看上去不太清洁。再细看，不是不清洁，是拆线后留下的疤痕，针眼儿成了细小的小白点。汪洋洋觉得要换一块新的，不然会和衣服产生摩擦，有可能继续造成伤口的伤害——那种痒，可能就是摩擦所致。可家里居然一时找不到敷贴了。这也是奇怪的事，第一次换敷贴时，她买了不少的，社区医务室那个年轻而帅气的男医生，差一点就帮她换了。还好，他们互加微信了，还说需要的话可以找他帮忙。现在就需要，需要他送敷贴来。可她一时想不起来他的姓名了——那次加了微信后，就再也没有联系过。汪洋洋就在微信上翻找，居然找了半天也没有找到。汪洋洋的心思有点乱了，一时集中不起来。

汪洋洋决定再去一次那家社区医务室。不知为什么，汪洋洋突然有点紧张，觉得要给自己打扮一下、美化一下，虽然早上去医院拆线时，已经修饰过了，但是坏心情又让她变丑了。汪洋洋赶快坐到化妆桌前——从今往后，她不再是从前那个汪洋洋了，不是一家行业报的编辑了，她要以新的面目出现在社会上了——她反而有点兴奋，觉得改变一下也没有什么不好，就像彻底消除小囊肿一样，也该有新的生活了。

2022 年 10 月 19 日下午定稿

恋恋的草原

1

估计这次内蒙古呼伦贝尔之行会遇到熟人，也曾想到会邂逅庞小朵。

没想到美事成真，庞小朵真的也来开会了。

庞小朵是个非常有特色的书籍设计师，她经手设计的图书封面，和她的人一样漂亮，一样个性十足，获得过大大小小不少奖项，在业界早就名声远扬。我们文化公司也找她设计过十几本图书，反响不错。

但是，她和我们公司的合作，却因为一本图书封面的意见不能统一而关系闹僵了。岂止是闹僵啊，简直就是恶化，且和我个人的关系也一起恶化了。我当然因此而后悔过。但我也骑虎难下没有办法。我们老板不同意封面方案，出版社那边也不同意，提出了修改意见。庞小朵开始也很有耐心，修改了六七稿，老板和出版社最终还是不能满意，让她重新拿一个方案。庞小朵立即不干了，先是试图说服我，谈她的封面设计的美学理念，我听了也很有道理——这本书的书名叫"心界"，是一部思想随笔集，既有一点点哲思，也兼有鸡汤文的味儿。既可以走大众阅读路线，也能让知识阶层接受。庞小朵的原设计，应该说很有创意，上半部分的图片是太平洋和大西洋两大洋海水分界线的彩色摄影照，过渡到下图同样有着明显分界线的草原和沙漠。两幅图都很精巧，也都寓意深刻，特别是后一幅，不知拍自何方，一侧是碧绿的草原，一侧是一望无际的漫漫沙漠。据说，这幅照片是实景，所在地的沙漠侵蚀不了一寸草原，而草原也无法占领一厘米沙漠，二者就这么僵持着，形成了一条泾渭分明的分界线。而更巧的是，两幅照片能天然对接，形成一个整体，太平洋海水的深灰和草原的碧绿，大西洋的浅蓝和沙漠的金黄，构成了主要色块，色块之间那条纵贯和横穿的十字分界线，和"心界"书名的象征理念颇为切合。我当然知道庞小朵的方案有道理了，我也知道我说服不了我尊敬而权威的老板。我试着说服庞小朵，让她推翻这个方案，重新设计，毕竟曾经有过愉快的合作，妥协一下，来日方长，以经济利益为上。岂料，我的话引起庞小朵的极度不适和强烈反感，她怒喷我毫无原则，毫无底线，毫无独立的思想，全钻进钱眼中了，一点艺术情怀都没有。"再说了，老板既然早就决定要全盘否定，为什么还要求改？而且是一而再再而三地改这么多次才告知推翻重来，什么意思？故意折腾人？你也浑蛋，都是老板怎么说怎么说，你的意见呢？既不能坚持自我又不能有所创新，简直就是一个……"她后边的话没说。从她的口型和已经发出的三分之一的声音中我已经判断出，那没有说出的词是"软蛋"。前边是"浑蛋"，再来一个"软蛋"也很对称。但是，软蛋，真是太难听了，也太狠了。她虽然只说了三分之一，也自知说重了，怕我受不了，也怕有失她的风度，也或许呢，她没把"软蛋"说出口，是因为我们的情感还没到说那个话的份儿上，更或许她是觉得已经没必要再说了。果然，后果比我想象的严重得多——在那天不欢而散后，我又用微信约她吃饭——我的本意是先吃饭，然后再协商下一步的合作。没想到她没有搭理我。我又约她喝咖啡，还告诉她，就在离她单位很近的那家咖啡馆。那是一家我们熟悉的咖啡馆，经常在那里泡一天，为某一部书的封面，聊得很投缘，最后就是在慢慢品咖啡的时间中，敲定了封面方案。我有点迷信，觉得那家咖啡店还会给我们带来好运气，能让她消气，能让她妥协，就特意再约一次。她依然不理我。我不甘心，再次邀请时，她居然把我拉黑了，电话也不接。这是我没有想到的。我把她惹毛了，让她心烦了，让她灰心了。因为工作上的事，这么绝交，让我心情沉重了很久，迟迟没有从郁闷的情绪中走出来。

　　这是半年前的事了。半年前还是去年十二月，我们的交往也因此进入了万木萧瑟的寒冬，这让我长时间的难过和自责。要知道，在她还没有拉黑、断交之前，或者在没有那次激烈的争执之前，我对她是有追求的，曾经无数次幻想和她能发展进一步的关系，也多次向她示好，她也能感觉到我对她的好，在气氛适合的时候也会给予回应。有一次，在三里屯一家特色小馆吃完饭，还让我牵了牵她的手。那次我胆小没有拥抱她。可能是我内心过于郑重其事了，对爱情，也是对她。或者说我还没有准备好，还不敢造次。没想到因为一本书的封面就形同陌路彻底决绝。好在我的人生经历和情感经历还不太丰富，我还不到三十岁，也应该要经历各种情感上的磨难和思想上的折腾。难道不是吗？现在是六月下旬，是夏天最美的时段，我们又有了这次共同的草原之行——命运让我们再一次碰面，也是对我再一次的考验，我要利用这次邂逅，改变她对我的坏印象，就算不能最终牵手，至少，我已经努力过，会给我的人生履历添加浓墨重彩的一笔。

不过，我知道庞小朵也参加这次呼伦贝尔的活动，是从别人的电话聊天中听到的，这给我带来惊喜，同时也让我担忧。惊喜是因为庞小朵确实也参加这次活动，担忧是打电话的男人直接是和庞小朵通话，且通话的内容说明他们的关系非同寻常。我乘坐的航班是在晚上八点二十才到达呼伦贝尔东山机场的。这次航班足足晚点三个小时，本来可以赶上会议的晚饭，因为晚点，天黑后才到达。一下飞机，从我身边匆匆超过的这个白面中年男人，就拿出手机打电话了，他在电话里说："……我才落地……你们吃过啦？哈，好吧，不过肯定还会有饭吃的……这有什么好得意的……看看你，像抓到一把好牌似的……对对对，像设计的封面获得大奖似的……再陪我一起吃点……逛街啦？和谁？王三横？曹洁？你要当心啊，王三横那家伙一脑子坏水，不是个好鸟……喂，小朵你听我说……听我说嘛小朵……庞小朵，还让不让人说话啦？我不是背后骂人说人坏话……我就是提醒你，千万别听王三横忽悠，现在真的不能买，我们在呼伦贝尔要待六七天，奶酪、奶糖、牛肉干、炸羊排这些好吃的，肯定多得去了，你现在就买，傻啊？正式会议就一天，其他活动都是慰问、参观、学习，实际上就是旅行，买一大堆东西，谁替你背？不是我要管你……牛肉干我可以给你买嘛，好好好好，不买不买……听你的，不买，行了吧？嗯嗯嗯嗯嗯嗯，明白，明白……好好好好，不闹你了，你们继续，继续……一会儿见。"

我听得明明白白，电话那一端的人叫庞小朵。此庞小朵肯定就是彼庞小朵，世上总会有许多巧合的事。只是前边这个白面男人任凭我如何搜肠刮肚，也想不起来是不是见过他，也想不起来他是哪个公司的，看样子不像老板，那么是出版社的人？听口气，和庞小朵的关系绝不是一般的同事或朋友。

又有两三个人从我身边超过时（他们都带着小跑，从他们空手的行状上判断，应该是去提行李的），跟白面男人打招呼了。白面男人真的姓白，他们都叫他白老师。老师是个泛称，有可能是某文化公司的老板，有可能是资深编辑——我们这个活动，是一次带有联谊性质的年会，全称叫"北京民营文化公司合作联谊会"。简单说，就是北京各家民营文化公司组织的一个群团组织，每年搞一次年会，在一起交流图书出版、发行及版权输出的相关经验。说是北京各民营文化公司，实际上，也会有出版社的相关人员被邀请参加。这个联谊会每年轮流由一个会员单位牵头，召开一次五十人左右的年会，每个会员单位限额两人参加。本来我们公司的老板要来的，名单都报上了，机票都订了，昨天下午又临时有急事，退出了，也没有安排别人替补，我就成了我们公司唯一的参会代表了。

我是第一次参加这种会议，有些好奇，也有些向往，盼着能在会上扩展自己的人脉，为以后的发展增加点选择。而最大的私心，是能遇到庞小朵。

真是天遂人愿啊。

庞小朵还不知道我也来参会了。她要是看到我，会有什么样的反应呢？庞小朵看似平静和知性的外表下，也有暴脾气的一面。我已经领教过了。她没有和我们同乘一架航班，也没有和那位白老师同乘一架航班，而是自己来了。我知道北京至呼伦贝尔的航班一天只有两班，上午下午各一班，那庞小朵很可能是上午到的了。上午就到了的庞小朵，和已经报到的同行逛街去了（至少有王三横和曹洁）。

现在的现实是，我如果想利用这次参会的机会，和庞小朵重修旧好，会有难度，而白老师就是最大的难度。当然，有可能还有那个让白老师颇为担心和提防（从白老师的口气中能听出来）的王三横。不知为什么，我心里产生了深深的异样，既有醋意，又有被抛弃感。

2

由于宾馆餐饮部门已经下班，我们这帮因飞机晚点而后来者，只能出去吃饭了，共有七个人，加上主办方文科苑文化公司的老板车厘子，正好一桌，还喝了酒。酒也是车厘子从北京带来的。车厘子五十岁左右，一副精干而老练的样子，公司做得很大，经营项目以引进外国少儿文学图书的版权为主。由于他是这个联谊会发起公司之一的领导，也顺理成章地当上了副会长。这次轮到他们公司主办年会，人也格外的大方和热情，晚餐是全套的蒙餐，奶茶、手把羊肉都是一等，更让我感到新奇的，是血肠和只有草原才有的一种野韭菜。一道野韭菜炒鲜菌，真是鲜。血肠还是有点味重，口感腥涩，我只尝一块，就没有再吃。而野韭菜炒鲜菌，我一连夹了几筷子，吃出了雨后草原的青草鲜和泥土香，也让我暂时忘记了庞小朵给我带来的苦恼，对即将奔赴的大草原平添了无限向往。

但是，美酒美食并没有让我享受多久，就被带入另一种情绪里了，这就是白老师引发的。

酒桌上的人虽然都算同行，也有认识和不认识的，比如我，除了有几个面熟之外，实际上没有一个认识的。车厘子也是我认识他，他不认识我。他和我们老板在每年一次的民营图书展销会上打过招呼，有过几次短暂的交流。所以大家就各自做了自我介绍。我知道白老师叫白展。通过介绍，白展的身份明确了，他不是文化公司的老板，他是一家出版社的编辑部副主任，还是个诗人，专写爱情诗，出版过几本诗集。开场酒和介绍酒喝完以后，我就看出来，其他几个人，都放开车厘子，频频向白老师示好和敬酒，包括车厘子，也再三询问他们社的出版规模和图书特色以及合作意向。但是白老师完全不在状态，有点心猿意马，有些犹疑不定，大约是心里惦记着什么吧？惦记着什么呢？他心不在焉，频频看手机，仿佛一分钟不看手机，就会错过什么重要信息似的。没错，他是在惦记庞小朵。由于白老师在下飞机时和庞小朵通了电话，知道他和庞小朵的关系不像是一般的熟人，我因此也很注意他，他的一举一动、不多的言谈、顾左右而言他的行为，都是我关注的。不知是谁说过，想了解一个人，跟他喝几场酒就基本了解了。此话不假，我和白老师才算是喝半场酒，就大体知道他的性格了。他的心不在焉，说到底，还不是因为庞小朵？一定是庞小朵分散了他的注意力，一定是庞小朵让他忧心忡忡，惴惴不安。他连起码的礼貌都不讲了。

可能是大家都有点累吧，也可能是夜色已深，更可能是白老师影响了大家的情绪，晚宴便不能尽兴，酒都没怎么喝，早早就结束了，有点草草了事的意思。

酒后回宾馆的路上，车厘子几个人去散步了。我和一个新认识的一家文化公司的发行主管小蔚一边走一边聊。从聊天中我听出来，他对我们公司很有好感。我感谢他的夸奖，对他的公司也说了一通赞赏的话。其实，和小蔚的聊天，对我是个很好的掩护，让我能在自然的状态下，观察白老师。白老师正如我预料的那样，他速度极快地行走在我们前头，一边走一边急慌慌地打电话。由于离宾馆不远，也就三百来米吧，白老师到了宾馆大厅时，我们也到了，他的电话才打完。

我们所住的宾馆，叫海拉尔温泉大酒店，是呼伦贝尔市最好的酒店之一，宽敞的楼底大厅里有三三两两的人在进出，也有人在充满民族气息的休息区休息。那儿还有一个半封闭的咖啡厅。我朝休息区看一眼，希望能看到熟人，没有。透过咖啡厅的玻璃墙，能看到咖啡厅的灯影不像别处那么明亮，是一种带有浪漫情调的橘红色，模糊的灯影里，有三四拨人，一拨是三个男的，一拨是两个女的。他们有可能是与会者，有可能不是，也有可能部分是我们会上的人。我重点打量着那两个女人——其实我是在寻找庞小朵。虽然灯影朦胧，我还是能判断出，她们中间没有庞小朵。

这时候，电梯厅方向走来两个搂肩搭臂的年轻女人，其中之一，我一眼就认出是庞小朵了。庞小朵瘦高，短发，长颈，鹅蛋脸，美人肩——即便是半年前的冬天，还是穿着羽绒服的时候，我就发现她是美人肩了。现在是呼伦贝尔的夏季夜晚，她穿一条修身的牛仔裤，一件长袖的白衬衣，臂上搭着一件浅蓝色帽衫，穿一双白色休闲鞋，这一身轻盈的打扮，一看就是又要出门了。在她身边抱着她长胳膊的，是一个比她稍矮一点、身材匀称的女孩，女孩和庞小朵相比，不算瘦，她长发披肩，也穿牛仔裤，黑T恤外边套一件淡红色的羊绒开衫，精致玲珑，美艳无比。两个女孩各有各的神韵，各有各的美，她们旁若无人地朝门口走来了。

"小朵……"走在我前边的白老师突然停下来。

庞小朵显然没有看到白老师，她愣一下，在确认是白老师之后，并没想搭理他，甚至试图和那个女孩一起绕过他。

但白老师横移了半步，强势挡住了她们："去哪里？"

"我们出去。"庞小朵身边的女孩很机灵，她一定懂得庞小朵那试图绕过白老师的身体语言了，也可能是对白老师霸道的横移半步的反感，便主动为庞小朵挡话。

"这么晚，还出去？"白老师寸步不让地问。

"吃夜宵。谁说晚了就不能出门？"庞小朵不想让他难堪，只好大大方方地说，同时并没有停步，态度非常明确——既搭理你了，又不想真的搭理你。

"大半夜还夜宵？"白老师跟在她俩身侧走两步，"都有谁啊？

谁请客？"

庞小朵继续走。

庞小朵身边的女孩完全懂得庞小朵的意思了，有点鬼祟地一乐。

但，庞小朵还是假装地问身边的女孩："谁请客啊曹姑娘？"

叫"曹姑娘"的女孩，神情略有慌乱——在庞小朵和白老师斗智的当儿，我眼睛不够用地观察着他们。庞小朵身边的女孩偷偷一乐后，发现她的偷笑被我看到了，脸顿时红了，像是不该让陌生人看到她内心的小秘密似的，以至于庞小朵问她话时，居然没有听到。

"曹洁，问你呢，"庞小朵停下了脚步，"谁请我们夜宵来着？"

曹洁有些猝不及防，反应慢了半拍，支吾道："……王总啊，我们王总请客。"

曹洁恢复常态也很快，她说话的声音和庞小朵完全是两个极端。庞小朵的声音是清爽脆响的，曹洁的声音是柔声细语的。

我从庞小朵和曹洁的对话里，得到一个信息，庞小朵知道请夜宵的人是谁，之所以装作不知道，是故意捉弄白老师，或不想让白老师去。

但是，曹洁的精明又突然短路了——可能是受到我的影响——代庞小朵请道，"一起去啊白老师？"

"刚吃了饭……我得先去一下房间。"白老师脸上的肌肉不经意地痉挛一下，他也看穿庞小朵不高明的演技了，但他还是想去，便问，"在哪里？"

曹洁说："我马上把地点发你。"

庞小朵胳膊轻抖一下——曹洁还在抱着庞小朵的胳膊，那一抖，是给曹洁的暗示。

"你不是刚吃过饭嘛。我们也不全是要喝啤酒，我们王总还要和小朵老师谈工作。"曹洁又心领神会了。曹洁的话里话外，就是不让白老师去。

话说到这里，我也不适合停留了，便和小蔚从他们身边走过，去电梯厅了。

我们在电梯里等白老师。

由于吃饭时已经相熟，又在电梯里遇见，便相视一笑，算是打了招呼。白老师按的楼层是十六，比我们先到。我和小蔚是住十九层。白老师对我们说："夜宵啤酒去不去？"

小蔚很识趣地说："不去。"

"我也不想去，"白老师说，"王三横能喝酒，准备和我们合作，这个人挺烦的。我去拿件衣服，应付他们一下。"

3

我冲了个热水澡，躺在舒适的房间里。房间里有空调，但似乎不用开。这就是之所以要在夏天来呼伦贝尔的原因了——气候温润、凉爽，天空高远、空灵，草原碧绿、辽阔，能让人心情舒畅，能让人忘却许多恼人的日常琐屑。但我心神不宁，根本不像是在躺着，像是一直处于漂浮的状态中。我爬起来，站在窗前，看着纯净的夜空，看着宝石一样闪烁的星星，心中多了一丝烦恼——那场由王三横操办的、不知在什么地方开始的夜宵，正在热烈地进行中，他们推杯换盏、嬉笑玩闹，享受着异地的美食，白老师肯定是如鱼得水了。酒桌上还有谁呢？目前已经知道的只有庞小朵、曹洁、王三横和白老师了。我从材料袋里拿出日程表和参会人员花名册，研究了一会儿，知道曹洁和王三横是一个公司的。曹洁的职务是发行经理。这就有意思了，很容易就可以推断出，王三横的夜宵，不会是请曹洁的，也不会是请白老师的，白老师是路遇庞小朵和曹洁才知道有人请吃夜宵的。如果假定这次吃夜宵只有他们四个人，那必须是王三横请庞小朵了，庞小朵就是主宾了。我对于王三横的公司不了解，不知道规模，也不知道出版方向，但能参加这个年会的，应该不是小公司，至少他本人是一个爱玩和热爱公益活动的人。他之所以要请庞小朵吃饭，是因为庞小朵毕竟是出版社的人，在一家行业出版社的总编办任副主任、封面设计师。我在北京还没有出发之前，老板就曾叮嘱我，说依照以往的经验，这次活动中，会遇到一些出版社的工作人员，我们可以找机会跟他们拉近关系。当老板有事不能参会之后，他更是跟我又强调这一点，让我一定要找准机会，和出版社的人多接触。现在看来，我是辜负了老板的嘱托了，头一天刚报到，遇到的两个出版社的人员，一个白老师，一个庞小朵，不要说进一步接触了，就是连话，怕是也搭不上了——在宽敞的大厅，庞小朵不是都没有看到我嘛。虽然，花名册上的名单还有另外几家出版社共十几位参会人员，其中有三家来的是副社长、副总编层面的领导，我还有机会跟他们接触。但第一天就出师不利，可不是什么好兆头。更何况，庞小朵还曾经是我暗恋的对象，不，不仅是曾经，现在也是，现在也是我心目中的女神。

床上躺不住，站在窗前也心思不宁，心焦气躁，想入非非，像一条被煎的活鱼。我看下时间，还不到十点。既然头脑非常清醒，一时半刻无法入睡，何不去楼底大厅的那间咖啡厅坐坐？要一杯咖啡，发发呆……我不是带来一部书稿吗？本来就是想利用开会的空闲把这本书稿校完的，何不先在咖啡厅里开个头？哪怕一个字也看不进去（完全有可能），也可以借看稿为名，等着那帮宵夜归来的人，看看他们都有谁，也借机观察一下庞小朵，观察一下庞小朵和白老师之间究竟是什么关系，这也便于我下一步的行动。

我立即重新换一身衣服，带上打印好的纸质书稿，下楼了。

咖啡厅还有人在慢品小谈。

我小声问吧台服务员，几点下班。他们的回答让我暗自高兴，不下班。

那就是通宵营业喽？我要了一杯咖啡，又要了一杯苹果汁，找一个面向大厅又稍微暗一点的地方，坐下，拿出书稿——正如我预料的那样，根本无心看稿。我一坐下，就透过洁净的玻璃，盯着大厅，盯着大厅出口处的旋转门，心思也跟着旋转门飞到了外边。我知道，要不了多久，那儿就会出现我希望出现的人。

等待的过程是漫长的。我的一杯苹果汁都喝了一半了，时间也指向午夜十二点，我的目标人物还没有出现。我周围的顾客有走有来的——在我到了之后，已经陆续走了四五拨人，也来了一两拨。夜深了，我的目标人物还没有宵夜归来。我动摇了，要不要再等下去？更让我有点尴尬的是，如果另一桌那两个不停窃窃私语的中年女人也离开，就只剩我一个人了。虽然我假装在校对书稿，偌大的一个咖啡厅里，只剩下孤零零的我，也是让人有点拎不清的感觉。好在那两个中年女人永远有说不完的话，依旧在不停地说着什么。她俩和我相隔只有三张桌子的距离，我却一个字也听不懂。我只听到"嚓嚓嚓嚓"的说话声，还有倾听者一张半明半暗的鬼鬼祟祟的脸。

就在我全神贯注试图听懂一两句话时，旋转门那儿突然拥进来一团人。没错，是许多人团在一起，一个人伏在另一个人的背上，两旁还分别有两个人帮扶着。四个人簇拥着，像一个移动的大黑团。不仅我看到了，我邻桌的两个窃窃私语的女人也看到了。当一团人出现在大厅最亮的灯光中时，我看到那个一直处于倾听状态中的女人突然站起来——她只不过是瞥了大厅一眼，就站起来，惊叫道："这不是王三横吗？他背着谁？谁出事啦？"她一边惊呼着，一边往外冲。那个一直处于诉说状态中的女人显然很不甘愿突然结束的聊天，但她的话已经没有人倾听了，不得不蔫蔫地也跟着出去了。

原来，那个身材不高、扎着小辫子的黑脸男人，就是王三横？他后背上背着的也是一个男人，这让王三横看起来很吃力。王三横跟跄地在大厅里走几步，走向电梯方向，歪歪拽拽晃晃悠悠，随时有摔倒的可能。大约实在是坚持不住了，还没到电梯口，背上的那个人就滑了下来。如果没有身边两个人的把持，滑下来的人会像鼻涕一样流淌到地上。我一时没有认出滑下来的那个人是谁，他的脑袋是垂下来的，头发也遮住了额头。他被另两个人架着，地球像有巨大吸引力似的把他往下拉。他们都是谁呢？除了刚刚对上号的王三横，那条看不清面目的"鼻涕"和另两个人我是真的不认识。如果不是一前一后从咖啡厅跑过去的两个女人，如果不是她俩的大呼小叫（隔着玻璃墙，她俩说什么我也听不见），不是她俩的拨弄，那条"鼻涕"也不会抬起头来。"鼻涕"吃力地抬起头来时我认出来了，正是白老师。白老师怎么啦？白老师怎么会趴在王三横的背上？喝醉了吗，还是遭遇其他不测？正在我无法判断的时候，他自己做了证明——冲着其中的一个女人就狂吐起来。那个拨弄他、试图关心他的女人虽然敏捷地做出躲闪动作，但已经晚了，被他吐了一身。她跳到一边，顾不得眼前的白老师，只顾着不停地抖动身上的衣服了。我看到另外三个人都乐了，王三横更是狂笑不止。我觉得他们的快乐是有道理的。醉过酒的人都有体会，如果不吐，容易出危险，一旦吐了，就没事了。白老师吐了，而且一吐就不可遏制，吐得那么多、那么潇洒、那么畅快，这是要把喝进去和吃进去的都还回来啊。

　　我要不要出去呢？我不认识王三横，对白老师也只是吃饭时打个照面，还算不上有多熟，其他人更是陌生得很。何况，庞小朵和曹洁还没有回来，她俩是不是也喝醉了呢？又何况，白老师都吐成这样了，我出去也帮不上手，还有看笑话的嫌疑，便决定坐着不动了。好在王三横还放得下身架，他笑过之后，又和另外两个人一起，连扶带架地把白老师弄进了电梯。被吐了一身的女人，在另一个女人的陪同下，也进了另一部电梯。人虽然进了电梯，白老师那狼狈相，还如在眼前。不过我是从来不奚落或嘲笑醉酒者的，至少，他们都是性情中人，就算有心机，也能让人一眼望穿——那些一辈子没喝醉过的人才可怕呢。

就在夜班的服务员刚把大厅打扫干净的时候，庞小朵和曹洁回来了。不知为什么，我心里突然"怦怦"地狂跳起来。她们是和白老师参加同一个酒局吗？那是毫无疑问的。那她俩知道白老师喝醉了吗？她俩怎么会落在后边？而且和前边回来的一伙人相差有十多分钟的时间。庞小朵知道白老师为什么喝多的吗？白老师和我们一起吃饭时也是有酒的，而且是主办方车厘子的酒，车厘子够热情了，连我这个一向滴酒不沾的人都倒一小杯做做样子，白老师却不喝，酒也不让倒。劝他喝杯啤酒也不行。这又是在什么情况下喝多的呢？我有一个预感，我预感到白老师的醉酒，和庞小朵有关。

庞小朵和曹洁的行为，再次让我心跳加速起来——她俩没有往电梯口走去，没有回宾馆房间，而是向咖啡厅走来了。

庞小朵和曹洁是一前一后进来的。庞小朵走在前边，曹洁跟在后边。庞小朵走路一点也没有半夜三更归来者的疲惫，而是挺胸收腹，精气神十足。由于咖啡厅不是很大，整个也就十来个座位，离我最远的几个座位又因为客人很晚离开还没来得及收拾，只有中间三组空位可以坐。很自然地，我和庞小朵、曹洁就毗邻而坐了。我要不要主动打招呼？按照我们绝交的原因，我应该主动打招呼，毕竟是我一直在追着她说话，追着她协调封面设计的事，她拒绝合作后，又是我追着她想重新合作，我只要继续遵循一贯的表现就可以了。但是，我发现庞小朵并不愉快，她精气神十足的样子不过是假象（事实上是处在生气状态中），我犹豫了。本来我只想偷窥，没想到会事发突然地快速见面。我此时和她说话恰不恰当呢？至少时间和地点不对，她会觉得我是在看她的笑话吗？我虽然假装注意力集中在书稿上，事实上我身上的每一根神经、每一个细胞，都在关注着近在咫尺的庞小朵，我甚至闻到庞小朵身上散发出来的酒气了。

"这家伙，真是信口雌黄。"曹洁说，像是在为庞小朵抱不平。

我没有听到庞小朵的回应。

空气有点凝固。

当凝固的空气逼迫我必须抬起目光时，我惊呆了，庞小朵正在看我。我们的目光在半空中相遇了。我看到庞小朵眼里的恐慌，还有惊异。我从未见过她有这样的目光，没见过这样的恐慌和惊异。她为什么会有这样的眼神呢？难道她不知道我也来参会？会议花名册上有我的名字啊。我笑一下，可能不过是想笑一下，连笑的动作都没有呈现出来，我说："这么巧……"

"这么巧……"她也说。

我们几乎同时发出了声音。

"哈，"庞小朵突然乐了，"你们来几个人？中午、晚上都没看到你呀？"

庞小朵的脸色不是一进来时的绷着了，身体也不是僵硬着了，眼神里露出了真诚而善意的笑，秒变可爱的邻家女孩。我也笑着说："晚上到的。飞机晚点了。就来我一个人。老板临时有事——他太忙了。"

"这是曹洁，是……你们公司叫什么来着？"庞小朵看着曹洁，像是明知故问。

"三横联动。"曹洁说。

"对对对，三横联动，老板叫王三横嘛，瞧我这记性。怎么开会还带着书稿？"庞小朵又在我的书稿和咖啡杯上瞄一眼，再看向曹洁，"要不要坐会儿……这么晚了，不打扰小陈吧，小陈真是好员工……要不，我们先回房间。小陈你也别太熬，工作总是做不完的，早点休息，明天还要开会呢。"

庞小朵的话一会儿是对我说，一会儿又是对曹洁说。我一时语塞，不知道要不要邀请庞小朵和曹洁喝杯咖啡，因为此前没有预案，没想到她俩会来咖啡厅。

曹洁还保持着和庞小朵出门应酬时的从容和优雅，她微点着头，同意庞小朵的话。我看到曹洁在离开时，朝我和庞小朵分别看了一眼，那一眼看似平静，实则意味深长。她一定好奇庞小朵坏心情的反转了，一定好奇庞小朵怎么突然要回房间了——或许是庞小朵提议要来咖啡厅坐坐的，还没坐就要回，有什么情况吗？曹洁肯定猜到了什么。

4

真没想到第二天的会，我和庞小朵的座位紧挨在一起。另一个没想到的是，曹洁申请加我微信了。

我和庞小朵紧挨着，肯定不是巧合——因为我是最后一个来会场的——我昨天熬夜太久了，虽然庞小朵和曹洁走后我也离开了咖啡厅，但可能是喝了咖啡的缘故，加上和庞小朵邂逅后她对我的示好，让我一直处于亢奋状态，几乎到了天亮还迷迷糊糊没有入睡。至于什么时候睡着的，也全然不知，直到房间的电话铃声响起，才把我吵醒。

电话居然是庞小朵打的。庞小朵说："小陈，开会了，是不是还在赖床？"

我一看时间，八点五十五分，离开会时间只有五分钟了。不要说起床、洗漱、吃饭，就是立即往会议室跑，也要迟到了。我翻身下床，简单收拾一下，就冲出房间，直奔会议室。

当我走进会议室时，发现坐满了人——我一进门就看到庞小朵朝我招手，而她身边正好空一个座位，再看席卡，也写着我的名字。我蹑手蹑脚地走过去，刚坐下。会议主持人车厘子宣布第十二届北京民营文化公司联谊会 2021 年年会正式开始。车厘子在做了简单的开场白并宣布上午的几个会议议程后，由会长做上一年度的工作报告。在会长慢吞吞的报告中，我观察着与会人员的座次，马上就知道我和庞小朵挨在一起，一定是有人做了手脚——把席卡调换了。谁会调换席卡呢？既然不是我，肯定是庞小朵了。我通过简单的观察，发现席卡的摆放看似随意，实际上是有规律的，除了主位（类似于主席台）被几个会长、副会长和承办的公司领导占据外，出版社的人都在上首边，这表示对他们的尊重，我面熟的副社长、副总编，还有包括白老师在内的几个主任、编辑，都依次而坐，唯有同是出版社的庞小朵，却躲在我们民营公司的队伍这边。

更为巧合的是，庞小朵坐在我和曹洁中间，我在庞小朵的右边，曹洁在她左边。这样调整，真是蛮有趣味和煞费苦心，首先，有曹洁做掩护——她们是好朋友嘛。其次，又和我坐在一起。和我坐在一起，在一般人看来，并无深意，因为就算不和我挨着也要和别人挨着，这不过是会务组排座的巧合而已。但是在个别人看来——比如白老师，会觉得不同寻常，或者说，庞小朵是专门做给白老师看的。白老师昨天深夜的醉酒而归，肯定有原因。什么原因？没有人说，我也不便问，但据我的观察和理解，一定是白老师为了表现自己，或者为了向庞小朵表白什么，说了什么暗示的话，遭到庞小朵的反击或拒绝，至少没被庞小朵附和或认同，才如此猛灌自己的酒，把自己灌得酩酊大醉以表忠心或发泄情绪。庞小朵为了灭掉白老师的妄想，早早来到会议室，调换了席卡，刺激一下白老师，完全是在情理之中。

我的面前突然伸来一只手，手指细长而匀称，手背上还有几个小肉坑，拇指和食指上捏着一块带包装的牛肉干。我还没有反应过来时，那只手已经做了一次往返，又运输来一根奶酪，再往返一次，是一块蛋挞。这不是别人的手，正是庞小朵的手。

庞小朵的手尽管谨小慎微，尽管努力隐蔽，但毕竟是往返于桌面上，在第一次运输牛肉干的时候，就被曹洁看到了——我发现曹洁的神情，先是惊异，后又藏着复杂的微笑了。在此后的历次运输中，都没有逃脱曹洁的法眼。庞小朵也没有避讳她，好吃的就藏在她那一侧的椅腿边，藏在一个大的纸袋子里。看来庞小朵对曹洁是超级信任啊。我下意识地向对面随便看一眼，就看到白老师突然躲开的目光了——他也看到庞小朵向我运输食品的全过程了。他有可能一直在观察我们，一定也注意到这个意外的座次，甚至在揣测我们之间的关系。在一连串操作之后，庞小朵的手已经回到她自己的桌面上。我对这双手既熟悉，又陌生。熟悉是因为有几次，我都近距离地看过这双手，那是她划动着平板电脑，让我看她设计的图书封面草图时的样子；陌生，是因为我从未看到过如此漂亮的手，情不自禁地想抚摸一下。现在，这双手的左手，就是靠近曹洁那边的手，开始划动桌子上的手机，她把手机藏在会议日程手册下，半遮半掩着。我所在的位置，是在她的右侧，无法看清她操作什么，是在刷抖音呢，还是在看朋友圈？已经无关紧要了。我也用会议手册遮住那堆食品，拿起那根牛肉干，撕去包装纸，在嘴里咬了一块。这就是她昨天夜晚买的牛肉干吗？就是遭到白老师强烈反对的牛肉干？应该是了。平心说，这是地道的呼伦贝尔大草原上的牛肉干，软而耐嚼，香而不膻，很适合这种行业聚会时享用。关键是，庞小朵像是知道我没吃早饭似的，又给我带来一个蛋挞。这个蛋挞，一定是早餐的产物。就是说，她在吃早餐的时候，就特意为我准备了早餐。

就在我吃东西时，我的手机发出了振动。划开一看，居然是庞小朵发来的微信。庞小朵不是把我拉黑了吗？她是采取什么办法又复原啦？追究这个操作技术已经没有意义，她给我发的微信是："一猜就知道你没吃早饭。牛肉干好吃吧？还有哦。"

"谢谢谢谢！昨天睡晚了，没醒来。"我赶紧说，还给她发了三朵小红花。

　　她回复的是两颗红心。两颗紧挨在一起的红心十分醒目，就像两颗靠近的真实的心。

　　手机微信里有许多小图，比起拥抱、握手、红唇等亲密图案，红心更有意味。两颗红心就是心心相印的意思了。但我马上知道，这绝对是反常的，和她在大庭广众的眼皮底下给我牛肉干及其他好吃的不一样，那是故意夸张给别人看的，表示我们非同一般的关系。"心心相印"，就只是我们之间的私聊了，是一种真实心情的体现。我看着那两颗并列的红心，嘴里吃着牛肉干，心里异常的愉悦和甜蜜。

　　庞小朵继续在微信上说："看你昨天校稿子了，有那么急吗？熬那么晚，注意身体哦。"

　　"没那么急。主要是睡不着，闲着也是闲着。"我没有说真话。

　　"不会是等谁吧？"庞小朵马上就揭露我了。

　　"是等你。"我觉得她太聪明了，她知道我在等她，却让我说。

　　"别逗了，你都不知道我和曹姑娘出去宵夜了。"

　　"知道——你们出门时，我在大厅里看到了。你还邀请了白老师。"

　　庞小朵不回复我了。

　　我等了好一会儿，都没再有微信来。是我的回复有问题吗？

　　会长的报告还在继续。我听不进去。我在看会议日程。会长报告之后是照相。照相之后是讨论会长的报告。下午是大会发言。一天的正式会议就结束了。我再看明天开始的日程，几乎每天都有主题活动，有在烈士陵园重温入党誓词，有向边境学校捐书，有慰问边防派出所，有参观满洲里中俄边境大门，还有考察额尔古纳河湿地等。看来这次活动的承办方也是煞费苦心，用这些高大上的参观做幌子，不至于让人说成是变相旅游。

庞小朵的微信又来了："等会儿拍大会合影，我们俩挨着哈。"

但，拍照时，庞小朵并没有和我挨着。

从当地请来的专业摄影师，让参会的十几位女士都站在第一排，男人分三排次第站在她们身后的台阶上。我被安排到最后一排，站在最高的那一级。而白老师被安排到第二排，和前排的庞小朵相错两三个人的位置，如果再移动移动，白老师和庞小朵就重叠了。在队伍排列确定后，庞小朵还回身找我，可能是对"合影挨着"的那条微信的解释吧，瞧，摄影师这样安排，只能这样了。当我们的目光越过一颗颗人头相遇时，我发现庞小朵的脸色和眼神都含着端庄的蒙娜丽莎式的微笑。庞小朵这一细小的动作，被她身边的曹洁捕捉到了，曹洁也回首望我一眼。当我们目光相遇时，她不像庞小朵那么矜持和腼腆，而是在笑靥如花、一脸灿烂中藏着一丝调皮和诡谲。关键是，她在收回目光的途中，拐了个弯儿，在白老师脸上停顿了大约五分之一秒或更短的时间，应该是去观察白老师的表情了。曹洁参与了昨天他们夜宵喝酒的全过程，看到庞小朵和我在咖啡厅邂逅时的全景，更是发现今天开会时的位次变化和庞小朵在她眼皮底下给我递送牛肉干、蛋挞这样的小动作。曹洁知道这是只有在爱情中才会出现的细节。曹洁这一望，看似不经意，其实已经暴露了许多隐藏在各自内心的秘密。至少，曹洁已经看透了一切。

5

不消说大会合影过后的讨论有多么的无聊，也不消说下午的大会发言有多么的程式化和格式化，能讲的、会讲的，就多讲几句。不能讲或不会讲的，就少讲两句。由于白老师所在单位领导没来，他代表领导做的发言应该说是做了精心准备的，既有条理，又恰到好处。王三横发言时，更直接，感谢了庞小朵所在的出版社——我才知道王三横和曹洁要陪庞小朵逛街购物、吃夜宵喝酒的缘由，原来他们有很深度的合作。到庞小朵发言时，比较简洁，只是感谢了承办方周到的安排和对未来几天草原之行的深切向往。

在会议临近结束时，我收到老板的微信，这条微信让我顿感为难并瞬间陷入困境——老板说我们的一个美女副总，正和白展老师所在的出版社谈合作，重点是白老师的部门近两三年出版的一百种左右的文学、文化类图书，和我们副总基本上谈妥了，后来白老师对我们选中的品种又后悔了，从一百种里撤了三十种。而撤下的品种，正是这批图书中质量和市场前景最好的，又是去年的新书。由于白老师出席了呼伦贝尔的年会，无法深入谈判，仅靠电话联络，效果不好。老板指示我，利用会议间隙，和白老师搞好关系，必要时邀出去吃吃饭，喝喝酒，套套近乎，说服白老师，不再改动原来的方案。

这真是一个难度极大的任务。我知道，如果连我们的副总都搞不定，我更难有作为。因为我们副总业务能力特强，又是一枚大美女，能吃苦，会讲话，在公司分管发行，老板最欣赏的，就是她的吃苦精神，特别是她在怀孕七八个月的时候，挺个大肚子，去找客户催款、谈折扣，简直就是个铁人、工作狂，劝她休息都不休。如果连她都没能把白老师拿下，我行吗？老实说，这个任务，又恰在这个节骨眼上，未免太难了。庞小朵的向我示好，白老师都看到了，他未必不嫉妒，未必不报复。我悄悄看一眼白老师，发现白老师苍白的脸上，写满了"拒绝"两个字。怎么办呢？我想了许久，就算我绞尽脑汁也没想出一个好办法。最后，我做了这样的打算，直接找白老师，谈妥了很好，谈不妥我也尽力了。可是，找白老师，先不说白老师的态度，就是庞小朵，她会怎么想？就算实话实说，也会伤着庞小朵的——如果我的预判没错的话，庞小朵正在联合力量脱离白老师，而我，作为她的重要帮手，却先投诚了。

就在我胡思乱想的时候，会议结束了。

会议结束有点早，离晚饭时间还有一个小时。当我还陷在自己的难处里无法自拔时，我看到小蔚绕过去，急步追上白老师，两人说了句什么后，便走到会议室的一角，认真而小声地谈话了。我心头一紧，他们会不会在讨论原本和我们公司合作的那个项目？要真是讨论那个项目，我不用为难了，因为有人竞争，我们的机会失去了。这倒是给了我一个向老板回复的好借口。

冰雪聪明的曹洁朝我看一眼，一笑道："对不起陈老师，我要把小朵姐带走了。"

我跟曹洁点点头，看到王三横在等她俩了——也可能有合作项目要谈。

我没有机会推进老板新安排的工作，甚至连和庞小朵独处的机会也没有了。

我回到房间，想着如何完成这项艰巨的工作。毫无疑问，对于老板的指示，我要不折不扣地认真对待。老板明察秋毫，就算我有一点敷衍都逃脱不了他的第六感觉，又何况参会的人员中有不少人跟他有着扯不断的关联呢，他随便访问一个人，简单调查一下，就知道我的努力程度了。我给美女副总打电话，向她请教。美女副总反馈的情况和老板说的大体一样，就是白老师在出发去呼伦贝尔前，跟分管发行的副社长说有三十本书暂停合作，因为这些书市场反映不错，各大网站和实体店还在卖。会不会有别的公司插手？我暗示美女副总。她说不太可能，这是和社领导定好了的。她的言下之意，一个白老师，决定不了，找他并让他松口，不过是给个面子而已。但是，我却觉得美女副总太自信了，据我观察，小蔚的行为就像"第三者"，这个项目被挖走是完全有可能的。

床头柜上的电话突然响了。

我从床上翻滚过去，接了电话——曹洁打来的，她叫我下去吃晚饭，还神秘地说："早点吃，有活动。"

离六点的开饭时间还有三十几分钟啊？什么活动？曹洁看破了庞小朵、白老师和我之间的三角关联了，她所说的活动，会不会和这个有关？我问："还有谁？"

"来餐厅就知道了。"曹洁故意卖了关子。

到了餐厅，吃饭的人寥寥无几，估计都自由活动去了。因为我们是会议包餐，这个餐厅用餐人员全是我们会上的。在很少的几个用餐人中，庞小朵和曹洁已经在吃了。曹洁看到我，跟我举了下手臂。

我拿了几样菜，坐到曹洁和庞小朵对面，问："什么活动？神神秘秘的。"

"当然神秘啦。"曹洁小口地喝着奶茶，极不经意地说，"酒鬼们都出去喝酒了，我们王总也去了，估计又要有几个烂醉如泥找不回来了——小陈老师，没人约你吧？你也没约别人是不是？这就对了，出来就是放松的、玩的，出来再谈工作，再去拼酒，累不累啊？小陈老师，我和小朵姐发现一个好玩的地方，去不去？"

就我们三人？正求之不得啊。我赶快应承道："去。"

曹洁看着庞小朵，表功一样地笑了。

庞小朵用腿碰一下曹洁。这一碰，内容丰富，像是要阻止什么，又像是认同了什么。

6

让我做梦都想不到，曹洁所说的好玩的地方，还真是一个绝妙之处——宾馆顶层，有一个室内游泳馆。

我们一起去游泳。

激动之余，又遗憾了——我是个旱鸭子。但我没有立即说我是个旱鸭子。我如果说了我不会游泳，一定会让她俩扫兴的，我自己也会觉得毫无趣味，同时也失去了我和庞小朵进一步亲密接触的机会。试想想，去游泳的事，有可能是庞小朵发现宾馆有游泳池后再告诉曹洁的。也有可能是曹洁发现后告诉庞小朵的。就算是曹洁先提出来，并约我和她们一起游泳，也是曹洁的精心安排，同时征得了庞小朵的同意。另外，能陪同两位美女出现在游泳池里，这是多么难得的机会啊，单薄的游泳衣根本遮挡不了各自的体型。敢于把自己的体型暴露在别人面前，除了拥有优美的身体线条，也要有极大的自信心。可我不会游泳。不会游泳还敢于去游泳池，马上就会现原形的——要么我被淹死或被淹个半死，要么就尴尬地在池边不敢下水。

我们在和游泳馆相连的游泳专用商店里挑选了游泳衣。

在一件件花花绿绿的男式游泳裤前，我还在纠结——关于不会游泳这件事，以前不曾纠结过。我不学游泳，倒不是怕水，是没有主动去学。以前没觉得旱鸭子有什么不好，现在显现出劣势来了。就像聊斋剧里的妖怪，现原形的时间正慢慢接近——要挑选泳裤了。挑选泳裤对我来说也是第一次，我不知道型号，只能小声对售货员说："帮我拿一件。"

"多大型号？"

"你看呢？"我声音更小，怕被女柜前的庞小朵和曹洁听到。

"体重？"

"七十六公斤。"

"大号吧。"售货员看我一眼，拿一件黑色的游泳短裤，又问，"这个怎么样？"

我点头同意。因为只有三种款，除了黑色，还有蓝色和花色。那边的庞小朵和曹洁也挑好了。我听到庞小朵发出"窃窃"的偷笑声，不知笑什么。

进得更衣区，我故意放慢节奏，我得迟点去游泳区，先看看庞小朵和曹洁游泳，再伺机把不会游泳的话说出来。不会游泳，在浅水区玩玩总可以吧？欣赏欣赏一条条美人鱼总可以吧？你游你们的，我给你们加油总可以吧？

当我来到游泳区域，看到一大池碧蓝的水时，还是晕眩了一下。游泳的人不多，只有个位数，在池边没下水的人也屈指可数。我一眼就看到庞小朵了。庞小朵没有下水，屈膝而立。正如我想象的那样，庞小朵穿泳装真好看，大长腿白皙、圆润、饱满，细腰丰臀，一点肚腩都没有，美人肩显露无余。她也看到我了，微笑着，看我走近她，说："看看，曹姑娘，游得多好。"

游泳池里，有两个人在撩水玩，另外一个人正在教另一个人游泳，而正在游泳的只有两三个人，一个男的是自由泳，也不熟练，看他身体老是往下沉，扑腾两下就站在水里了。严格地说，只有一个女的在游，她泳姿优雅，已经快游到另一端的池壁了。我看过体育节目里的游泳比赛，能分辨出四大泳姿，知道这个泳姿是蛙泳，无疑她就是曹洁了。曹洁的游泳衣更是让我大开眼界，居然是比基尼。怪不得庞小朵在买游泳衣时发出笑声，原来是笑曹洁的大胆和前卫。我赶紧附和着庞小朵的话："她有专业水准。"

说话间，曹洁已经触壁，一个漂亮的翻滚，再从水底钻上来时，泳姿变成了仰泳。仰泳中，她的比基尼的优势就尽显无余了，紧收的小腹，衬托出她丰满的胸，腹肌的扭动，让人很担心比基尼会脱落。她不会来个四项全能吧？我目测一下，这个泳池应该是标准短池，长二十五米，宽二十一米。曹洁的仰泳吸引了所有人的目光，她也像得到鼓励一样，身体舒展，移臂有力，居然还有时间和精力瞥我们一眼，朝我们一笑。

庞小朵自言自语道："小水妖。"

我想鼓励庞小朵也去游，又怕她会拉我下水，便不敢多话。

曹洁没有再游别的泳姿，她蹚着水走过来了。我看到，她所走的水域是浅水区，水只漫到她的腹部。她走到我们所在的池边，向我们身上撩水。庞小朵发出了尖叫声，我也下意识地躲了躲。曹洁继续撩水，目标对准庞小朵。庞小朵再躲水时，就向我这边靠过来了。我们相互碰撞了一下。我感受到庞小朵细滑而柔软的肌肤了，心里立即有一种异样感，而她更怕要摔倒似的，一把逮住我的胳膊。

我心里很怕，怕她把我拉进泳池里。

"下来呀。"曹洁说。

"不敢，"庞小朵说，"不会游泳。"

"啊？真的假的？不会游泳还那么积极？"曹洁惊讶过后，又怂恿道，"水不深，下来沾沾水汽……对呀，让小陈老师来教你嘛。小陈老师，教教小朵老师啊。"

当我听庞小朵说她不会游泳时，心里真是长舒一口气。又听曹洁要我教庞小朵时，又紧张了。我如果说也不会游泳，那等于拒绝教庞小朵了。庞小朵要是怀疑我是故意不想教她找的托词怎么办？但我也不能答应教她，庞小朵当真了怎么办？我可不想马上原形毕露。

"才不学了。不敢学。我看水也不深嘛，可以下去玩玩。"庞小朵说，她简直太善解人意了。她说可以下去玩玩，我觉得这不难，可以陪陪她。两个不会游泳的人，在水里会闹出什么样的幺蛾子来呢？这倒是让我感到有趣并有所期待了。

其实我发现泳池的水才漫到曹洁的腹部时，也曾有过闪念，这么浅的水，就是想被淹死都不可能。庞小朵说可以下去玩玩，我是完全赞同的。

庞小朵看我一眼，向台阶那儿走了。她那一眼是约我同行的。我便随着她，小心地沿着台阶下到泳池里了。这是我第一次真正地来到游泳池里，水温很舒适。当我确定我已经和池水相拥相偎时，不知为什么，想起我昨天候机时看的美国恐怖短片《仰泳》，当然，这里不是森林中的无人池塘，我也不是那个在荒郊野林中的池塘里游泳的女孩，也不会有见色起意的杀手拿着枪瞄着我。说到底，我还是怕水。庞小朵也怕水。我能看出来。庞小朵伸展双臂，试探着，缓慢地向泳池中心走去。我本想就在池边站站的，看庞小朵向浅水区走去，我感觉腿有点软。站在一边的曹洁朝我挤了下眼睛，意思是，我把人交给你啦，就看你的了。我不知道我看向曹洁是什么表情，肯定是木然而胆怯的。但是曹洁一定是把我的木然和胆怯看成是对庞小朵的胆怯了。或许是为了鼓励我大胆教授庞小朵游泳吧，曹洁身体轻轻一纵，又以自由泳的泳姿游向深水区了。所谓的深水区，也不深，我看到靠池边那儿，有一个像是父亲的男人在教一个小女孩游泳，水也只漫到那个男人的腋下，目测水深不到一米四吧。凭我一米八五的身高，就算到深水区也淹不死的。何况不会游泳的庞小朵，也不敢往深水区走的。

庞小朵果然只在浅水区谨慎地走了几步就出事了。

我看到庞小朵腿一软，"啊"地喊了一声，一个前趴，扑进了水里。幸亏我离她不远，就是一伸手的距离，赶快跨前一步，把庞小朵抱了起来。情况突然，我无法选择抱的姿势，无法来个公主抱，是拦腰往我怀里一搂，胡乱而毫无章法地一搂。庞小朵就被我抱起来了。在她起身的瞬间，身体也转了过来，搂住了我的脖子，两腿岔开，就着水的浮力，骑到我的胯上了。庞小朵像一条软体蚂蟥，一下就黏到了我身上。就这样，我抱着庞小朵，是紧紧抱着的。我怕一松动，她就会掉进水里。我也怕一松动，会跌倒在水里。我抱着柔软、顺滑的庞小朵一步步向池边移动。我一边试探着移动一边说："别怕……"

其实"别怕"也是说给我听的，给自己壮胆的。

我艰难地把庞小朵抱到池边，她才从我身上滑下来，已经吓得面如土灰了。我跟着她一起上岸，看她大口喘息、惊魂未定的样子，安慰道："没事了。"

我和庞小朵都在池边喘息时，看到曹洁从深水区转向，朝我们游来了，还是标准的自由泳。还好，曹洁没有看到我们刚才的狼狈相。

真遗憾。我奇怪地想，也许让曹洁看到会更好。让她看到我和庞小朵紧紧抱在一起，会传出去让更多的人知道，传到白老师那里，他就知难而退了。

曹洁看我们悠闲地看她，大声说："上去干吗？下来啊。"

庞小朵跟她摆手。

"不玩啦?"曹洁的口气有点遗憾。

"我们看你游泳。"庞小朵说,"吓死我了,差点呛一口水。"

"你不是会游泳吗?"曹洁料想一个兴冲冲附和来游泳馆的人,一定是精通各种泳姿的。

"谁说我会呀?"庞小朵的反问有点底气不足,仿佛不会游泳是她的错一样。

"小陈老师,现场教授啊。"

还没等我回答,庞小朵就抢先说:"不不不,不学了,怕了,看水就害怕。我们看你玩。"

"时间还早呢。小陈老师,教教小朵,你要负起教练的责任。"

我心里忐忑着,怕庞小朵真的被曹洁说动了,我就露馅了。我嗫嚅着说:"改天吧,让小朵适应适应。"

"就是……"庞小朵也说。

"没劲。"曹洁说。

我觉得曹洁说的"没劲"不是在说庞小朵,而是在说我。曹洁的口气和表情都有点恨铁不成钢的意思。我突然觉得对不起曹洁了,曹洁肯定得到庞小朵的暗示,才处处、时时都要把我和庞小朵朝一起撮合的——再也没有比手把手教游泳能让两个人亲密无间了。我真的有点感动了,曹洁的好意我只能心领了。我看到曹洁潇洒地一个前跃,潜入了水中,柔顺的身体潜游了很久才露出头来,然后变换成自由泳……

7

我们各自手提袋里装着换下来的游泳衣，在游泳馆门厅那儿会合了。

"我猜他们又喝第二场第三场了。"曹洁一见到我就说，也是对庞小朵说，"这么早回房间也没劲的，冲个澡，换身衣服，去楼下喝咖啡吧，看他们一个一个如何醉着回来，也蛮好玩的。小陈老师，一起来呀，别再看稿子了。"

"好呀。"我心想，游泳不行，喝咖啡还不容易？

回到房间，我换一身休闲的衣服，来到咖啡厅。

可能时间还早吧，咖啡厅里还没有人。我选一个可以观察酒店大厅的位置，坐下了。庞小朵和曹洁还没有到，女孩事多，说不定还要化个妆。我简单回顾一下从昨天晚上到会，到今天晚上，不过短短二十四小时，却经历了很多，首先是庞小朵的参会，让我惊喜。更让我惊喜的是，她居然和白老师闹了矛盾，重新给了我机会。第二是接到老板的电话，要和白老师谈合作，这个难度大。如何找白老师谈工作，既在情场上打败他，又能完成公司的重任，我一时还没有想好。从新交的朋友小蔚那里，也许能探听到情报。但，如果小蔚也盯着白老师手里的那批书，不但没有效果，反而增加了难度。曹洁能帮我吗？不敢说，她听命于老板王三横，一心一意盯住庞小朵了——他们之间有着更紧密的合作。

短短二十四小时之内发生的事，可能是我一生中重要的关口，有纠结，有希望，更多的还是纠结。或在纠结中希望，在希望中纠结。我思绪有点乱。

庞小朵和曹洁一前一后进来了。

她俩确实都化了妆。庞小朵更显高洁和精致。曹洁是淡妆，青春洋溢、活力四射。她们在我对面坐下后，我声音有点生硬地问她们喝点什么。曹洁嘻嘻道："你们喝咖啡吧，我晚上不敢喝的，喝了就失眠。我要杯果汁，冰镇的。"

跟随而来的服务员已经听到了，说："果汁有草莓的、苹果的，还有西瓜汁。"

"苹果汁吧。"曹洁说。

庞小朵犹豫一下，说："给我来杯西瓜汁。"

"也冰镇的？"服务员问。

"可以。"庞小朵说。

"一杯拿铁。"我还是要了咖啡，既然到了咖啡厅，还是要配合一下，讲点情调。

说些什么呢？在服务员去准备的时候，我们三人都一时语塞。显然，游泳的话题不宜再说了。说喝酒的那帮人也意义不大，谁醉谁不醉，跟我们没啥关系。我和庞小朵之间的感情，虽然朝前迈出了一大步，但，有曹洁在场，还没到那种情侣间自然表达的时候——毕竟还有一层窗户纸没有捅破。而且，说白了，我还在担心庞小朵不过是做戏给白老师看，是在向白老师暗示，瞧，本姑娘身边有人了，比你年轻。我也并不急于要听庞小朵的承诺，虽然我感觉她已经从行为上承诺了。

冰镇的苹果汁和西瓜汁上来时，得到两位美女的一致好评，她们用吸管慢慢享用着，才找到共同感兴趣的话题，那就是从明天开始的草原之行。曹洁说，她已经根据会议日程表上的活动内容，查看了地图，标出了行程，明天我们出城后，沿 332 国道向北行驶，第一站到达的是额尔古纳市，有一个向边防派出所赠书的仪式，然后是游览草原。曹洁带着神往的语气说："我们要在额尔古纳住一晚上，住蒙古包，游览额尔古纳河湿地和黑山头遗址，还要去俄罗斯民族乡和俄罗斯人交流互动，一起品尝俄罗斯美食，哈，俄罗斯美食，这个活动一定好玩儿。"

"我喜欢这个地名，额尔古纳，多美啊。"庞小朵说，"我带速写本来了，不知道有没有时间画几幅。"

"肯定有的，明天中午之前应该能到吧？一个下午都可以画的，还要在那儿住一晚上，第二天再玩半天才向室韦出发。"曹洁讨好地说，"小朵老师画速写，我来做你背景哈，把我也画进去，画美一点，把我画成大长腿，就像你那样的大长腿，然后用在某一本书的封面上，或者做某一本书的插图，哈哈，那就出名了。"

"你本来就是大长腿。还要怎么长？再长就长到天边外了。"庞小朵也被她逗乐了，"还要美呀？别太贪哈，留点给别人美美。"

"再美也没你美，小陈老师，是不是？"

"是啊是啊。"我真诚地说。

"不画我也行，画小陈老师。"曹洁又来了。她的话，听起来都是认真的，可她的口气和语感，又都带有喜感，带有暗示或特指，前边铺垫一大堆，最后还是要把我牵连上，"小陈老师走在草原上，

高高的蓝天上是一朵一朵的白云，四面那些碧绿的青草像海浪一样
向他围拢过来……"

曹洁突然不说了，不仅打住滔滔不绝的话，还愣住了，眼神直
了，脸上的肌肉紧了。

我和庞小朵都期待地看着她，以为她还会说下去，还有更精彩
的妙言美句，可她并紧双腿，收缩身体，慢慢起身，看了眼椅子，
走了。

"干吗呀曹姑娘？"庞小朵说完，仿佛意识到什么，也看一眼曹
洁坐过的椅子。

"有点事。你们先聊着，我一会儿再来。"她边走边说，连语气
都变了，变得平平的毫无原来好听的韵律和节奏了。我觉得这又是
她玩的一个小花招，其目的是把时间和空间都留给我和庞小朵，做
成人之美的好事。

没有了曹洁的声音，感觉咖啡厅的环境也顿时静谧和空洞，同
时又到处都是庞小朵的元素了。在朦胧的灯色中，庞小朵大约也想
到了曹洁的离开是别有用意吧，她小心而矜持地端起西瓜汁，把吸
管含在嘴里，慢慢吮吸着。她的脸上，闪烁着咖啡馆迷幻的光芒。
我也端起咖啡，小饮一口，想着要说些什么。在这样美妙的气氛
中，说什么都可以。先说工作吧。因为我迟早要找白老师谈工作
的，找白老师谈工作，就不能绕开庞小朵。正在这时候，庞小朵放
在桌子上的手机有了微信提醒。庞小朵没有避开我，也没有把手里
的杯子放下来，继续吮吸着西瓜汁，伸出另一只手，在手机屏上轻
轻一划，看到了曹洁的微信："例假提前了，是不是吃冷饮吃的？

还是游泳时受凉啦？你们聊。"

　　原来这样。我悄悄移开目光，假装没看到——那毕竟是女孩子的秘密。庞小朵这才放下杯子，拿起手机。庞小朵盯着手机看，一直看。曹洁说得很明白了，她为什么还在看？那短短几行字，我瞄一眼就看清楚了，她还没看清楚？她要在那几行字里看出什么来呢？是在判断曹洁又在耍什么花招吗？更为奇怪的是，她的脸色渐渐严峻了，原来在迷幻的咖啡厅橘红色的灯影里，她的面部表情沉静而温柔，这会儿渐渐变得灰暗，布满了阴云，进而也站了起来，略显粗鲁地说："先出去一下。"

　　庞小朵也走了。我感到吃惊。

　　曹洁的突然离开，我还能从她发给庞小朵的微信中找到原因。庞小朵也离开了，我却顿感茫然，是不愿意单独和我在一起？否则，实在找不到理由来解释了。而且，庞小朵的离开，只是近乎冷冷地说一句"出去一下"，没有曹洁那样变换的语气和节奏。曹洁还说"一会儿再来"。她的"出去一下"，也可能就不回来了。但是我不能走，至少曹洁还会回来。曹洁回房间处理她提前到来的生理问题了，她知道庞小朵和我还在咖啡厅里，不回来说不过去。即使庞小朵不再回来，我也能从曹洁的聊天中，探听到庞小朵的信息。

　　我给曹洁发了一条微信："等你了。"

　　曹洁回复也快："五分钟后。"

　　还没到五分钟，或刚过一分钟，曹洁又在微信上说："你和小朵好好聊聊啊——给你时间不利用，让我怎么说你啊。"

我没有告诉曹洁，庞小朵也走了。庞小朵离开的时间点有问题，在曹洁离开而自然留出空当时她也离开了，让我一时猜不透庞小朵心里想些什么。我有一种不祥的预感，但又觉得自己神经过敏了，也许是天下本无事，庸人自扰之呢。

8

曹洁没有因为生理问题而那么娇弱，确实也不过五分多钟，她就回来了。她在身上加一件浅灰色风衣，扣子没扣，走路有一种飘逸感。

曹洁没看到庞小朵，吃了一惊，问："小朵老师呢？"

"她没去找你？你刚走她就走了。"我故作轻描淡写地说。

"哦，你们……这个小朵老师……剧本不是这么写的呀。我打她手机。"曹洁把风衣脱下来，挂在靠背上，却没有打庞小朵的手机，而是招手让服务员过来。

我发现曹洁没打庞小朵手机的理由了，因为庞小朵的座椅上，搭有她的衣服，是她那件抹茶绿的帽衫——她来咖啡厅时是拿在手里的。帽衫还在，那就一定还要回来。曹洁朝我一笑，说："放心，她衣服在，应该马上就回。"

曹洁跟服务员要了一杯热咖啡——她不喝冰镇冷饮了。

"怎么样？"曹洁搅着热咖啡问。

什么怎么样？我一时没明白过来，不知她指哪方面。不会是说咖啡怎么样吧？是说庞小朵怎么样吗，还是说我怎么样？或者是问我和庞小朵聊得怎么样？我莫衷一是、含糊其词地说："很好。"

"那我就放心了。"曹洁的笑意还依恋在脸上。

我也以微笑附和着。而她所谓的"放心"，让我产生了疑问，她放心什么呢？之前有什么不放心的吗？如果每一句话都要让我琢磨，还不如直来直往、直截了当了。于是我便直取要害地问："昨晚上你们在哪喝酒的？把白老师喝成那样，太狠了吧？"

果然，关于白老师的醉酒，是我和曹洁都想谈的话题——我不知道白老师为什么喝成那样了，好奇。好奇害死猫。而曹洁恰巧知道白老师喝高的缘由，又特别想和别人分享她掌握的秘密。于是，曹洁用春秋笔法，大致说了白老师的醉酒经过。我通过她的讲述，进行前后连缀、补充和推理，大致如下：

白老师和王三横认识较早（谈不上朋友），三横联动文化公司和白老师所在的出版社也没有合作。但是三横联动和庞小朵所在的出版社有合作——那是较早以前的事了。那时候，白老师还没有离婚，有没有认识庞小朵还不能确定。能确定的是，大约两年前吧，白老师因为封面设计的事，和王三横聊起了庞小朵，说庞小朵的设计有多么的新潮和前卫。然后白老师就在王三横的介绍下认识了庞小朵，并请庞小朵为他所在的出版社设计封面。在最初的合作期间，白老师就被庞小朵给迷住了——开始只是想和庞小朵搞搞暧昧。岂料庞小朵不是那样的人，事情刚开了个头便成了死结。白老师不甘心，豁出命要追求庞小朵。为了向庞小朵表达最高的诚意，他和老婆离了婚。此后的剧情就比较简单了，庞小朵在白老师的穷追猛打下，开始和白老师约会。就像无数相恋的人一样，过了最初的热度之后，各人的弱点开始暴露，然后有了各种鸡毛蒜皮的矛盾，出现争争吵吵冷冷热热的情况。王三横会因为业务上的往来，隔段时间请庞小朵吃吃饭。因为庞小朵是美女，王三横为了避嫌，会叫上同样是美女的曹洁作陪。在多次吃请中，庞小朵偶尔也会带上白老师。他们的关系，曹洁就明白了。

我就是在庞小朵和白老师争争吵吵冷冷热热中认识了庞小朵，开始和庞小朵的合作还比较顺利，更是由于理念和审美相通而互有好感（主要是我对她有了超过一般合作伙伴的非分之想）。如前所述，半年前，因为合作上的事产生矛盾，进而形同陌路。没想到这次呼伦贝尔之行，又把我们牵连到一起。庞小朵也是在呼伦贝尔之行的前夕，和白老师发生了不可调和的矛盾——白老师出轨了另一位女孩。忍无可忍的庞小朵向白老师正式提出分手，然后，本想利用这次会议好好调整一下心情，未承想白老师也追了过来。

至于昨天晚上的宵夜，细说起来，曹洁简直就是看了一场表演。一方（庞小朵）根本爱理不理，或根本不予理睬，另一方（白老师）拼命奉承，加上酒精元素，酒就越喝越兴奋、越喝越控制不住，最后有点自残的意思了。庞小朵怕他喝醉了出事，劝他别喝。没想到白老师借着庞小朵的劝，让庞小朵再原谅他一次。庞小朵不能做这个承诺，于是白老师再喝。最后，把好端端的宵夜，搞成了一场闹剧。其结果就是，白老师把自己喝趴在酒桌上了。再后来，就是我看到的景象了。

曹洁讲完后，我觉得这次呼伦贝尔之行是个好机会，可以趁机向庞小朵表白。我爱庞小朵，这是毫无疑问的。在庞小朵困难的时候，我更应该让庞小朵知道我在爱她，更应该让她感受到我的温暖。

"好机会哦。"曹洁有点狡黠地说，"别傻哦，小朵老师很有学问的，也很有才华，她设计的封面，多高级啊，她还画油画。我觉得你俩很搭的，你要是错过了……就错过了……小朵老师怎么还不来？这家伙，脑子想什么呢？"

我也盼着庞小朵能早点来。正想着怎么回答曹洁的话时，曹洁的手机接连收到好几条微信，提醒声像是不停地催促她快看似的。她一边看一边渐渐地沉静了脸色，成为思索状，然后，在手机上打字。

就在曹洁和对方交流中，咖啡厅来人了——居然是白老师和王三横。真是太神奇了，昨天深夜，是王三横把醉酒的白老师背回来的。现在，他俩双双又走进咖啡厅了，还亲密地交谈着，像是商量着什么大事。而王三横一转头，看到我和曹洁相对而坐时，愣住了，他完全没有想到我和曹洁能在一起。白老师也在王三横愣神时发现了我们。不过他俩马上就礼貌地跟我们打了招呼。

曹洁赶快结束和对方的微信聊天，很得体地说："王总晚上好，白老师晚上好……你们没出去喝一杯？"

"和白老师谈谈下一步的合作。"王三横说，"给我和白老师每人要一杯咖啡。我不要加糖的。白老师，你要什么口味的？"

"随便——和你一样，我也尝尝不加糖的感觉。"白老师说。

王三横示意白老师说，"我们坐这边吧。"

现在的情形，我和曹洁便不方便再聊天了。曹洁还好，她可以作为王三横的助手，参与他们的工作会谈，而我就成多余的了。我跟王三横和白老师（也是知会曹洁）说："白老师、王总，你们聊，我先回了。"

我刚走到大厅，就听到曹洁在身后喊了："小陈，干吗啊跑得这么快呀，等等我。"

我看到曹洁从咖啡厅也快步出来了，只好停下来等她。她能跟着出来，我以为她还有没说完的话要继续说，她走到我面前时，却犹豫着并没有急事，脸上只是露出微微的笑意。

"你们老板忙得很啦。"我这一句也是多余的话，只是想打破一下略显尴尬的情形，因为王三横和白老师有可能在观察我们。

"那是……老板嘛，总有忙不完的事。你这是要出去吹吹草原的夜风吗？哈，好呀，我也去。"曹洁说罢，带头向旋转门走去了。

去草原吹夜风，我并没有这个意思。但她这样一说，仿佛是我先提议似的，这就是女孩的聪明，我想。我只好跟着曹洁走。我还心虚地想，这样好吗？咖啡厅里的王三横看到我和曹洁一起去看夜景，会怎么想呢？老板都是护犊子的，何况还是个美丽的犊子。

9

呼伦贝尔的城市街道，和其他城市街道一样，都是宽阔的马路，高大的道旁树，还有千篇一律的高楼大厦。

我和曹洁走在马路边的人行道上，隔着一个身位左右的距离，既不像情侣，也不像一般的同事。事实上，我对曹洁还没有消除陌生感，毕竟从认识到现在，也只有一天时间。情形呢，也确实怪异：一心想要的，却遇到困难——我曾幻想和庞小朵一起散步，一起挽手，哪怕什么话也不说，只要在一起就好。谁能料到，居然和毫不相干的曹洁散步于异乡的街头。曹洁是好心人，她此时虽然不说什么，我也知道她在想什么。她是乐于得见庞小朵和我在一起的。而这个机会已经让她创造出来了，只是庞小朵不知什么原因不辞而别。

此时的曹洁，仿佛知道我心里的悲伤、无助、焦虑，甚至是绝望——她能陪我散步，是她所做的所有努力了。她几次的欲言又止，也是试图说几句宽心的话。我觉得我应该坚强点，不能辜负她的良苦用心。

"那边可能有一条河。"我回想着昨天晚上在大巴上的记忆，没话找话地说，"这个城市绿化不错。有河的城市都挺好，河流对于城市而言，就像人身上的血管，这个城市就充满生命的活力了。"

"你还是诗人啊……不，是哲学家。看看去哈。"曹洁附和着我。我们没走多远，就看到前边的桥了，叫天骄桥。桥上有不少看河景的人。曹洁说："这河叫伊敏河。"

曹洁知道的不少。

桥上的路灯比别处更为明亮，映照着乌洞洞的河水。我也看着急速流动的伊敏河，轻言道："河水的流速很快，星星的倒影都留不住了，都像跟着水流流走了。我们的倒影还在。"

曹洁表扬我的话其实就是诗，还告诉我，伊敏河通着海拉尔河，和额尔古纳河也是连着的，下游一直通到黑龙江。伊敏河就是黑龙江上游的支流。我相信她的话，在和她不长时间的接触中，知道她做了不少案头工作。所以我对她的话不表示怀疑。但她还是补充说："你是飞机来的吧？告诉你哈，我和庞小朵是坐火车来的。哎呀，不说了，真是历尽了千辛万苦。小朵老师不坐飞机，一定要坐火车，还拉着我陪她。正好一路上无聊，我们就把呼伦贝尔研究了一番，大体知道了这个城市的前世今生。要论面积，呼伦贝尔应该是中国最大的城市了。哎，你是不是很纳闷小朵为什么躲着你呀？你可不要误解她啊。等下，我发个截图给你看看。"

我们沿着伊敏河边的绿化带很慢地向前走，曹洁就是一边走一边划弄手机的。我的手机就接连收到几条信息了。就是曹洁发的她和庞小朵的聊天截图。我看截图上的内容，才知道怪不得庞小朵也突然离开了，原来她和曹洁害了同一种"病"，都是游泳受凉加冷饮的刺激，生理周期提前了。庞小朵是在曹洁告诉她例假提前后，过了三分钟就跟曹洁说："该死，这也会传染？我和你害了同样的病，也要回房间收拾一下，我靠，还肚子疼，疼得受不了。"截图上显示又过五分钟，庞小朵又说："我不过去了。你回咖啡厅了吗？你们也早点散吧，明天就要踏上新征途了。"

我看完截图上的内容后，不便做更多的评论。原来如此。原来庞小朵也是生理问题，只不过庞小朵的反应更为激烈而已。

我内心里感激曹洁。实际上，她不需要陪我出来。我还没那么脆弱。她把截图发我就可以了，没必要还为了宽慰我而陪我散步。但我也不能拂了人家的好意，何况伊敏河边迷离的灯色映照在河水里，黑洞洞的河面上跳跃着闪闪的光，倒映着河岸边高大的树木，风景确实很美。我们沿着伊敏河东岸向北走，沿河的栈道平整而宽阔。路上有夜跑者，也有散步者，他们迎面走来，或从我们身边跑过。我走着走着，感受到河水里泛起的丝丝凉意。我突然意识到，曹洁这时候会更怕冷吧？她从咖啡厅跑出来追我时，并没有穿风衣，她的衬衫太单薄了，我看到她把两臂交叉着抱在胸前了，有些对不住她地说："呼伦贝尔的白天和夜晚温差太大了，冷吧？我们回。"

"好……"曹洁的话还没说完，就打了个寒战。

我立即把衬衫脱下来，披到她身上。

"没必要这么夸张吧？你穿得也不多。"曹洁故作轻松地说，身体语言却正好相反——她在我往她身上披衣服的时候，抬手整理衬衫了，她的手和我的手碰触了一下，我感觉到她的手像冰一样的冷。我更加的内疚了。

她穿好衣服，还把扣子扣上了，甩甩长长的袖子，夸张道，"你是个大暖男——我就纳闷了，小朵老师真是眼睛有毛病——我这可不是骂她，她居然看不出你的好。白老师都那么老了，四十多岁了，离异者——我不是歧视啊，又是丑八怪，还自称刘德华，笑死人，哪里值得她犹豫不决？该断不断，必惹祸患。"

"不要这样说人家。"我嘴上说，心里听着畅快。

"我是真话——反正姓白的……比你差。"

曹洁的话不太好接。我不能顺着她的话说，也不能反着她的话说。好在这段路不远。

曹洁穿上我的外套，暖一点了，精气神也足了，步子有了弹性，还原地跳跳，跑了几个踏步，柔声说：“快走，别把你也冻坏了。”

我们进了酒店就朝咖啡厅那儿看，没看到王三横和白老师，是不是又去喝啦？我还没有开口问，曹洁就说：“王总肯定又请白老师宵夜去了。我太了解王总了，他不会放过白老师的，多灌他几次，让他清醒清醒，别老缠着我们小朵老师。”

咖啡厅的服务员看到我们就跑过来了，她拿了庞小朵的帽衫和曹洁的风衣，说这是我们遗忘在咖啡厅的衣服。曹洁接过衣服，谢了服务员，我们就来到了电梯厅。在等电梯中，曹洁把庞小朵的帽衫突然往我怀里一塞，说：“对呀，你去把衣服还给小朵老师，嘻嘻，正好和她聊聊。对了，我也得把衣服还你。”

曹洁脱下我的衬衫，穿上自己的风衣，还沉浸在她灵机一动的得意中，盯着我，诡谲地说：“可要把握住机会哦。”

我明白曹洁的意思。我感觉到脸上一热。送还衣服还真是个好借口。

曹洁和庞小朵住在同一层上。她们住十七层。我们从十七层电梯出来，曹洁向楼道一端伸手一指，说：“1708，别敲错啦。我住那边。”

“晚安。”我说。

“祝你好运。”曹洁没有犹豫就往楼道另一端走去了，和庞小朵房间方向正好相反。我还在犹豫着，不知道这样做妥不妥。我看着曹洁的背影。看着她把风衣穿上，又脱下。看着她一直走到自己的房间门前，掏出门卡。我这样一路看着曹洁，实际上是在平息心里的不安和紧张。曹洁开门时看我远远地看着她，跟我挥挥手臂，是在鼓励我，也是在跟我再见。然后，曹洁就进屋了。我定定神，才一间一间地寻找 1708。

我没有立即敲 1708 的门。因为我听到房间里正在响起争执声，声音不大，却沉闷，争执也不太激烈，听不出来是不是庞小朵的声音，似乎也有男人的声音。这种男女混杂的争执声，让我的心迅速提了起来。庞小朵的房间里有人？会是谁呢？我又敲敲门，用了点力，敲门声比刚才大了点。屋里的声音消失了。一定是听到我的敲门声而消失了。我盯着猫眼，继续细听，还是听不到任何声音。猫眼是看不到房间里面的，连灯光都看不到。那么刚才是什么声音？是电视机的声音？我也喜欢一边开着电视机，有一搭无一搭地看着影视剧，一边在房间里做这做那的。庞小朵也是这样吧？我在她房间门口静静地站一会儿，再次轻轻敲响她的门。屋里依然没有动静。我想叫她的名字，但在这夜深人静的夜晚，在走廊里呼喊一个女人的名字不好吧？

10

早上，我们依次上了旅游大巴。我到最后一排的靠窗位置坐下了。

上了大巴，我们这次呼伦贝尔之行才算真正开始。

上车之前，我接到我们公司美女副总的微信，她说和老大（我们老板）又商量一下，还是让我跟白老师直接接触，别让项目被别人抢了去。她还说给白老师发了微信，把我的情况给白老师介绍过，让我直接找他。

我想告诉副总，昨天开了一天的会，晚上白老师又被与会代表请出去喝酒，目前我还没有机会和白老师单独碰面。但我没有这样说。这肯定不是最佳说辞。领导安排的工作没有落实，找什么理由和借口都是不对的。我知道，此时各种项目的洽谈，如暗流涌动，都在私底下进行。如果昨天一天的会议大家还相对安静，从现在开始，很多人就放开了，进入富有成效的实质性工作阶段了，大家都会八仙过海、各显神通，甚至古代兵法、谍战片里的手段都会使出来。

其实，昨天晚上，我没有敲开庞小朵的房间门，拿着她的帽衫怏怏地等电梯从十七层去十九层时，在电梯开门的瞬间，我就看到了不该看的十分尴尬的一幕——我们这次会议的主办方老板车厘子，正和一个女人在电梯里疯狂搂吻，样子既轻狂又丑陋甚至不堪入目。是电梯的突然开门，才惊吓到他们并让他们分开的。但我已经躲闪不及了，该看的不该看的，全落在我的眼里了。车厘子我是认得的，那个女的，我也见过了，不仅在会场上见过，报到那天在酒店大堂的咖啡厅里，也见过了，她就是两个不停说话的女人中的一个，姓什么叫什么我并没关注，公司和公司之间也会有密切的合作，但他们这样也太离谱了，难道他们不知道电梯是公共空间？有一句网络语言说得好，别人不尴尬，尴尬的就是你。这句话用在当时的电梯里最恰当不过了——我无法和他们打招呼，因为与车厘子还不太熟，只是在这次会议上初识，何况我又是个不引人注意的小人物。至于那个女的，应该知道我也是参会人员。此时的车厘子和那个女人分开之后，看都不看我，很淡定，像是什么事都没有发生一样，他们表面上沉静，说不定内心在骂我呢。当时的我除了尴尬，还觉得对不起人家。

想到这里，我预感到，如果想利用草原之行的间隙和白老师谈工作，难度可能不是一般的大。一来大家的心都放飞了，二来白老师也会利用更为宽松的草原之行期间，想方设法和庞小朵修复关系，哪顾得上工作啊，即便是工作，也是他觉得非做不可的工作，或和别的公司开发新的项目。而对于我们公司的意图，他了然于胸，着急的是我们。就算是我钻墙摸缝找到时间相约，白老师也不一定有心情搭理我。就算他有心情搭理我，其工作效率和工作成效，也会大打折扣，甚至弄巧成拙进而坏了大事也有可能。

陆续有人上车了，大家的心情和行为都非常放松与散漫。

我目测一下，这是个大型豪华版旅游客车，驾驶室在下层一个独立的区间里，和上层是分离的。上层有五十多个座，和我们这次会议的人数正好匹配。乘大巴车虽然不像开会那么讲究位次，但也不是随便乱坐的。一般来说，领导、年长者或儿童靠前坐。我们这支队伍里没有少年儿童，年长者也没有，那就是联谊会的领导和出版社的领导靠前了。事实上我看到的基本就是这个格局。车厘子已经在车上了，他坐在前边第三排靠窗位置。报到那天在咖啡厅里嗨聊的两个女人也上车了，她们俩坐在一起——我觉得我离她俩远点是对的，否则她们聊天会让我耳朵听出茧子来。其实我观察已经上车的人员，是在寻找庞小朵和曹洁，顺带也在找白老师。他们都还没来。王三横也没来。还是在吃早餐时，接到曹洁约我到餐厅用餐的微信时，我说我已经在餐厅了。她回复说就下来。我知道曹洁的意思，无非是想知道昨天晚上落实她的馊主意的最终结果如何——看来谁都有八卦的时候，就算是冰清玉洁的曹洁也不能免俗。但是，当我在餐厅把庞小朵的帽衫请她转交给庞小朵时，曹洁还是吃惊了，眼里全是不解和疑惑。我告诉曹洁，昨天没敢去敲庞小朵的房间门。对，我撒谎了，说没有敲，没敢敲，没说敲了没人开门，也没说仿佛听到庞小朵屋里有异常的争执声。我这个谎言也是临时决定——既然什么事都没有做，我不想多此一举地生出事来，因为也会有人像我看到类似于车厘子和多话女人的暧昧情景那样而看到我的。我不想让我和庞小朵留下八卦让人传播。曹洁听了我的陈述之后，有点恨铁不成钢地鄙视了我了，用非常轻蔑的口气说："你呀……说你什么好呢？把最好的机会白白错过了，真的都不想帮你了，嘻嘻，我也真是瞎操心——吃饭，等会儿我把衣服交给小朵，就说是你捡到让我转交的。"

"这样说……好吗？"

"你想让我怎么说？"

"就说你捡到的不行吗？"我一想，不对，因为我昨天晚上敲庞小朵的房间门了，她有可能从猫眼里看到我了，也看到我搭在臂膀上的她的帽衫了，那我就成了一个撒谎者，不不不，不仅是我，曹洁同样也成了撒谎者。我赶快改口说，"随你怎么说吧。"

曹洁笑笑，算是认同了。她望了望餐厅，说："小朵老师还没来。她可能睡太沉了。我也没叫她。就让她再睡会儿吧。"

我也联想到，昨天她的房间要是真的有人，闹腾一夜没有睡好也是正常的。

"哎，对了，"曹洁突然又狡黠地说，"还是你把衣服送给小朵好。"

"不好。"我很坚决地说——这样的决心也不知从何而来。

曹洁看看我，没有再说话，端起咖啡，轻抿一口，继续吃饭了——她是故作平静。

我一边回忆着，一边观察着，已经有三分之一的人上车了，还没有见到庞小朵。曹洁也没来。女人事情多，可能还在整理行李箱呢。倒是白老师拉着行李箱和王三横一起从门厅出来了。

白老师上了车，和车厘子打了招呼。车厘子说了句"随便坐"之后，白老师就向后边走来了。白老师是不适合和车厘子坐一起的。白老师很知趣，他向后走来就对了。我知道他也不可能坐后排。如果他能坐后排，和我坐在一起，当然好了，我可以就近和他聊合作的事，无论什么结果都可以接受。可他像是没有看到我似的，在中间的一个位置上坐下了。在坐下之前，我发现白老师苍白的脸上有两三道深深浅浅的伤痕，左眼角那儿有一块淤青，有一分钱硬币那么大，右耳朵下边的那道血痕似乎渗出过血迹，甚至在血痕向脖颈里延伸过程中，还掉了一块半个瓜子大的皮。这个伤势可不算轻，甚至在他坐下后，从后边都能看到那道血痕所结的痂。我心里一个激灵，猛然间将他和庞小朵联系在一起，天啦，昨天夜间我在庞小朵房间门口听到的争执声，应该不是来自别的房间，也不是电视机里发出的，更不可能是我的幻觉，很大可能就是庞小朵的房间里真的有人。能是谁呢？当然就是白老师无疑了。从曹洁讲述的庞小朵和白老师的关系中，从他们分分合合的情感纠结中，很容易让人这样联想。那么，他们不仅发生了激烈的争执，还动手了，是庞小朵打了白老师？白老师还手了吗？还手还好，说明他们之间的关系终结了，或有可能终结。如果不还手呢？

我心里突然不安起来，凌乱起来，迫切想看到庞小朵了，既担心她也会受伤，担心她的伤势会比白老师还重，同时又担心她没有受伤。

没想到紧跟着白老师上车的王三横，身上有着和白老师相似的伤痕，脸上的淤青不是一块，而是两块，额头有一块，嘴角那儿也有一块，比额头那块要浅些，两块深浅不同的瘀青互相照应，像美术作品中的表现形式。非常巧合的是，王三横的右耳朵下也伤了，还贴了一块创可贴，样子很滑稽。怎么回事？不会是他们两人打了一架吧？男人之间的战斗不应该是手指掐或动口咬吧？那么是去咖啡厅时就受了伤，还是两人离开咖啡厅后分别受的伤？更搞笑的是，白老师朝里移移屁股，让王三横坐在他身边了。两人可能有什么心照不宣的原因吧，坐下后同时哈哈大笑几声，笑声有点假，有点装。这种会心的笑更让我一头雾水，他们一定知道什么，或共同藏着什么秘密，一定知道对方身上的伤是怎么回事。但如果真是庞小朵伤着了白老师，王三横又怎么会知道呢？我突然明白了，这两人都是以己之心度他人之心。

曹洁从旋转门那儿出现了。

我猜测，曹洁出现了，后边应该就是庞小朵了。

果然，庞小朵穿着曹洁还给她的帽衫，风尘仆仆地随着曹洁出来了。行李箱存好后，两人也一前一后上车了。庞小朵在前，曹洁在后。庞小朵上车后，和许多人的习惯动作一样，先在车厢里打量一眼，准备选择位置时，在她后边的曹洁，显然经验更为丰富，跟庞小朵小声说："前边第一排。"然后，曹洁就向车头走去了。庞小朵也尾随而去。

还是在庞小朵一上车时，我就盯着她的脸看。我是下意识地看她脸上有没有伤痕。庞小朵也看到了我在看她，没有任何表情地迅速回避了我的目光。我甚至也没有放过曹洁，也在曹洁的脸上看一眼。我明知道曹洁脸上不会有伤痕，还是看了一眼，可见关于伤痕的事，已经烙在我心上了，已经是我心上的一个痂了。

人很快就齐了。导游是一个小巧的内蒙古姑娘——组织方很细心，下半程的会议日程是交给地方旅游公司操办的——她自我介绍叫小芳，清点人数后，跟车厘子请示说："可以出发了吧领导？"车厘子潇洒地一挥手。小芳就大声通知驾驶员出发了。车子虽然启动了，我心里还一直在悬着，觉得庞小朵与曹洁和白老师、王三横一样，也一定藏着什么秘密，关于白老师和王三横身上的伤痕，她俩有可能知道，或其中之一有可能知道。现在，她俩坐在了最前边，我既无法看到她们的表情，也更无从听到她俩谈话的内容了。

11

第一个停留的景点是一个叫莫日格勒河的地方，导游说要近距离感受一下"天下第一曲水"的尊容。

我们的旅行大巴车停在一条不宽的草原公路边上，路两侧都是一望无际的草原，虽然草原由于地势的原因，连绵起伏着向远方延伸，那满满的绿，能穿越层层阻隔，一直延伸到天边，延伸到天边上，延伸到天边外。我在路边就能感受到那遥远的绿，便心随绿意，随着队伍向草原腹地进发了。还没看到曲水，许多人就等不及地开始拍照。站立在辽阔的草原上拍照，是一个外地人惯常的表现，谁看到这样的绿，谁感受到这样无边无际的辽阔，都会忍不住要留下珍贵的影像。

待我站立高坡之上，看莫日格勒河时，和许多人一样，禁不住感慨，世间还真有如此之曲的河流啊，眼中能见到的河，每一寸河流都是曲的，曲得让人无法接受一般，像是在不断地书写一个个"S"，而且不是顺着写下去，是一个 S 套着一个 S。如果把这些 S 糅在一起，就是一个线团了。有些河段，是无数个 S 的不断重叠，不断延伸再不断重叠，形成一朵由无数个 S 形河流组成的圆的花，白练一样的河水流淌在绿中，绿草就像是花的绿叶。由于隔得远，看不出河水的流势，但能感觉到那流动的波纹。导游举着一面小旗帜，有几个性急的人一直跟在她身后，已经接近河边了。还有几个更性急的人跑到了导游的前面，已经到了河边了。但大部分人像我一样只是居高临下地远远望着，然后继续疯狂拍照。

在不断向河滩行走中，队伍渐渐分化，相处融洽、关系相近的一些人自动靠近，互相拍照，有的近河拍，有的往草原深处去拍，有的在高坡处以河为背景拍。如前所述，我是第一次参加这样的会，朋友不多，刚刚熟悉的小蔚有他更熟悉的人，自然不愿意和我抱团。而早就有交集的庞小朵正和曹洁形影不离。至于王三横几人，一下车就和莫老师混在一起，此时他们正在离河较近的地方拍照。我落单了。没办法，小人物的悲哀是无时无刻不体现的。自然，我也会自娱自乐，见缝插针地请相对闲下来的会友（我杜撰的词）用我的手机给我拍张。拍几张就行了，算是我也到过莫日格勒河了，到此一游，领略了天下第一曲河的风采了。我自我安慰着，不自觉地望向庞小朵和曹洁的方向。她俩已经游离了大部队，走向了那个更高的高坡。那是个簸箕形的高坡，草地上开着许多白色的小花，在相对较凹的地形上，在炫目的阳光下，闪耀着银绿相间的光泽——可能从一开始，庞小朵和曹洁就预谋好了要脱离大部队吧，然后，互相窃窃私语，讲述着只有她俩才知道的并愿意共同保守的小秘密。而此时她俩更像是草原上的两朵花儿，同时绽放在蓝天白云下的绿地上。她俩所处的位置，和莫日格勒河呈"T"字形，莫日格勒河是上面的一横，她俩已经到了那一竖的尽头了。我觉得她俩不能再走了，再走，和莫日格勒河就不是"T"字形了，就要超出视力范围了，甚至要游离于大部队了。正在我想着要不要喊她俩回来时，我看到曹洁高举手臂，朝我招手了，还大声地喊我。一向讲话柔声慢语的曹洁，嗓门竟是那么的高亢嘹亮，以至于引起比我离她俩还远的会友们的眺望，只是由于草原的辽阔，能听到她在喊，但听不清她喊叫的具体内容，从招手的形态上，判断出她是在喊我。

我立即向她俩跑去。

在离她越来越近时，她又催促道："快呀，跑起来！"

我再次加快了脚步。我猜想，肯定有很多人看到我奔跑了，自然也包括白老师。

奔跑中，我发现，开着白花的草是圆茎扁叶，花儿在茎的顶端，只开一朵，不是通常见到的梅花形，而是喇叭状，喇叭口朝天。我认不出这是什么花，这种小花既奇特又好看，还散发出淡淡的芳香。我顾不得赏花和闻香，已经气喘吁吁了。

"慢点，"曹洁在我快要跑到时，又说，"不用那么急的——请你来给我们照相。"

原来是让我充当摄影师，这是我乐意做的。更让我乐意的是，也许曹洁并不真是让我来当摄影师，她不过是拿这个为幌子，让我和庞小朵保持进一步的接触。对于曹洁每时每刻送上的善意和有力的助攻，我唯有打内心里感谢她了。

我很少这样跑，又是在草原上，脚下的土软，还有草在绊。跑到她们面前时，喘得我心里越发地慌了。我看一眼庞小朵，她正向更远的草原眺望，远方的绿一望无际，她神情平静而淡漠，并没有感谢我大老远地跑来，似乎这一切都和她无关。

"小朵，来呀，深情啥呢？来来来，拍照！"曹洁的声音里充满着喜悦。

"用我手机拍，我这个美颜功力强大。"庞小朵也说话了，而且是开心地说。庞小朵的开心，比起昨天上午开会时不断地给我运输零食时的开心是完全不一样的。那时候她是动作夸张而表情内敛和矜持，这会儿的开心，能看出来是真开心，是心口如一的开心，是自然的开心，和花儿草儿一样的天然。

我拿着庞小朵的手机，变换着各种角度，给她俩拍了好多张照片，有两人的合影，也有单独的摆拍照，坐着的，躺着的，跪着的，趴着的，两个人背靠背的，互望着的。为了达到效果，我也时而躺着，时而趴着，时而跪着，比她俩还辛苦。无论什么角度，我都发现庞小朵真的很漂亮。当然，曹洁也漂亮，和庞小朵是两种不同类型的漂亮。

有人朝我们大喊了——不是喊我，不是喊庞小朵，是在喊曹洁，可能是王三横喊的，因为隔得远，喊声有点变异。我看到我们的大部队开始往回走了。这是一支很散乱的队伍，战线拉得很长，虽然只有五十来人，在起伏的草原上，也有点逶迤的意思。可庞小朵和曹洁没有立即回应，坐在草地上，开始欣赏我帮她俩拍的照片了，一边翻看，一边点评。或许是不满意，或许是意犹未尽，她俩还要拍，是互拍，又嘻嘻哈哈地互拍了几张。我也没闲着，拍她俩互拍的样子。我一边拍还一边想，难道白老师不关注我们吗？他不来寻找庞小朵？正想着，我看到有人向我们跑来了，边跑边喊："上车上车……上车了。"

正是白老师。

曹洁向他挥挥手，意思是听到了。

白老师不再跑，在原地站住了，望着我们，片刻之后，又喊道："小朵，快点！"

庞小朵像没听到似的，只顾看手机，不去回应他。

曹洁大声说："知道啦。"

白老师可能是看到我们走动了吧，在又停顿一会儿之后，才往回走。

曹洁看着远处的白老师，突然想起了什么，哎呀道："小陈老师，还没帮你拍呢。来来来，小朵，你们俩往一起靠靠，我来给你们拍。"

这当然是我求之不得的了。但是庞小朵假装还在欣赏手机里的照片，没有理曹洁。

"小朵。"曹洁喊道。

"……快点走吧，他们都上车了。"庞小朵不理曹洁的茬了。

曹洁向我做了个鬼脸，意思可能是埋怨我不够主动，抑或是怪她自己忽略了帮我和庞小朵拍合影的事——可能，她最初喊我来帮她俩拍照时，也含有帮我和庞小朵拍照的"阴谋"。

"嗨，"曹洁欲言又止，但还是没有忍住，对我说，"白老师……你们发现没有，白老师脸上有好几处伤痕。"

当着庞小朵，我不知道怎么回答。

"是吗？"庞小朵倒是接话了，她很好奇地惊问道，"我怎么没看到？怎么受的伤？"

"不知道。"曹洁说，"小陈老师，你知道？"

"不知道。"我赶忙说。

"……快走快走，要上不了车了。"庞小朵突然冷了脸，就像天空一样——东北方有一大片黑云快速移动并掩盖了过来，十分突然，天空顿时暗了许多。庞小朵就像那片乌云，带着情绪，快步走在我们前头了。

曹洁朝我看，面无表情地看着我，意思是说，怎么回事？怎么说变脸就变脸啊？她一副很无辜的样子让我很怀疑她是故意要弄得庞小朵难看。

如果白老师脸上的伤真的和庞小朵有关，庞小朵心里肯定不爽，要不要帮帮她呢？我紧走两步，赶上了庞小朵。庞小朵肩上挎着一只包。我想帮她拿包，又显然没有必要。要怎么帮我也不知道。我只是觉得，庞小朵需要帮助了。可我居然没有她走得快。我追赶几步，在后边说："慢点，小心草滑。"

可能是在回应我的话吧，庞小朵真的就是脚下一滑，摔倒了，单腿跪到地上。我赶快去扶她。她也没有拒绝，可庞小朵还没有站稳就试图抬步，结结实实地又一个前趴，趴到草地上了，手机扔出去两步开外，落在草窠里。我再去拉她，以为不用吃力就能拉她起来的，没想到她那么重，超出我的心理预期，以至于脚下一滑，摔到草地上了。我想快速爬起来，免得让庞小朵以为我在学她，可能因为心太急吧，又接连摔了两次，和庞小朵摔到了一起，身体发生了摩擦和碰撞。庞小朵发出"哈哈"的笑声。我听到身后的曹洁也笑了，她比庞小朵还欢乐，笑得都变声了，都听不出是曹洁了。曹洁的目的应该是达到了，曹洁的笑成功地吸引了我。我看到曹洁一边狂笑一边拿着手机猛拍。我和庞小朵争先恐后互相搀扶又互相摔倒的狼狈相，一定都录入她的手机里了。

但是，此后的庞小朵并没有保持摔倒时的欢乐，而是突然的面色严肃，延续着摔倒前的变脸——天上的乌云快速向我们移动，也移到了庞小朵的脸上。她一路疾走，像是我和曹洁都不存在一样。

12

我们是中午到达额尔古纳市的。

本来途中还有一个景点，是乘坐蒙古战车，据说还有骑马的项目，但是由于天气突变，下起了雨，且一下就急一阵缓一阵停不下来，只能改变行程，直奔额尔古纳了。对于这场不期而遇的雨，大部分人都觉得是来捣乱的，对因此受到影响而不能进行的项目心有不甘。只有少数人说雨中的大草原之行，隔着车窗看看风雨中的美景，更是不可多得的奇遇，会留下更为深刻的记忆。

中午到达后，大雨变成了毛毛细雨。气候湿冷，大家兴致不高，在等待办入住手续的人群里，庞小朵更是躲在后边，满脸的不快。她的不快和白老师形成了反差——白老师不知因何缘由，特别开心，说话声音也大，夸赞了雨，夸赞了雨中的草原，还对着雨中的草原一阵猛拍。

我不仅观察庞小朵和白老师，我还观察到，额尔古纳这座城市真是太小了。我们大巴车从草原进入市区，穿过一条街道，到达的地方就是城市另一边的草原了。我们入住的是蒙古包，一顶顶整齐排列的蒙古包，形成了一个蒙古包群。导游说中饭也是在蒙古包里。大家住下后，十二点整去中间最大的那个蒙古包用餐。

我第一个办了入住手续，领了钥匙走了。

不过老实说，每人一个蒙古包，还是很奢侈的，虽然蒙古包不大，又因为刚下过雨，感觉蒙古包里里外外都是湿的，说不定，这种潮湿会有着别样的情趣呢。我拿到房号和钥匙后，谁都没等，就寻找我的蒙古包了。我从入口进来后，沿着一条红砖铺的小路，走了好几排蒙古包，找了好久才找到属于我的那一顶。我心里直犯嘀咕，怎么我的蒙古包在整个蒙古包群的边上啊。我的蒙古包外，隔着一条简陋的铁丝网，就是大草原了。可能先前入住者是个烟鬼吧，满屋都是沉淀的烟臭味。我刚一进来，就把蒙古包东西两侧的窗户打开了。说是窗户，其实就是一个吊搭。我坐在床上，看着一侧的草原，另一侧的蒙古包，想着我会和谁做邻居呢？临近草原这边，会有一头野狼来望望我吗？这边的蒙古包呢？要是住着庞小朵就好了。当然这种概率是很低的。这么一大片密集的蒙古包（至少有几百个吧），我们这个团又不一定住在相同的区域，还不知分散到哪里了。但是既然存在着概率，就有和庞小朵毗邻的可能——总比中奖彩票的概率要高吧。庞小朵还在气头上，原因不明（可能是曹洁提到了白老师脸上的伤），可有那么反应过度的必要吗？

时间过了十二点，我隔壁的蒙古包还无人入住。正在我想着要不要去吃午饭时，手机响了，是曹洁的，赶紧接通："喂，曹洁。"

"你在哪儿？"

"住下了。你们呢？"

"你真积极。我们还没住，导游让先来吃饭，她在做登记，吃饭时再发钥匙。"曹洁的口气一点也不急，"你先过来吃饭吧，我们已经到大蒙古包了。"

"好呀好呀，这就过去。"我因为没有抱团的朋友，才独自先走的，没想到掉队了。也好，我一身轻松去吃饭也算是这次落单的收获吧。

我打着伞，穿过排列整齐的蒙古包的方阵，走了好一会儿才找到用餐的大蒙古包。

蒙古包里参差排列着很多圆桌子，大部分圆桌子上都围坐了人，不仅是我们一个团队，还掺杂着别的团队。我找了找，发现我们的人共占据五张桌子，有三张挨在一起，靠里。另两张桌子被许多张桌子分隔开了。我观察一下，看三张桌子的其中一张全是女的，庞小朵、曹洁就在那张桌子上。另两张桌子上都是重要人物，比如车厘子、王三横、白老师等。我再观察分离开的两张桌子，看到其中一张桌子上的小蔚了。只有小蔚和我比较熟，恰巧他那边空了一个座位，我便过去坐下了。

这是旅行中第一次吃饭，上了啤酒。大家借着啤酒开始各种吹牛。最让我感兴趣的吹牛内容是说王三横的。说王三横昨天晚上被人打了。被打的过程非常搞笑，他组了个酒场，七八个人围在一起吃烧烤。呼伦贝尔的牛羊肉烧烤闻名天下，大家吃得嗨，喝得也嗨，很快就有了酒意。王三横开始唱歌，唱了那首闻名于世的《草原之恋》。他正投入而深情地歌唱时，从路边过来一个青年人。讲述者强调，确实是从路边过来的，不是烧烤摊上的。这个青年嘻嘻地走到王三横面前，打断了他的唱歌，笑问道，谁让你唱歌的。王三横没多想，继续唱。青年人大喝一声，不许唱，紧接着拳头就挥了过来，打在王三横的脸上。王三横虽然个子小，也仗着人多，立刻反击。别人还没有反应过来时，互相已经出拳了几个回合。很快，路上冲过来一个姑娘，"哇哇"大叫着，拉走了青年人。姑娘到了路上，才扭头对王三横说："对不起啊，他喝多了。"大伙这才知道发生了什么。但由于是在人生地不熟的地方，加上姑娘已经把青年人塞进了车里，迅速驾车离去，也就没有追究。王三横更是不介意，带着伤，继续喝。

我对这个故事的兴趣点是，还有谁参与了混战？参与者还有受伤的吗？他没有细说。倒是另一个与会者，对他的讲述提出了质疑，问他，"你在现场？"讲述者说，也是听来的，听王三横在早餐时说的。质疑者鄙夷地一笑，还看我一眼，说，"也许王总的女助理知道哦。"王三横的女助理？那就是曹洁？还没容我多想，大家迅速又被另一个场景吸引了——离我们较远的另一边，全是女人的那桌上，突然响起了《生日歌》。谁过生日啦？还真有人弄来了蛋糕。我也随着大伙的目光，越过别桌客人的头顶看过去，看到庞小朵伸长脖子去吹生日蜡烛了。原来是庞小朵过生日。我立即想到这一定是白老师的手笔。同时我也看到庞小朵身边的曹洁了。曹洁朝我望了一眼，那一眼意味深长，至少含有对不起我的意思，而且非常难过地低下了头。紧接着，隔壁桌的男女都站起来，端起酒杯，敬庞小朵。在敬酒人中，白老师最为活跃，也最开心。我以为高潮在敬酒后就会结束，没想到一个接着一个，一个身穿快递服的快递小哥捧着一大束鲜花进来了。白老师第一个看到快递小哥出现在蒙古包的门口，他高举着手，向快递小哥示意，并离开餐桌，迎向快递小哥，接过快递小哥的鲜花，急步跑过来，献给了庞小朵。庞小朵羞涩而大方地抱着花，也没有拒绝白老师的拥抱。现场响起了热

烈的掌声，无论是我们队伍上的，还是来自全国各地的游客，都毫
不吝惜地把掌声送给了庞小朵，大约也有白老师的份。

大家都纷纷端起酒杯，为她祝贺。

祝贺人当中，曹洁的眼睛又找到我了。当我的眼睛和曹洁的眼
睛发生碰撞时，曹洁再一次低下了头。

我悄悄离桌，回到我的蒙古包。

关于庞小朵过生日的事，她没有给我透露半个字。也许她也没
有透露给白老师。她对谁都没有透露。但白老师显然知道她的生
日。白老师也做了充足的准备。他成功了。我心里太过难受，禁不
住流下了眼泪。我感受到蒙古包里的冷，感受到蒙古包里的悲伤。
我还能干什么呢？我躺到床上，注视着蒙古包的顶端。手机有微信
来了，我立即心存希望地查看，是曹洁发来的，只有三个字："对
不起。"显然，曹洁知道的比我多。这三个字包含了很多内容。更
没想到的是，曹洁又给我发来了一幅截图——这才是对不起的原
因，截图是曹洁和庞小朵的聊天记录。看了聊天记录，我才恍然，
原来，昨天晚上庞小朵在曹洁回房间处理提前来临的生理问题后，
也回房间了。她说和曹洁害了同一个病，其实不是。其实是曹洁的
话提醒了她，才让她想起来，生理期过了两周多了，为什么还没来
例假？该来的没有来，她怀疑是怀孕了，等不及地便在网上买了自
测设备，让快递小哥连夜送到了宾馆。有了精准的设备，她确认是
怀孕了。昨天晚上，曹洁也给我截图了，但她当时没有把截图全发
我，而且，在我们散步的时候，在她怂恿我送帽衫的时候，她已经
知道庞小朵怀孕了，并且知道庞小朵的怀孕跟我无关。那曹洁让我

送帽衫又是何用意呢？女人的心思真是不懂，有时候会迷惑别人，有时候连她们自己都迷惑了。

我不想再想下去了。我拿出酒柜里的酒。我想喝点酒。

13

我一觉睡醒，感觉天黑了。看一眼手机，果然是下午六点多了。北方的天黑得早，加上阴雨，六点就黑透了。我没有去吃晚饭。我知道晚饭还是在那间大蒙古包里，那里聚集着来自全国各地的游客，他们都是兴高采烈的，只有我这个倒霉蛋不开心。我不想让他们看透我的心思。何况这会儿已经七点多了，他们也吃得差不多了，我不想去吃残羹剩饭，就算他们还在喝酒，我也不喝，而且我也不饿。我回忆着一整个下午的消逝过程（白白睡掉了），不知道是什么时候睡着的。我脑子里交叉混乱着的，全是庞小朵，全是悲哀和绝望。我不想继续接下来的旅程了，突然就不想了。我想回北京。北京虽然也没有家，没有亲人，但是北京有工作，有朋友和同事，有拥挤的地铁，有奔忙的人群，有熟悉的环境。在换乘地铁的奔跑中，在紧张而有序的工作中，会忘记许多不快。至于我们公司领导这次交代的特殊工作，我完成不了，也懒得去完成了。我不想看到白展那副得意的样子，不想跟他搭话。我要在这时候去谈工作，虽然是为了公司，无异于自取其辱。

我打开微信，看庞小朵的朋友圈——这是一种下意识的行为，当我意识到这种行为无聊和无用之后，已经在看了。但是她设置了三天可见。这三天里她没有发一条内容。我拿着手机发了一阵呆，心里慢慢滋生了一些想法：既然都这样了，我为啥还要关心她呢？我关心她干吗？难道还有期待？难道爱情就如灰烬，会有余热？余热又是为谁？我暗笑自己太可笑了。

我放下手机，上了个洗手间。蒙古包里有标准的洗手间，这是我没有想到的——继续回到床上，又想烧水泡茶。总之，我想找点事做。可我懒得动，最终还是钻进被窝。虽然是六月下旬，马上进入七月了，蒙古包的被窝却不冷不热正正好。我唯一能做的，就是继续玩手机，继续查看微信。发现有人建了个群。我也被拉进了群里。我看到群里有不少人在交流。由于下午是自由活动，不少人都冒雨出去了——从你一言我一语的微信内容上能看出来，有去草原的，有去看白桦林的，有去看额尔古纳河的，有去市区购物的，图片传上来不少，雨中的草原雨雾蒙蒙，白桦林清爽湿润，很有情调，宽宽的额尔古纳河沿岸和水沼里水草丰盛，河流湍急，更是充满神秘的气息，朦胧的河对岸也是绵延的草原，拍照者说河岸那一边就是边境了。不少人还上传了自己的美颜照，各种摆拍的姿势都有。每个人都赞美自己去的地方是额尔古纳最漂亮的地方。购物者也夸他们的牛肉干最好吃。我没有看到庞小朵的信息，也没有看到曹洁的信息。不多的几张合照里，也没有她俩的影子，甚至连白老师都没有出现。有可能她俩也出去了，没有把照片传上来而已。也有可能没有出去，和我一样躲在蒙古包里睡觉了，而更大的可能，是庞小朵和白老师在一起，曹洁有可能和王三横在一起——我有几次发现，王三横总会安排曹洁工作，有时是让曹洁遥控指挥北京的公司，布置一些急事，更多的是曹洁利用这次旅行中的机会，和几个出版社进行密切沟通，其中就包括庞小朵。翻看朋友圈，对我来说，就是在百无聊赖中打发时光的意思，但是，在通讯录里，有人申请我为好友了。我一看，是小蔚，便同意了。打了声招呼后，小蔚发了一张照片给我，是我在莫日格勒河畔的草原上向庞小朵和曹洁跑去的背影。在我背影的远方，就是奔跑的方向，正是庞小朵和曹洁。这张看似普通的照片，细看却很有味道，我在奔跑中的动态感很强，带动的风势让草都弯了腰，而远方的庞小朵向我眺望和曹洁向我举手的动作都是内涵丰富。小蔚也是鬼精，他一定也知道我的心思了。我知道小蔚没有坏心，他可能只是觉得这张照片应该由我收藏罢了。我点开小蔚的朋友圈。小蔚也是个微信控，发了很多照片，每一次九宫格都是满的。有一组图片，是他去了森林博物馆拍摄的，有介绍白桦树的，有介绍钻天柳的，有介绍蒙古栎的，有介绍黑桦的等，每一幅图都是镶在画框里的植物标本和植物的简介。也有几幅博物馆内部的全景照和局部照。从全景照中，我发现参观者寥寥无几，但有两个背影特别引人注目，一个男的，一个女的。我一眼就认出来，女的是庞小朵，男的是白老师。庞小朵的帽衫太显眼了，她正在对着一幅植物标本拍照，白老师在一边观看，他背着一个女式的小包，那是庞小朵的包。我看一眼小蔚这组照片的上传时间，是下午四点十五分。他们应该是在过完生日之后，又去游览了，还双双逛博物馆去了。而小蔚前边的一条微信，也是一幅图片，只有一幅，是一张写了诗的信笺纸，信笺是我们所住的呼伦贝尔大酒店的信笺，诗的标题是"献给最美的你"，我放大了读两句，知道最美的你就是庞小朵，是祝庞小朵生日快乐的诗。诗的最后一句是："我对你的爱，推动了我的生活。"我知道诗是谁写的。小蔚也真是个有心人，他把白老师的情诗偷拍了。他是要为自己积累恋爱经验吗？或者想学学情诗是怎么写的？我不想知道小蔚行为的目的是什么。我只是禁不住又悲从中来。

突然收到曹洁的微信留言："吃了吗？"

"没。"我回道，趁机退出了微信。我不想再知道关于庞小朵和白老师的任何消息了。

"怎么？绝食？"

我回了个笑哭的表情。

"多大事啊，天涯何处无芳草。跟人家苏老夫子学学。"

我不回她了。她这是站着说话不腰疼，谁都会说的漂亮话。

"人生不仅有诗和远方，还有苟且。"

我还是不回她。

"就算不想苟且，不愿苟且，还有朋友。"

我继续不回。

"要带点给你吗？"

曹洁的话，说明她在大蒙古包用餐了，她继续说："人是铁饭是钢哦。"

"不用。"我回道，"不饿。"

"那就随你喽，别说我不关心你。"

我再次不回复她。

"雨不下了。"

"知道。"其实我并不知道。我说"知道",说明我还有闲心出去转转,知道下不雨这个事。我感觉她是在没话找话。没话找话,无非是在安慰我。我不想让她安慰,也不需要她的关心。我不能让她小看我。一个大男人,为了爱情而哭哭啼啼的,成什么啦?

"细细的小雨。"她又说。

"知道。"

"像是雨又不像是雨。"

"知道。"

"你什么都知道。你肯定有一个不知道,还记得我们吃饭那个大蒙古包的后边,有一个大转盘一样的十字路口?那里有一片水泥场地。现在正在搞篝火晚会,有人在拉马头琴,还有人在跳蒙古舞,可能等会儿还有唱歌。这个你知道?"

篝火晚会?这个我还真不知道。曹洁有可能就在现场,我要说知道,就露馅了。我不爱凑这种热闹。但是曹洁的意思我明白,让我看看热闹,换换心情,别把自己憋坏了。我如果连这个热闹都不愿凑,说明我装作不在乎的样子就被她看穿了。而就算去看了篝火晚会,就算是为了换一副心情而出现在篝火晚会现场,同样被曹洁看穿。我这会儿觉得这个曹洁挺烦人的,瞎操心什么呢?但是,我睡了一个下午,接下来还有漫漫长夜,出去打发一下时间也未尝不可。何况,曹洁也是好意。从体恤一个好心人的角度出发,我也不能拂了曹洁的一片好意啊,便在衬衫上又套一件夹克,出去了。

14

一出门就打了个寒战，这哪里是夏天的气温啊？冷得我差点退回蒙古包。但我退回来也没有别的衣服可加。我只带一件夹克和一件衬衫，T恤倒是有好几件。我总不能再套上几件T恤吧？我在灯光下适应一会儿，望了望灯影夜色中的草原，感受感受若有若无的雨丝。发现也没有什么风景可看，一边是灯影照射的草原，一边是绵延密布的蒙古包。而且所谓风景，无非是对不熟悉的环境的一种好奇罢了，要有好心情才能欣赏，如果有好心情再有适合的人陪伴，那好风景就无处不在了。我想起了此时的庞小朵和白老师，或许他们还在闲逛而没有回来呢，好风景都是他们的了。我缩了缩脖子，缩了缩身体，让自己紧凑些，顺着蒙古包前的红砖小路，向中心地带走去，我知道我们吃饭的大蒙古包就在那一带，那儿的路灯杆最高，灯光也最亮。

我边走边给曹洁发微信，告诉她我去看篝火晚会了。

穿过一排排蒙古包，渐渐听到音乐声和歌声了。

顺着声音我很快就到达了篝火晚会的现场。我没有去找曹洁，她有可能和别的会友在一起，也有可能和她老板王三横一起陪合作伙伴了。我也没有去寻找其他会友。我是来欣赏草原篝火晚会的，见谁和不见谁，顺其自然了。我看到水泥场地中间有许多人围成了圈，圈里的中心位置，有一个油桶改制的大火盆，篝火就是在那里燃烧的，是真正的木材在燃烧。但是，灯光太亮了，掩盖了篝火的亮度。所谓篝火，也不过是形式而已。篝火边上，有三四个演员在表演，有人在拉马头琴，有一个穿民族服装的身材高大的女演员在唱歌，一曲歌了，有人起哄唱《草原之夜》。歌手有个天生的好嗓门，唱什么都行，一曲《草原之夜》，让她把这首歌演绎得非常切合此时的夜晚。在闪烁的火光和缭绕的歌声中，有人拉我一下。我一转头，正是曹洁的笑脸："好听吧？纯自然的。"

我附和着："好听。"

"亏我吧？要不你就听不到了。"曹洁的声音有点调侃。

"亏你，感谢。"我也快乐地说。我要赶快忘了心头的郁闷，用曹洁那样的口气说，"导游在车上说下雨天会取消这个项目的。没想到又有了，差点错过了，不亏你亏谁？"

"我也是出来才碰到的。他们还在喝，看样子一时半会儿不会结束，嘻嘻，他们是赶不上这个热闹了，就让他们后悔去吧。"

曹洁说的他们，就是指我们开会的会友。"他们"里都有谁呢？我发现我还在那个死结里出不来，还在关心某个人。我靠，管他们是谁了，我看我的热闹好了。我要把所有的烦恼统统忘掉！

我们在最外围，我估计曹洁只能听而看不见了——前边好几层人挡住了她。

"看得见吗？"

"不用看见，感受感受就行了。"

"要不要我帮忙？"

"怎么帮？哈哈，骑在你的脖子上？"曹洁自觉多说了半句，又拿后边的话来修饰，"我听我妈说，我小时候骑过我哥的脖子。"

"那是最美的时光。"

说话间,歌声住了。音乐再响起时,人群里响起哄笑声,还有些杂沓和混乱,原来是演出方有人带动,让大伙围着篝火一边转圈一边跳舞。圈子从里侧开始形成,不管认识不认识的,就近牵手,随着音乐的节奏,跳牵手舞,当圈子形成三圈多的时候,我也被身边的一个大妈抓住右手拉进了跳舞的队列里。这种场合下,情绪很容易被感染和带动,我也哈哈笑着,伸手拉住了曹洁的手。曹洁的手很润滑、柔软,只是还是冷。曹洁那边也有人续上了,大家欢声笑语,大多是无师自通地跳,最后形成了四五圈。正在大家很嗨地转圈狂舞时,雨下大了,是突然间下大的。有人逃出了队伍,随即,不断地有人逃出,人圈就断了好几截,接着就混乱了。

曹洁也拉着我跑了。

有人就近往开着门的商店或饭店里跑,也有人往蒙古包里跑。我只能跟着曹洁跑,因为她还没有松手。但是,曹洁突然刹住车,大笑着说:"哎呀,跑啥呀,我有伞。"

曹洁这才从风衣的口袋里掏出一把折叠伞,迅速撑开,往我头上送。我看曹洁举伞有点费力,便接在我手里。有了伞,不需要狂奔了,我们缩着身子,躲在一把伞下,互相挤着向前走。伞太小,走路便有些别扭。我的肩上被雨淋透了,估计曹洁另一边的肩也湿了。不知是我跟着曹洁走,还是曹洁跟着我走,总之很默契。走着走着,雨突然又小了,很快的,又停了。这雨简直就是个调皮鬼。我收了伞,发现前边就是我的蒙古包的门口了。曹洁没有继续往前走,她在我隔壁的蒙古包前停住了,说:"伞你带着吧,防止路上再下大雨——我到了。"

"你到哪啦?"我突然惊讶了,"啊?你住这个蒙古包?"

"是啊。"曹洁指着我的蒙古包说,"你不会住这间吧?"

"就住这间啊……哈,这么巧!"

曹洁就嘻嘻地笑了:"这下好了,我正担心靠近草原,害怕呢,没想到会挨着你。"

"我刚入住时,还想着和谁做邻居呢。"我说。

"想和谁做邻居?是不是想和庞小朵?"曹洁看着我,脸上虽然笑笑的,却有些不大自然。

该如何回答呢?我看到曹洁还在看我,眼里不仅有深情,还有悲悯和爱。我心里一动,猛然感觉到一种异样的情感迅速袭来。曹洁这两天的处心积虑,这两天为我和庞小朵的事用心周旋,难道只是一味的善良在作祟?没有暗含别的原因?我一直深陷在和庞小朵的情感里不能自拔,会不会忽略了其他东西?她是不是把我和庞小朵的事看得清清楚楚?或者早就在她的预判之中了。她此时眼睛里的柔情和爱意并不仅仅是同情,我能感觉到她强势目光后面的慌乱和期待。漫漶的灯影中,曹洁的身体好像战栗一下,眼睛终于还是眨动了,再看我时,似乎闪烁着莹莹的泪光。我想到我们一起淋了冷雨,夜风又是那么的冷,她又处在生理期,赶紧说:"那个……没想和谁做邻居,和你做邻居也挺好的……天这么冷,回吧。"

"……骗人的吧?"她依然看着我。

"不骗人……"我说。我也心慌一下,不知道是不是在骗她。

她知道我的话不可靠，但还是一笑，迅速别过脸去，擦拭一下眼睛。

我把伞给她。

她把伞接在手里，说："你夜里打呼噜，不会惊到我吧?"

"会的。"我认真却幽默地说，"我的呼声像打雷。"

说话间，一道闪电划过，一声炸雷在我们头顶响起，回声滚滚远去。曹洁憋着笑，还是没有憋住而笑了。我也跟着笑。我们发出不同的笑声。我发现曹洁笑的时候更美了，是那种自然的、甜甜的美，这样甜美的样子，才真正配得上她平时说话的声音。我发现，曹洁在笑时，赶快拿出钥匙——我们所住的蒙古包的门上，是传统的门锁，要用钥匙打开。我跟她点点头，感激地轻声道："谢谢你。"

我在开锁的时候，又向她蒙古包的门口望一眼。那儿已经没有她的影子，可她的影子和音容笑貌分明还在那儿。

现在我知道了，离我一米开外的蒙古包里，住着曹洁，不是我期望中的庞小朵。当然如果就是庞小朵，已经不是我之前期望的那个庞小朵了，她已经是另一个人了，是另一个庞小朵了。奇怪的是，我不再郁闷，不再难过和伤心，而是另一种纠结了，一种愉悦或甜蜜的纠结。曹洁那深情的凝视和含泪的笑，我似是而非地懂得了什么。我知道这一切都拜曹洁所赐，都是因为隔壁的蒙古包里住着曹洁。我原以为失去的情感确实是失去了，而另一种我不曾察觉的情感可能一直就伴随在我身边，这是从什么时候开始的呢? 曹洁担心我的呼噜声会惊到她，我还不曾知道我是不是会打呼噜，叫她这么一说，我还真是不敢睡了。我感受到了曹洁的存在，感受到曹洁所带来的美好。我立即想去冲个热水澡，要好好消化和享受这突然而至的美好。

在"哗哗"的莲蓬下，曹洁的各种影像，迅速在我脑海里回闪着、重叠着……

确如我担心的那样，下午睡得太久，现在反而精神饱满，毫无睡意。我翻看微信群。群里又有很多条消息和照片了。也有人发了篝火晚会的照片。我放大看看，照片上没有我，也没有曹洁和我们开会的会友。但是，有一条信息突然引起我的注意，是王三横发上来的，他在向大家告别。说公司突然有事，他不能和朋友们一起完成余下的旅程了，明天一早就要赶回呼伦贝尔，乘机回京。这个消息让我吃惊，王三横走了，曹洁也会走吗？曹洁是他公司的员工，一起回去也是有可能的。当然还有一种可能，就是他提前回了，让曹洁留下来完成余下的旅程，这当然是我所希望和期待的了。然而，我还是过于乐观了，曹洁给我发的一条微信及时到了，她告诉我，明天她要和王老板一起返京了，明天赶早，乘滴滴快车，直奔呼伦贝尔——她已经订好了明天下午的机票。这条微信，和王三横的微信异曲同工。而曹洁不仅是通报她要返京，也是在和我道别。曹洁又自责地告诉我，庞小朵的事，她也很遗憾。她的话里加个"也"字，说明她知道我是遗憾的。岂止是遗憾啊。我想，本来抱有希望的呼伦贝尔之行，突然发生了这样的情形，在我，就是一段伤心之旅了。情境如我，再和大部队一起完成接下来的旅程，还有意义吗？何况连曹洁都即将回去了，虽然身边还有别的会友，实际上我也是孤独的。我当机立断，和曹洁商量着，我也想搭他们的便车，一起赶回呼伦贝尔，一起回京。曹洁没有回应，也没有反对。可能是留一点时间给我，让我再想想吧。我确实又想了想，觉得我的决定是正确的。我也上网订了一张明天下午呼伦贝尔至北京的机票，还把订票信息发给了曹洁，以示我的坚决。曹洁继续没有回复我，她是在请示王三横吧？没错，滴滴快车是他们要的，款是他们付的，我要搭乘，必须要她老板同意。不过我想，等会儿再不回复，我就决定自己打一辆车了。

又过了很久，我才收到曹洁的微信："睡啦？"

"没。"我看我们微信聊天相隔的时间，感觉很久，实际上只有十几分钟。

"怎么不睡？明天七点就出发了，早点休息吧。"

"睡不着。"我没说我下午睡猛了，也没说心里很乱，更没说在想她。她说明天早上七点出发，既是通知我出发的时间，也是答应我搭他们的便车了，"谢谢啊，让我搭车。"

"不客气。晚安！"

其实，我一夜未眠。

15

我是在滴滴快车上，接到我们老板的电话的。

老板太开心了，隔着遥远的距离，隔着千山万水，我都能感受到他的开心。他大声地告诉我，白老师一早就打他电话，同意原先的方案了。老板以为这是我有效地做了白老师的工作才得到的回报，在问候一通辛苦一类的话之后，还承诺在本月内给我发一笔奖金。

我听了，说不上高兴，也说不上不高兴。因为我并没有做实际的工作，而且，这个表扬和即将到手的奖金，仿佛是白老师的恩赐。如果我接受了老板的表扬和对即将到手的奖金表现出高兴了，说明我认同了白老师的恩赐，是在感谢他，这是多么的滑稽和可笑啊。

但坐在我身边的曹洁高兴，是真高兴，发自内心的高兴，显然她的高兴，并不单纯的是我受到了老板的表扬和即奖到手的奖金，而是另有原因。我深切地体会到她那种只可意会不可言说的高兴的缘由。只是，曹洁的高兴并不是喜形于色的那种，而是内敛的，甚至是自我独享的。

在飞驰的滴滴快车上，我们虽然都没有话语，我也能感受到她内心的悸动。相信她也能看出我心里的波澜。她看一眼前排副驾驶位置的王三横，确认王三横已经进入了梦乡之后，便把手轻轻地伸过来。我心领神会地抓住了她的手。我们的手在触碰的一刹那，还是禁不住战栗一下。奇怪的是，在这一刻我想到了庞小朵。庞小朵此时在干吗？还在睡梦中吗？抑或已经和白老师在草原上散步啦？我不应该在这时候想起庞小朵。我在心里努力把庞小朵排挤了出去，同时在默默地祈愿，祈愿我和曹洁的手就这样相扣着，紧紧地，永远不要分开。我用了用力，试图把曹洁的手抓牢了，未承想，却抓了个空，心里一阵失落，梦醒了——我做了一个梦，由于一夜未眠，我实在坚持不住，在看到王三横熟睡后，我也睡着了。我侧脸看看曹洁，还看了眼曹洁的手。

这时候，我们的滴滴专车突然熄火了，再打火，便打不着了。

驾驶员嘟噜一句，把车靠近路边，停住了。

"睡了一觉？"曹洁也看我，轻声道。

我还没有回答曹洁的话，就听前排的王三横说："怎么回事？"

"小故障。"驾驶员轻描淡写地说一句，开门下车了。

王三横回头看一眼我，又看一眼曹洁，没说话，也开门下车了。我看到他脑后的小辫子特别的倔强。

已经是上午九点多钟了，我们已经行驶了两个多小时，我也睡了差不多两个小时，还做了一个美丽的梦。我再次看看曹洁的手，她的手真漂亮，皮肤既白又薄，能看到细密的蓝蓝的血管。曹洁发现我在看她了，一笑说："……你和王总都睡了。这是到哪里啦？"

睡觉我是知道的。到了哪里，我就不知道了。我朝车窗外望望，四面全是草原，只有我们行车的这条雨后的柏油路，一尘不染地向绿色的深处延伸，那起伏的绿，缥缈的雾霭，无边无际的空旷，静静地沉睡在我们四周。

驾驶员已经把车厢盖掀起来了，人都埋在了发动机上，紧张地倒腾着，他应该比我们还焦急吧。

王三横掏出一根烟，点燃后吸了起来，一脸无奈的表情。

原以为马上就会修好，可十分钟，二十分钟，半个小时了，车子还趴窝在原地。奇怪的是，在等待修车的半个小时里，我没有发觉一辆车从我们车边经过。我和曹洁都在刷手机，我在有一搭无一搭地玩"欢乐斗地主"。曹洁在看小说。我一猜就知道，是那种左脑进右脑出的网络小说。我说："怎么还没好？"

曹洁说："是啊。"

"一辆车也没看见啊？"

"有一辆，从我们后边超过去了。"

哦，可能我没有注意。我也坐累了，开门下车，活动一下筋骨。

曹洁也下车了。她从车后绕到我和王三横这边。曹洁问王三横："怎么回事？"

"鬼知道。"王三横把嘴里的烟蒂吐到地上，地上已经有四个烟蒂了，"唉，师傅，还能不能走？"

驾驶员一屁股坐到地上。驾驶员是个三十岁不到的年轻人，原先是一脸敬业的神情，帮我们装行李，跟我们客套，叮嘱我们系安全带。现在却是一脸沮丧了，他满脸是汗地望着王三横，几乎带着哭腔说："怕是够呛。"

"我们花钱，租你，赶飞机，你说够呛？"王三横急了。

"我打电话再叫辆车来。"看来小伙子也没别的招了。

"叫辆车？从额尔古纳？我们是下午一点的飞机，现在已经十点多了，两个多小时才到这儿，再一个小时到机场，插翅膀也飞不到啊？开玩笑啊？"

"那怎么办？我也不是成心的。"

说话间，来了一辆车。王三横立即上前拦车了。王三横高高举着手，朝一辆白色的轿车讨好地招手。轿车在我们的车后停下了。王三横拿出烟，一边敬驾驶员一边说："我们车出故障了，要赶下午一点的飞机，让我们搭个车吧。"

"几个人？"驾驶员看来很好说话。

"三个。"

"不行，只能上一个人。你看，后边已经有两个人了。"

"挤挤嘛。"王三横的口气越发地讨好了。

"谁跟你挤？又不是挤一个人，加上你们三个，后边要挤五个人，你想我被罚死啊。"驾驶员是个直脾气，"上不上？不上我走啦！说好了，一百块钱。"

"还要钱？"

"你说呢？"

"好……我跟他们说两句。"

王三横说的"他们"，就是我和曹洁。他要把我和曹洁留下来。

16

王三横搭乘那辆白色轿车走了。他让曹洁和我继续拦车。拦到车很好，拦不到，就乘滴滴司机后叫的救援车。如果实在赶不上飞机，就把机票退了，改签明天的。而他，是无论如何要赶回北京了，今天晚上有涉及公司前途和命运的重要活动必须参加。老板的心思我们不懂。但他的态度确实是焦急的——老板还是实实在在地抛下我们，自己走了。

望着王三横搭乘的白色轿车远去后，曹洁朝我看看，我朝曹洁看看，曹洁朝我摊手。我们都无奈地笑了。但是，很快我就发现，曹洁的无奈并不真实，她实际上是在偷乐，表面的无奈，只不过是做做样子，或者只是做给王三横看，虽然也跟我摊手了，不过是之前情绪的延续。摊手过后，就说："现在就我们俩啦。"语气中充满了喜悦，旋即又觉得这种喜悦过于直接，又含蓄地望着远处的草原，望着草原上的阴沉沉的天。

接着，我们按照王三横的指示，站在柏油路上，朝额尔古纳方向望去，希望那个望不到尽头的方向再来一辆车，把我们捎走。可一直没有车来。半个小时后，王三横来电话，问曹洁拦到车没有。曹洁说没有。挂了电话之后，滴滴驾驶员跟我们说，额尔古纳派车来了。曹洁和我商量一下，决定改签机票了，我们放弃拦车，专等两个半小时后的来车。曹洁就把这个决定用微信告诉了王三横。

改签了明天同一班次的航班后，我们心里都踏实了。我们要在这茫茫大草原再等两个多小时了，想想还是挺无聊的。曹洁问我："要不要到车里再睡一会儿？"

"不困了。"我说，极目向远处的草原眺望。在翻腾的乌云下，有一个小山包。无论怎么看，这个小山包在草原上都有着特立独行的神秘感。山上树木黑黝黝的，和天上的乌云连在了一起，分不清哪是林木哪是天空了。这时候的林子里一定有趣极了，一定有各色蘑菇和活泼的小松鼠。我突发奇想，四面都是丰沛的草原，突然有一座山包，一片林子，说不定那是草原的心脏，去那里看看说不定会有不一样的感受。

"那里有没有人家呢？"曹洁顺着我的目光也望着那里，"你看到啥啦？这么专心，这么投入——哈，风景真的不错啊，山上的树居然长到了天上，和乌云混为一体了，敢不敢去探险？"

"探险？好啊。"我说。曹洁的话和我不谋而合。我看驾驶员已经放弃了修理，并且回到车里玩手机了，一副躺平而懒散的表情，就过去问他，"师傅你好，看到远处那座小山了吧？我们去玩玩要走多长时间？半小时能不能到？"

"半小时差不多吧。"驾驶员说，"你们一点半以前回来就好。"

"还有两个多小时呢，走吧。"曹洁一听，兴奋了，带头走进了草地。

从会议报到时就一直有人在说，今年的雨水勤，草原上的草十分茂盛，是近十年来最好的一年。我是第一次来草原，无法和往年的草原做对比。当我和曹洁踏进这片草原时，确实感到了好，草深地软，也没有积水，密集的青草绊在脚下，发出一些细碎的声音，这是只有草原才会发出的声音，轻柔，慢语。我的鞋子，很快就湿透了。草叶上的雨水冰凉，迅速浸透鞋袜，直透肌肤。我身边的曹洁应该和我一样，她也是穿一双普通的旅游鞋。我们轻抬轻放地迈着脚步，生怕惊扰这静谧的草原。我们都没有说话。其实这会儿我最怕说话。如果说话，曹洁说不定会提起庞小朵。如果不说庞小朵和白老师，确实也没有什么话题可说，说前边越来越近的小山包吗？说伸进云中的森林吗？谈工作更是没劲。一时间，空旷而辽远的大草原上，只有我们的脚步声了。行进中，我感觉曹洁偷看我一眼，大约是怪我走得太快了吧——每当要落后我三四步时，她就紧走几步赶上来，但离我又不是太近，中间相隔一个手臂的距离。我们确实走得急了些。地软，草密，我感到有点累，开始喘息。我听到曹洁的喘息更为急促，像是故意夸张地喘给我听。我便放缓了脚步。但放缓了脚步，曹洁依然赶不上我。

"本来是去玩的……走那么快干吗？机票改签了，额尔古纳来的救援车也出发了，都安排妥了嘛。"曹洁边喘边说，"慢点喽，你想累晕我啊。"

也是，本来就玩的嘛，怎么还是工作时的心态？于是我再次放慢了脚步，不再是赶路的节奏，而是以散步的心态，踢踏着脚下的草。

曹洁突然轻轻叫一声，停住了。

我也停住了，看曹洁眼睛盯着的地方——嚯，不是什么危险，原来是在几株草之间，有一个小小的鸟巢，垒在草的半腰上，很精致的鸟巢，也很科学，巢穴的开口在侧面。我轻移到曹洁的身边，看到巢穴里有两只羽毛闪着荧光的小小鸟，正头挨头地挤在一起。曹洁看我一眼，羞涩地抿嘴一笑，推着我的胳膊走到一边，又小声道："它们是一家子呢，嘻嘻，别打扰人家。"

曹洁狡黠的样子十分可爱。

我们再次迈步前行时，曹洁还回头看一眼鸟巢。

一会儿，小山包近在眼前了，能清晰地看到山上的树木了。我们不约而同地回头望了望，看到了远在公路上的车子。车子已经小了很多，要费力才能看见，成了一个小白点儿。在小白点儿四周，升起了丝丝缕缕的薄雾。更远处的白雾更是翻滚着，向天上翻滚而去，和天上翻滚而下的乌云汇成一体。

我们气喘吁吁地来到山下，才发现，这个小山包并不小，满山种着一种叫雪柏的树。我们毫不犹豫就一头钻进了林子里，向山上攀去。林子下的土不像草原那么松软，有着沙土的属性，土里还掺杂着许多碎石子，偶尔能看到裸露出来的岩石。山坡也不陡，林子里看不到有人来过的迹象。曹洁突然对着丛林尖厉地大吼一声。山林并没有动静，没有想象中发出的回声。我也大吼一声。声音同样被山林淹没了。曹洁显然比以前快乐了很多，大约又顾及我的情绪吧，她说："我们唱歌如何？"我当然不反对。但我是个左嗓子，从来找不准音。我让她唱。她反而也不唱了。到了山顶，岩石多了起来，还有不少巨型岩石钻出了地面，像树一样生长着，有的堆积得很有形状，像不同的动物，有的像一头大象，有的像一间房子，有的像一只哑铃，有的像一个大萝卜，还有的像一棵巨大的蘑菇，非常壮观。大草原上真是处处有风景啊。我和曹洁都被眼前的景致震住了，纷纷拿出手机拍照。我们拍大萝卜，拍哑铃。我们还钻到大蘑菇下，在招头崖下拍照。我给曹洁拍，曹洁给我拍。曹洁还搞笑地一手托撑着招头崖，一手叉腰，做出用力托举状。或许是真的用力了吧，脸都憋红了，感觉那险峻的招头崖，如果不是她在用力托举，就要掉落下来了。她让我给她多拍几张。我当然毫不吝惜地猛拍了一通。然后，我们要拍合影，合影必须自拍。第一张自拍时我还刻意和她保持一点距离，若即若离的距离；再拍时，我们便挨在一起了，曹洁还更紧地贴了一下，几乎钻到了我的腋下，我能感受到她嘴里呼出的气息，甜腻的气息。连续的几次自拍之后，我们都是紧紧地挨着，她身上像是有种黏合剂，或我们是两枚正负极的磁铁，自然就吸附到了一起。我们相距太近了，不，就是零距离，无

论什么姿势都是相互依附着，我能感觉到她光滑的肌肤，能感觉到
她肌肤的弹性。我心里感动着，持续感动着，当曹洁再次摆个造型
时，我忘了再拍，看向她，她看到我在看她，也看我。我喃喃道：
"曹洁……"

"别吓我……"曹洁气息一般的话音还没落，就一头扑进我的
怀里，紧紧抱住我了。

在愣了几秒（也许半秒都不到）之后，我收起手机，伸开双
臂，圈住了她的腰。我感到曹洁抽搐般地战栗一下，贴得更紧了，而
且还哭了。我的感动变成了激动，渐渐收缩胳膊，搂紧了她。我感觉
到她身体的温暖和剧烈的心跳了。我们一动不动地抱了很久，直到我
把下巴搁到她的头上，她才仰起头。我们情不自禁地吻到了一起。

突然响起"哗哗"声——下雨了，雨很急、很大。我们根本
不管招头崖外的雨了，我们比突然而至的雨还疯狂地搂抱、亲吻、
抚摸……在这样的疯狂中，我发现曹洁的手腕上有一道伤痕，像是
被手掐一样，甚至还有一个结着血痂的小口子，像极了手指甲的
切痕。

曹洁突然意识到什么，推开我，把衣袖捋下来，脸色潮红地嗫
嚅着，说："几点啦？"

"几点啦？"我也说。

她拿出手机看一眼，说："一点了，快走！"

我们钻出招头崖，一头扎进雨中，向山下跑去。但我们又站住
了，几乎同时说："方向对吧？"

方向对不对，我和曹洁都疑惑了。

曹洁说："好像有两个未接电话。"

我立即曲着身子，把曹洁护在我的身底下。曹洁刚才看手机了，看到有两个未接电话，我也觉得这两个未接电话可能很重要。曹洁便像小鸡崽躲在老母鸡翅膀下一样，回拨着手机。但是，曹洁的手机打不出去了，信号极差，或根本就没有信号了。曹洁说，一个是陌生电话，一个是王三横的电话。陌生电话可能是滴滴车驾驶员的。曹洁说："太好啦，哈哈，滴滴车没找到我们，我们被丢在大草原上啦！"

"下山再说。下山就望见我们的车了。"我的心态却和她恰恰相反。

但是，当我们跑下山，跑出林子，看着眼前的草原时，我们完全惊呆了——雨突然更大起来，倾泻而下的暴雨，在草原上腾起了屏障一样的雾气，迷蒙中，能见度很低，三十米开外就什么也看不见了。还往前走吗？我紧紧搂着曹洁，心想，如果蒙对了，一直走，就是柏油路。如果蒙不对，就是走反了，就是山的另一边了，大不了再回头上山，重新走。我没有再和曹洁商量，就自作主张地牵引着曹洁向前走了。曹洁没有提出异议，显然把我当成主心骨了，甚至她根本就没有考虑方向。

17

草原上已经有了大片的积水，有的地方很深，漫了我们的鞋了，一脚下去，溅起的水花喷了我们一身。我们全不介意这些溅起的水花了。我们半搂半抱着，艰难地行走。我担心我们不知要走向哪里。草原是走不到尽头的。如果走得再远一点，就连小山包也找不到了。那就危险了。更要命的是，我感到非常的冷，料想曹洁更是怕冷的。我正想着要不要回到山上，回到大蘑菇下——好在大蘑菇还能给我们挡点雨，曹洁就大声说了："哪有路啊?"曹洁完全没有刚才的快乐了，她也意识到问题的严重了。

"走了就是路。"我的鼓劲毫无力量。

曹洁绝望地说："我走不动啦……"

走不动比没有路更可怕。草原上本来就没有路。走不动真的就会迷失。我回头望，满眼全是雨帘和雨点砸在草地上腾起的雾。更加恐怖的是，小山包也望不见了，透过雨帘看到的居然是一片黑。就算我们回头走，能不能回到小山包上也不能确定了。我硬着头皮说："向前走……坚持一下。"

雨越来越急了，淋得我们睁不开眼。曹洁几乎是挂在我身上了。我十分的疲惫，身体不自觉地下坠，仿佛半截身子都陷到了草地里，在蹚过一片水域时，脚下拌蒜，和曹洁一起双双摔倒在草地上，十分狼狈。我们趴在草地上喘息着。我看到曹洁的头发上、脸上全是水，水在曹洁的脸上横流，衣服早就湿透了，贴在身上，像透明的一样，里面的小衣服清晰可见，就连右手腕上的那块柳叶一样的淤青都看得清晰。她看我在看她，抹着脸上的雨水，说："别丢下我……我们要一直在一起……我们会在一起吗?"

"会……"我立马听懂她的话。

"永不分离?"

"永不分离!"我心里突然涌起悲伤,觉得有可能走不出这大雨中的草原了。

"啊?"她像是没听清。

我立即抱住她。

"你是什么时候爱上我的?"她的声音和雨水的声音混在一起。

"前天晚上我们散步的时候。"

"那么早……那时候你还在庞小朵的陷阱里没出来啊。"

"是啊,那时候你还约我散步……就爱上你了。"

"我可是想帮你的呀……你太辛苦了,这不公平……我走不动了,冷死了。我们死在这里吧?"

"好……"

"你说什么?"

"我说不行,"我看她青紫的唇,立即改口道,"我们不能死!"

"好……可我们去哪?"

"前边,前边有路,路上有车,等我们的车。"

"车子要是走了怎么办?这么大的雨……"

"他不敢。他一定在等我们。"

"走,我们回家!"我拉着曹洁,试图爬起来,可一个滑踏,又趴下了。

我重新聚积力气,把她拉了起来。我们相互搀扶着,继续向前走。没走几步,曹洁又摔倒了。我被她拉拽着,也倒下了。由于猝不及防,我的脸贴到了草地上——不,不是草地,是一堆柔软的东西,牛粪,一大堆牛粪。我们摔倒在牛粪上。我看一眼身边的曹洁。曹洁也看向我。我看到曹洁的脸上沾满了牛粪，正被雨水淋着，哩哩啦啦地往下流，变成了个大花脸。我来不及安慰和同情曹洁，马上意识到如此新鲜的牛粪，肯定有人家，便大声说："我们得救啦！"

与此同时，我看到前方一个白影了——那不是我们的车，那是一个蒙古包，而且不是一个，是两个，不，是三个。我说："看！"

"哈，这是什么？"曹洁也看到了，兴奋地说，"蒙古包！我要去蒙古包……天啦，冻死我啦。"

我们铆足力气，爬起来，手牵着手，像是从河里刚上来似的冲刺了十几米，一头扎进了亮着灯的蒙古包里。

蒙古包里一对中年夫妻被我们吓住了。在蒙古包中间侍弄一盆火的男人看我们一眼，冷漠地凑着火盆点燃了烟。女主人坐在床上正理着几床被单一样的东西，她看到我们，大惊失色道："怎么淋成这样？从哪里来？"

我搂着瑟瑟发抖的曹洁。我们脚下的地上马上就汪了一汪水。我打着寒战说："我们迷路了。"

"烤火，快烤火。"女主人放下手里的活，走过来。

"带客人换衣服去。"男人抽一口烟，继续端详着我们，眼里充满怀疑，话依旧很生硬，"别冻出病来——换了衣服再来烤火。"

"对了对了对了……跟我走。"女主人立即换了一双高筒水靴，递给我一把伞，自己拿一把伞，出门前，示意我们跟着她。

我和曹洁打着伞，瑟瑟发抖着，跟着她出门。因为我们都看到这个蒙古包边上还有一大一小的两个蒙古包了，可能是把我们带到大蒙古包吧。果然，我们淋着大雨，跟着女主人来到大蒙古包。没想到的是，这个大蒙古包隔成了里外间，里边是客房，外边是客厅——原来这是一家民宿。我们本来是要寻找公路的，寻找我们的滴滴专车的，没想到我们像没头的苍蝇一样瞎撞，居然撞进了一家民宿旅店，而且是很有民族风情的蒙古包——墙上全是反映蒙古大草原的油画和几幅游客骑马的巨型照片。虽然我们的心情还没有那么浪漫，能找到人家并兼营民宿，也是我们的好运气了。

"你们行李呢?"女主人说，"衣服呢?"

"忘车上了。"曹洁两手抱胸，脸色灰白，嘴唇青紫地坚持着说，"车子……抛锚了。"

"可怜。"女主人说，"有睡衣，你们先换上。我去给你们找衣服，烧热水。"

利索的女主人身材高大健硕，随着身体的行动，胳膊上的肉都在抖动，行动却非常干脆。

蒙古包里就我和曹洁两人了。我们找到了柜子里的睡袍，一件白色，一件粉色。曹洁说了句"你去卫生间换哈"就推开客房的简易木门进去了。

我在卫生间里脱了个裸体，用干毛巾擦干了身上的水汽，料想曹洁也该这样换吧? 我看一眼卫生间里的洗澡设备，想提醒她一下，先不洗澡，先喝水取暖——又觉得纯属多余，况且她那房间也不一定能洗澡。我换好睡袍，走出来，冲着木门问曹洁:"好了吗? 不用着急啊，我在外面等你。"

"好了。"曹洁拉开门，走到门空里，正用毛巾擦头发。曹洁的脸色还没有恢复，还是青灰灰的毫无血色。她的长发披散开来，像刚出浴一样的鲜活水灵，粉色的睡袍，俗气中透着纯朴，露出白皙的长颈，映衬得她越发的楚楚可怜。

我想关心她一句什么的，又想夸她好看，觉得不是时候，正想着怎么说时，女主人回来了。门一放一关中，能感觉到外边风雨的咆哮和一阵阵凉气。难怪这个壮实的女主人穿一件薄羽绒服呢。

女主人抱着一叠衣服，一进来就愣住了，她朝曹洁的房间看看，又看看我堆在卫生间门口的湿衣服，马上知道我们两人分头换的衣服，脸色突然变得冷峻起来，完全不像刚才那样热情了，严肃地说："下雨前，来了一男一女要住宿，我一看他们就不是一对，他们居然还承认了，被我和老公撵走了。我不喜欢不正经的人。他们责问我老公多管闲事，我老公还跟他们吵了一架，到现在还在生气……你们刚才也看到了。你们可不要再惹我老公生气了，他气性大，像一头倔驴。"

"那是。"曹洁诚实地微笑着，向我身边移动两步，挽着我的胳膊，说，"我们也不喜欢乱七八糟的人，像我们这样结婚三年还喜欢到处跑到处看风景的小夫妻，如今也不多了。老公，你图省事也别这么慌嘛，把我的湿衣服也拿去一起洗了。对了老板，还要麻烦你帮我买一包卫生巾——真是不巧，大雨天的。"

我秒懂曹洁的意思，赶快进去，把她那堆衣服拿走了。从女主人身边经过时，我看到女主人脸上又有了笑容。女主人说："这大雨，没法出门，再说了，小超市离这儿还有十多里地。不过你要的东西我还有一包新的，这就给你拿去。"

18

当天晚上，我删除了和庞小朵的一切联系，包括 QQ、微信和手机号码。我不是心胸不够宽阔，而是要腾出心中所有的内存，来存放曹洁。

让我感触的是，庞小朵曾经拉黑我一次。这次是我删除了她。真是有来有往。

我们决定在草原上的蒙古包住一宿。我们的行李，是蒙古包的男主人骑马冒雨去公路上拿来的，为此他还额外多收我们一百元钱，说这趟不容易，对马的损伤挺大。为了表现给蒙古包的女主人看，同时也是真心要帮曹洁做点事（她身体不适），我把我们两人的湿衣服都洗了。我在洗衣服的时候，曹洁在另一个蒙古包里帮女主做晚饭，她还亲自下厨做了一道青椒鸡蛋。晚上我们还喝了一点酒，是当地的烈酒。曹洁开始不喝。女主人说没事，身体上的事，不影响喝酒。曹洁将信将疑，还是喝了，她居然比我能喝，把脸都喝红了。曹洁还讲了我们迷路后，在草原上摔倒的段子，重点是摔在了牛粪上，脸上都沾满了牛粪。说亏了那堆牛粪。男主人也讲了那座神秘的小山包，说不要说如此疯狂的大雨天了，就是平时，阳光灿烂，有过路游客路边停车，去小山包游览，也会迷了路，把方向走反了，走了半天都没有走出来。"那座山有神灵，所有外地人到了那里都会迷路。你们还算幸运，要是错开几十米，就遇不到咱家了，这急风暴雨的，非冻死在草原上不可。"男主人的话，让我们感到十分后怕。

这一夜，我和曹洁就像醉酒者一样，相依相偎相抱着，我们有说不完的话，有说不完的感慨，也有感受不尽的甜蜜和恩爱。我们说说停停，话题几乎涉及各个领域，关于图书，关于公司，关于这次会议，更主要的是讲我们各自的童年，讲我们单调的中学生活和生动有趣的大学时光。但我们一直没有再提庞小朵，不是有意要避开庞小朵，是实在还有别的话要说，庞小朵就这样被我们忽略了。这样，一直说到天快亮了，再细听听，外面的风雨不知什么时候已经停了，撩开窗帘一望，居然满天星星。

王三横的电话就是天要亮时打来的。

曹洁看了看手机，对我说："王总的。"

"接啊。"我说，我又想，曹洁犹豫着，会不会是我要回避呢？

曹洁摇摇头，最终还是没有接。她让手机铃声一直响到自然停下为止，然后，曹洁把手机调成了静音的状态。曹洁在昨天下午时已经给王三横回过微信了，只说改签机票的事，没说被大雨困在了蒙古包，我不知道，也不便问。那时候，王三横应该在飞机上了。这天要亮了又打电话，难道有什么急事吗？

我们很困、很累，还想继续睡，果真又睡着了。好像是刚刚睡着，便起床了——曹洁在手机上设置了起床的闹铃，我们还要赶着回北京，算下来，睡了不到两个小时。

清晨的草原格外清爽，天也格外的蓝。我和曹洁在草原上走了一大圈，看到了蒙古包主人家的牛群和羊群了，大大小小的牛有二三十头，羊更是数不过来。曹洁在羊群里，试图抱一个小羊羔玩玩时，被一只老绵羊给顶翻了，惹得我们赶快逃离了羊群。远处的男主人看到我们落荒而逃的样子，正偷着乐呢。我们还重新发现了那座小山包，并远眺了小山包。曹洁还想找到那堆给我们带来好运的牛粪，可惜没有找到，却找到了几朵蘑菇。曹洁说韭菜炒鲜菇很好吃的。我也想起会议报到那天晚上吃的夜餐，就有一盘韭菜炒鲜菇。看来我们有着共同的口感和味蕾，再加上她昨天居然很接地气地下厨炒了一盘青椒鸡蛋，更让我深化了对曹洁的情感，有一种奇妙的向往和动力，幻想着我们一辈子在一起的和谐与快乐。曹洁也沉浸在她的幻想里，突然想起了我们去小山包时看到的那只小小的鸟巢，还有鸟巢里两只抱团取暖的小小鸟。曹洁很担忧它们能否挺过这一夜风雨，万一遭遇了不测怎么办？我也被曹洁的情绪感染着，如果它们安然无恙，此时也会像我们飞奔的姿态一样，在草原上飞翔吗？我还想到，其实，它们提前躲进鸟巢里，是知道雨要来了，它们应该对于这样的暴雨是早有预案的。或许被我们撞见，也是故意为了提醒我们，只是我们当时没有意识到而已。幸亏没有意识到，否则，我和曹洁的感情不会如此之快地急速推进。

曹洁对于草原的好奇显然比我大得多，她时而跑两步，时而对草丛中偶然出现的野菜感兴趣。曹洁今天新换了衣服，破洞牛仔裤是低腰的，白色 T 恤像是小了一号，露出了一截肚皮，在澄澈的蓝天下，碧绿的草原上，像一只欢乐的小羊。突然，她定定地望了一会儿远方，对我说："咱们把机票退了吧？"

"啥？"我惊讶了——她的老板王三横一直催她回呀。

"我喜欢这儿，喜欢蒙古包，也喜欢昨天的暴雨，更喜欢和你在一起。我想在这里再玩两天。"曹洁走到我面前，拉住我的手，眼睛深情地看着我。

"好呀。"我答应着，把她揽在怀里。

事实上，我们并没有再玩两天，我们按原计划，来到了呼伦贝尔机场。

是蒙古包的男主人找一辆车把我们送来的。为了感谢，我们还买了他家不少土特产，有牛肉干、羊排、奶酪干，还有袋装的奶茶粉。离开时，女主人送了我们上车，她嬉笑着对曹洁说："你眼光不错。"又说，"你们不是结婚三年，你们是刚刚热恋的一对儿，昨晚我就看出来了。我看人很准的，你们非常合适。"这让我一时感到耳热心跳。料想曹洁也感到了后怕，再次感谢女主人的收留之恩。

曹洁是在机场时，再次接到王三横的电话的。我听到曹洁对着手机说："我们到机场了，正在候机，应该正点吧？……对了，正要打你电话呢，我有点事，就是，我决定辞职了……不用不用，不为什么，你不用道歉……我本来就准备辞职的……好啦，不用说了，祝王总生意兴隆，再见！"

曹洁打完电话，坐到我身边，靠到我身上。她没有向我进一步解释辞职的原因，我似乎感觉到什么，也绝不会问。

回京以后，旅行团还穿行在内蒙古的边境线期间，我和曹洁频繁约会，看电影，吃特色菜馆，逛三里屯，购物，郊游，在各种场合拥抱和接吻。我们的约会也越来越趋向自然，渐渐抹平了内蒙古之行期间给我们心理留下的创伤。我确认了曹洁才是我要找的女孩。我努力忘掉了庞小朵。曹洁的话语中，也尽量绕开庞小朵，更不提白老师和王三横。群里的消息，每天还有很多的更新，比如，在车厘子的带领下，向边防派出所赠书啦；比如，慰问边远牧区群众啦；比如，给贫困家庭捐款啦；等等，都充满了温情和能量。有人甚至还把几天前庞小朵过生日时的短视频也传了上来，不是一段，是好几段短视频，有车厘子为了庆祝庞小朵的生日，专门要了一瓶蒙古王特酿，亲手打开递给白老师的视频，还有白老师为庞小朵的生日而深情朗诵生日诗的视频。但是，群里的另一条消息，让我和曹洁同时震惊了，那也是一段视频，小蔚发上来的一段视频——旅行团在游览额尔古纳河畔一个大型湿地公园时，由于连日降雨，局部暴发了洪水，一条木质栈道在突然而至的洪水中发生了坍塌，桥上有人落水，一个五六岁的小女孩被洪水带走，在湍急的河水里挣扎。大家纷纷跳进河里救人。第一个跳进河里的居然是庞小朵。这个亲口说不会游泳的庞小朵，绝对是游泳高手，她以娴熟的自由泳泳姿，速度奇快地第一个接近落水女孩，和其他游客一起，把女孩救了上来。让我吃惊的，当然是庞小朵的勇敢，而更让我们吃惊的，是几天前她还说不会游泳，并可笑而笨拙地跌落进游泳池里，让我把她给"救"了上来。这是为什么呢？有一个解释就是，她当时还没有发现自己怀孕了，还想制造氛围发展我们的爱情并疏远白老师。但当发现怀孕后，她果断地又实施另一套方案了。这样的解释对吗？是不是我的一厢情愿？怕是连庞小朵都不愿意承认吧。但还有别的解释吗？女人真是奇怪的物种。

　　一年以后，我和曹洁步入了婚姻的殿堂，白老师和庞小朵也在我们商定的邀请的客人之列。

　　说到白老师，他荣任了那家出版社的副总——果然青云直上了。不过我们公司和他们出版社已经没有了合作。至于庞小朵，她也不在她供职的出版社工作了，她从内蒙古回来后，果断离职，自己单干，专门做一名图书封面的设计师了，我有几次在各种书展上，看到过她设计的封面，既前卫、新潮，又有冲击力，有几本书，使用了草原元素，特别是把森林博物馆里植物的标本照片，经过艺术处理，用在封面上，更显得别具一格。曹洁和庞小朵还有联系，从曹洁的一言半语中，我大致知道了白老师和庞小朵的关系并没有维持多久，甚至都没有领证，只是公开同居了一段时间。在他们的孩子出生后，就分手了。原因不明（曹洁不说，我也不去打听）。我们婚礼那天，庞小朵带着出生三个多月的女儿来了。对于他们的情感变化，不明就里的不止我一个人，我只听到去年一起参加呼伦贝尔之行的一位同行问庞小朵，白老师呢？怎么白老师没有来？庞小朵惊讶地看着对方，又转头看曹洁，似乎想让曹洁为她解围。而曹洁并没有代庞小朵回答，她只顾逗庞小朵的女儿了，还从庞小朵的怀里接过白白胖胖的小家伙，跟小家伙说话，问小家伙叫什么名字，问她为什么这么胖。小家伙当然听不懂曹洁的话了，更不会回答她。不过小家伙显然喜欢听曹洁说话，被曹洁逗笑了，发出了"咯咯"的可爱而治愈的笑声，谁听到这样的笑声，心都会融化的。曹洁特别爱孩子，因为她的肚子里也怀上了。但是，庞小朵对别人问起白老师所表现出来的态度，还是让我顿生疑窦，他们之间究竟发生了什么？

随着时间的推移，又随着我们婚后生活的琐屑和杂乱，加上工作的繁忙，庞小朵很快就从我们的记忆中消失了。但，有一次在和老板出席的一场活动中，偶尔又听别人说起了白老师——现在，白老师和他们社里新招的一名女研究生正在热恋中。

2022 年 1 月 17 日初稿完成于花果山下秀逸苏杭

2022 年 4 月 15 日第二次修改

2022 年 6 月 9 日第三次修改

郊野公园的几个小场景

场景一

"能吃吗?"

5月中旬的某一个下午六时许,一个六七岁的小女孩,怯生生地问我。

小女孩穿一身好看的新衣服,戴着红草莓图案的淡绿色口罩,骑一辆很小的彩色儿童自行车,像大人一样一只脚支在地上,一只手扶着龙头,仰着脸,一脸的稚气和可爱,黑亮亮的大眼睛里充满疑惑和好奇。小女孩话音刚落,她身边的妈妈就说:"叫叔叔。"可能又看到我的真实面目了吧——我正把树上的红樱桃摘下来,往嘴里送——年轻而漂亮的妈妈又改口道:"叫爷爷。"

小女孩又说:"爷爷你手里那个……能吃吗?"

我回答道:"能吃,可好吃了。要不要尝两颗?"

"不不不不不不不!"年轻妈妈不迭连声地说,生怕说慢了,我就把樱桃塞进她女儿的嘴里了,造成她女儿中毒或什么不好的后果了。她话音未落，就拨弄一下小女孩的胳膊作势要走。她女儿赖了一下。我这才看到年轻妈妈是化了浓妆的——眉毛是文过的，黑中泛着浅红；眼影也略带浅红；睫毛是描过了，不是一般的黑，是漆黑，或是上了假睫毛也未可知，像是从浓墨里刚捞上来，黑得闪亮；一次性口罩是白色的，没被口罩遮住的地方，能看出来都经过了细心打理。她皮肤好，光洁中显出半透明状，如果不上浓妆可能会更好看——这是我老土的想法了。我和这对母女相隔只有一米多的距离，但中间却隔着一道一人多高的绿色网格式铁艺栅栏。她们那边是郊野公园的褐红色步行道，穿插在一大片林子下面，呈多个"S"形。我所站的位置是一个超级大土坡的边缘地带，土坡上分布着稀疏的杂草和杂乱的灌木，有几棵大大小小的樱桃树，其中一棵树上挂满了果实，有红的有黄的，我在找红果子吃。小女孩就是看我在摘果子吃，才停下骑行，好奇地问我。而她妈妈对我似乎不太信任，并且保持相当高度的警惕。我也只能对她们发出善意的一笑，继续摘樱桃了。

但这对母女在走了不到十来米后，小女孩又掉转车头，骑回来，提高了声音问我："爷爷，你是怎么进去的？"

其实她应该问我是怎么出去的，或怎么在外边，因为她那边才是郊野公园，我这边是愿景农场的延伸部分，基本上属于荒地。我告诉她："有另一个门，这个门在另一条马路上。"

小女孩不知听没听懂，她似乎还有话想问。她这个年龄，对什么都好奇，都想知道，又担心妈妈离她太远，再次望一眼妈妈，还是盯着树上的樱桃。但是，接下来的一幕，让小女孩害怕了——她妈妈在和她对视之后，跑着走了。她妈妈碍于陌生人的情面，显然不好意思训斥女儿，而是用行动提醒女儿，快走，你不走我可走了。于是便启动了跑步的动作。小女孩可能还不太理解妈妈的用心，甚至不知道发生了什么，大叫一声"妈妈"后，骑着小自行车急追而去，两条小短腿拼命地蹬踩，速度之快，都让我眼花缭乱了。妈妈并未停下来或减速等她，反而一直保持奔跑的速度，一看就知道妈妈的用心，就是要教训不听话的女儿，她很快就跑到拐弯的地方，被林子挡住了。

在郊野公园奔跑，锻炼身体，本是常事，但像这个年轻妈妈教育女儿的方法，我认为有点不妥，至少值得商榷，特别是当小女孩的视线里没有妈妈的时候，她该有多么恐慌啊。果然，小女孩看到妈妈"消失"以后，"哇"地一声大哭了，还摔了一跤，小女孩倒在地上也没有松开手里的小自行车，小自行车就压在她身上。她挣扎着，从车下抽出身来，再次骑上小自行车，一边哭着、喊着，一边疯狂追去。

我倒是有点内疚了，觉得是我不当的行为或不妥的话语，给这对母女造成了双方的不和谐。我甚至觉得小女孩受到了委屈，受到了伤害，甚至受到了虐待。但我已经无法弥补我的过失，因为隔着网格栅栏，我无法跑过去安慰她。郊野公园丰盛的林木和茂密的枝叶，一眨眼之间，已经完全遮挡了她们，我心里只剩下焦急了。

有一种叫内疚的情感，便驻留在我心中，影响了我这次随便走走、自由呼吸的兴致，甚至引发了我去郊野公园跑步，然后邂逅她们的想法。

场景二

第二天下午，果然和这个小女孩邂逅了。

我也像小女孩好奇的那样，不知道这片郊野公园的入口在哪边。我昨天是从愿景农场隔着栅栏看到树丛中一个巨型石碑上，刻着红色的"郊野公园"的招牌的。我细品了"郊野"二字，为什么不叫"野郊"呢？"郊野"，意思是北京郊区的野生公园，应该是对的。我再次来，原本还是先来尝尝樱桃，然后再想办法去郊野公园，看看那对母女是不是又来了。但是当我故地重游时，这几棵樱桃树却被别人"扫荡"了——樱桃树可能是多年前原居民在搬迁时留下的，结了许多樱桃果子，大部分还没有红，今天阳光又好，经过一上午的暴晒，应该会有更多的樱桃熟了。没想到有人比我更早，他们"扫荡"了樱桃树，树下有许多残落的树叶和掉落的樱桃，还有大量的樱桃柄和核。我看着残枝败叶，对树上残留的樱桃一下子就没了兴致，决定找到郊野公园的入口。

我昨天离开时特意在手机上查过了地图，知道郊野公园的面积很大，分好多个区域，在东榆路、东苇路、东高路、管庄路、常营北路上都有多个出入口，是个有着几十平方公里的大型开放型公园，和多个腾退区也相连。凭感觉，小女孩骑行的那片区域入口应该在东苇路上。我便花了大半个小时，绕过愿景农场，来到了那一片区域，找到了有多个"S"形步行道的林子。

当我在步行道上慢慢悠悠行走时，会遇到一些锻炼的人，也有家长带孩子来玩的。玩滑板的、玩轮滑的，还有骑自行车的，更多的是慢跑者。

我一眼就看到那个小女孩了。虽然她新换了衣服，那小号的彩色自行车太眼熟了。她没有认出我，从我身边骑过去了。居然是她一个人在骑行，身边没有妈妈的陪伴。这又让我奇怪了。昨天那么谨小慎微地护着女儿的妈妈，今天就放养啦？任其自由啦？好吧，各有各的育儿方式，我一个隔代的人，不懂现今年轻人的教育就别去多管闲事了。更让我奇怪的是，她小自行车的龙头把上，插着一根樱桃枝，绿叶间，有七八颗红红黄黄的樱桃。莫非这母女俩去摘樱桃啦？是她们在我之前"扫荡"了那几棵樱桃树？这让我又增添了更多的好奇，有了一探究竟的想法。在林子里的便道上行走时，希望能碰到那个年轻的母亲，倒不是有什么目的，就是想证实一下，是不是她带着孩子去摘樱桃了——她身上或许能留下一点蛛丝马迹呢，比如头发上会有一片樱桃树的绿叶，或嘴唇因吃多了樱桃而过分的红。

我行走时就多留意了一眼。

在一个弯道边上，是一处人工堆积的土山。土山上，有七八个孩子向山顶爬行。在孩子们的脚下，土山太陡了，要手脚并用。他们努力地爬到山顶，再顺着另一条更陡的路滑下来。这些孩子都在六七岁左右，男孩女孩都有，一串一串地上去，再一串一串滑下来，身上都是泥土，欢声笑语响成一片。家长们就在弯道边的林子下，三五扎堆，看孩子们疯玩疯闹，人人乐不可支的样子。

那个小女孩也来看热闹了。

我问她："你敢去玩吗？"

她点点头，又摇摇头，说："我妈妈让我不要离开红色跑道。"

"是啊，在跑道上安全。"我假装惊讶地说，"呀，这朵花真漂亮啊。"

"这不是花，这是樱桃。"小女孩认真地纠正我。

"真好看，哪来的？"

"叔叔和妈妈带我去摘的。"

"挺好挺好。"我胡乱地夸道，心里想着"叔叔和妈妈"的话。她说"叔叔和妈妈"而不是"爸爸和妈妈"，且口气很熟。小女孩没有认出我来，或者她可能忘了我这个爷爷。我又问："你叫什么名字？"

"我叫贾贝贝。"小女孩说完，骑着小自行车走了。

我看着她，看她很快就消失在我视线里了——前边的林子更密，弯子更多。我没有再跟着她走，而是和她呈相反的方向。

走不多会儿，看到林子下的"S"形步行道中间地带，有行人踏出来的路影子，便顺着小路走进了林子，很快又走到红色步行道上了。路边出现了供游人休息的条椅子，隔一段一把椅子，有的条椅上已经坐着人。有一个人占一个的，有父女或母子占一个的，也有一家三口坐在一起的，还有人和狗坐在一起的。也有条椅上坐着情侣，像这一对，正在接吻呢。

我觉得看人家接吻不好，正想加快脚步，却还是惊扰了接吻者——按说路上有很多锻炼的人，不应该介意我这个老先生，可他们还是暂时分离了双唇。就是在这时候，我认出那个女的了，她不正是贝贝的妈妈吗？她的妆容太醒目了，同时也意识到，那个面部线条硬朗而英俊的年轻男人，肯定不是贝贝的爸爸，对了，刚刚贝贝还说了，是一个叔叔和妈妈去摘樱桃的。没错，条椅上放着两只塑料袋子里全是樱桃，另一只用来放垃圾的塑料袋子里，是樱桃的核和梗。年轻妈妈是单身？如今单亲家庭太多了，没有什么好奇怪的，年轻妈妈带着女儿和热恋中的新男友约会，也是正常的。我这样想着，快速从他们面前离开了。

场景三

过了一周，我再次来到郊野公园慢跑时，又一次邂逅了她们，不过这次在步行道上骑行的，是这对母女了——年轻母亲也骑了一辆自行车。贝贝在前边领骑，速度很快。母亲在后边不紧不慢地跟着。年轻母亲并没有骑通常所说的运动自行车，而是极其普通的扫码单车。骑扫码单车来锻炼的，还不多见，估计是临时起意，专门陪女儿来玩的。绿色的扫码单车，在林子中的红色跑道上十分醒目。

自然，她们都没有认出我来——其实我并不想让她们认出来，本来就是陌生人，还是保持陌生状态比较自然。况且我来这片公园，即东苇路上的郊野公园，也是真心喜欢这里的环境，因为它在一条河边，所谓东苇路，就是河边的这条步行道，步行道同样漆成了红色，只有两三米宽。从东高路直通到管庄路。河道不宽，河谷却很深，此时还不是雨季，河水清澈见底。河两边通过几座小桥相连，都是郊野公园的区域。在林子里慢跑，有许多妙趣，能偶尔遇到一只野兔子，遇到落单的野鸽子；在河水中，还被人们惊飞起几只野鸭；从河边随便选个地方走进林地里，在草深的地方，我还发现一只鸟窝，是建筑在一丛茅草上的，工艺非常精美。因为我的冒失吧，一只小小的鸟被我惊飞了，我看到精美的鸟窝里有一窝蛋。我非常过意不去，在心里默念着"对不起"，便退到较远的地方，当那只比麻雀还小的鸟，和另一只鸟双双从鸟窝上飞过时，我担心它们会不会放弃了那窝蛋——我的担心多余了，双双飞行中的其中一只小鸟，向林子里飞去了，另一只鸟折回头，飞回了鸟窝。我松了一口气，决定不再看它们，悄悄离开了。

当我在各种"S"形的步行道上不知跑了多少趟时，和这对骑行的母女又有过多次的相遇。她们都是慢慢悠悠地骑行——看出来，母亲是专心陪女儿玩的，而那个曾和她接吻的帅气的男人一直没有出现。

当我准备结束慢跑时，看到一大一小两辆自行车停在路边，年轻母亲和女儿在看花。

那片花地，离跑道有十米，或者八米，不远不近的。她们所看的花，开着喇叭状的紫粉色的对花，茎有一拃高，有枝有杈，枝型特美，像极了一棵棵微型的小树。叶子和花上都毛茸茸的。我上次见过这些花了，在手机上查了查，知道它叫地黄。就是六味地黄丸的地黄。她们认识它叫地黄吗？小姑娘刚好是长知识的年龄，对什么都好奇，我要不要告诉她们这叫地黄？我想到这里，并没有犹豫，脚上像有着向导一样，就跑下了跑道，走到她们跟前。我主动和小女孩打招呼道："贝贝小朋友好，认识这是什么花吗？"

我把口罩拉下来，让她看看我，再戴好口罩。

这一回抢答的，不是贝贝，而是她妈妈。她妈妈也看到我了，惊讶地说："啊？这就是地黄啊？这能干什么？能当盆景吗？"

从她的眼神里和那一声"啊"中，判断出她认出我了。但是，我比她还惊讶，因为她这次"化妆"太猛了，画成了鼻青脸肿——虽然有白色的口罩遮着，依然清楚地看到她脸上遭到的创伤，而且是重创，眼泡肿了，额角有一块青，连着那块淤青的，是一条条红红黑黑的血痕，耳朵下边也有伤痕。可能是她皮肤太好的缘故吧，她脸上的青肿和血痕更显得夸张。她是摔了吗？在林子里被树枝划啦，还是被打啦？或是出了什么事故？她如果不说，别人只能猜测了。我们还不算认识，不便问。但她显然很开心。能带着女儿出来玩，说明她已经开心了，能这么好奇地问这问那，说明她并不在意脸上的伤。她的眼神，还期待我讲下去，不仅期待我讲下去，还有更多的好奇，而且能看出她眼神的明媚与口气的温和。

我便把我了解的、关于地黄的植物属性和药物属性都讲了讲。她认真地听，还不停地插问几句，关键之处还重复一遍，目的是让女儿对地黄有更多的了解。末了还夸我，说能遇到我这样知识丰富的前辈真是好运气云云。这一次，她给我的印象是，虽然肉体受伤了，内心是高兴的，不像第一次偶遇时那么警惕和戒备，也不像第二次那样没有认出我来。但是，她的伤情还是让我疑惑。受伤了，总之不是好事，和贝贝所说的那个叔叔有关吗？

场景四

转眼，炎夏就来临了，我的慢跑还在继续。

又转眼，初秋了，林子里已经有落叶开始落下。十一长假前是中秋小假期。小假期的第一天，阳光特别好，人开始多起来，孩子们也多起来。我突然想起那个叫贝贝的小女孩，已经好久没有见到了，她和她妈妈怎么样了呢？搬得远了吗？不再来郊野公园骑行了吗？她妈妈似乎遇到一些事情，不恰当的化妆，对女儿突发的脾气，旁若无人的亲吻，鼻青脸肿的面目，好奇、愉悦而开心的话语，这些都是不多的几次接触后，留给我的印象。

真是神奇得很，想到谁就看到谁了。

那个迎面骑来的小女孩不就是贝贝吗？她和初夏时完全不一样了，不仅是衣服，在装备上也有了变化，戴了一顶炫酷的头盔，还有完整的护膝和护腕，小自行车也换了，新的，比原来的略大一点，非常的时尚，车杠上还有飞翔的彩色图案，龙头把上也有装饰，插了一支小小的彩色的风车，更拉风了。伴在她一左一右骑行的，是一男一女。男的年轻，大块头，肥而强壮，不是我上次见到的和小女孩妈妈亲吻的那位。他骑着专用的跑车，一脸慈爱地看着贝贝。女的不是贝贝的妈妈，她小巧玲珑，精致考究，弱不禁风的样子，她所骑的自行车和贝贝的自行车属于同款，就像有母女装一样，她们这叫母女车？要说炫，她们的自行车够炫了，炫酷中还流露出霸气。我对自行车没有研究，不知道这是什么牌子。我的第一印象是，这是真的一家子，因为男的太需要减肥了，女的太需要增肥了，增肥和减肥，都是需要锻炼才能达成的，加上贝贝和瘦女孩的同款自行车，像极了一家三口的出行。但他们确实不是一家子，至少瘦女孩不是贝贝的妈妈。果然，我听到贝贝说话了，她说："爸爸，你当裁判，我和胖胖阿姨比赛。"叫胖胖的阿姨显然就是骑同款跑车的瘦小女孩了，瘦小而称胖胖，倒是挺幽默的。假胖胖也不示弱，表示应战。两个人便摆好架势，在真胖子的口令下，比赛开始了。瘦女孩显然在让着贝贝，在齐头并进大约三十米之后，瘦女孩的车速渐渐慢了下来，让贝贝一骑绝尘。

看着他们欢乐的样子，我也满心的快乐。但不知为什么，我觉得那个瘦女孩要是换成贝贝的妈妈就好了。但是，我也预感到，这样的机缘可能不会重现了。

场景五

真是无巧不成书，在秋叶黄了、落叶飘零、冬季即将来临的时候，我在林子里又看到贝贝了。这次她没有骑自行车，而是在林子里拔了一把白茅草，拿着跑回到路上，长长的白色茅草的穗特别亮眼。

小女孩就是拿着一把白茅草，蹦蹦跳跳跑到站在路边的一男一女身边的。我看到这一男一女都穿上了风衣，男的体型让我一眼就确认，他是贝贝的爸爸。那个女的，是谁呢？肯定不是一个月前我看到的那个和贝贝骑车比赛的瘦女孩，也不像是贝贝的妈妈。但我也不再有好奇心，觉得是谁都可以。在走近的时候，我看到扎着蝴蝶结的贝贝走在两人的中间，让一左一右的大人牵住她的手，开始玩飞翔的游戏。这是每个孩子都爱玩的，就是三个人一起奔跑，在奔跑过程中，贝贝突然双脚离地，提腿作蜷缩状，在两个大人的臂力带动下，向前方飞行好几米再降落地面。贝贝玩得开心，发出快乐的水流声一样的欢笑。他们就这么一直玩着，贝贝不停地起飞，降落，再起飞，再降落，笑声是连绵不断的。我在后边也跟着乐。但是我没有追上他们，而是保持着一定的距离，目送着他们消失在前方的林子里。

到了条椅地带了。

由于树叶落了不少，有温暖的阳光照射下来，闪耀在条椅上。

可能是玩累了，三个人便坐到条椅上休息。在从他们面前经过的时候，我看到那个女的了，哈，她不是别人，确实是贝贝的妈妈，只是消瘦了一些，甚至有点疲惫。她不像我第一次看到她时化那么浓的妆了，也不是后来见到时的鼻青脸肿了，显得平静而安逸——难怪我没有认出她来。但由于没戴口罩，加上皮肤好，看起来更显漂亮。可能是刚做了剧烈的运动吧，她有些喘息，正从包里往外拿水。她看到我在看她了，眼睛一亮，拉一下身边的贝贝说："看，爷爷。"

贝贝也看到我了，大声说："爷爷好！"

我礼貌地跟他们挥挥手，小跑着离开了。

郊野公园里，来锻炼、游玩的人依旧不少，着各种装备的人都有，各种年龄层次的人也有。我在"S"形的红色步行道上跑了一会儿之后，再一次返回到条椅区——直到这时候，我才发现，郊野公园林子里的无数个"S"，一个套一个，是互通互连的，如果不怕累，能不断循环着跑下去；如果不看指示牌，根本不知道出口在哪里。

我就是那些个不怕累的慢跑者之一。我都几次经过条椅区了，每次都能看到贝贝和她爸爸妈妈，不是在吃东西，就是在看画书——贝贝带了几本画书。后来，他们继续玩飞翔的游戏，林子里的欢声笑语不时地响起来。

我承认，我是有点故意想看看他们的。我不过是一个普通的慢跑者。我和其他慢路者或来郊野公园锻炼的人并没有什么两样，可能的区别是，我是一个写作者，是一个善于观察的作家。

2022 年 5 月 14 日二十时初稿写于北京像素

2022 年 9 月 30 日晨定稿

一封信 和 另一封信

吴小丽

吴小丽看到他在看信了。

吴小丽早就注意到他了，并且一直在偷偷关注他。在吴小丽的认知中，这种面相精致的帅哥，已经是稀有物种、人间罕见了。能到图书馆来读书、自修，一副旁若无人、心无旁骛的专注样子，实在让她感到惊奇，心里便像春天的蛹一样，蠢蠢欲动，不能平静，读书完全受到了影响。

吴小丽和他并列而坐。

整个自修室面积不大，十七八平方米吧，实际上就在图书馆一排排书架的一角。他们占用的这张桌子最大，长方形，可以面对面坐四个人。现在，他们对面的，就是两个小学生在写作业。沿墙的东窗下，放着一排窄窄的长条桌，还有另外三个小方桌错落有致地分散着，此时也都坐着阅读或抄写的自修者。图书馆名字挺有意思，叫会读书图书馆，仿佛你不在这里读书，就不会读书一样——

这儿属于社区的一处便民设施，在一幢筒子楼的底层。图书馆能起这么一个名字，看似简单，其实也是煞费苦心。能进入自修室自修的，必须要成为会读书图书馆的会员，年费一百八十八块钱，不贵，冬天有暖气，夏天有空调，还有免费开水供应，隔壁还有卫生间，在这儿读书学习，十分方便、舒服。书的品种不少，好书也不少，居然有博尔赫斯全套的中文译本，还有门罗、库切、卡佛、奈保尔、纳博科夫、麦克尤恩、科塔萨尔、麦卡勒斯这些人的文学作品。生活类方面的，不仅有香港美食家蔡澜所有谈吃的书，还有汪曾祺谈吃的书，更有像岚山光三郎的《文人偏食记》《文人料理店》《文人好吃记》这样的日文书。少儿文学也是中外名著应有尽有，还有更低幼的绘本。至于中国古代文学和现当代文学，那更是名家荟萃、目不暇接。看来选书顾问的眼光不错。

吴小丽身边的帅哥正在看的那封信，就是夹在其中的某一本书里。吴小丽以前偶然在一本书里看到过，当时就觉得很新鲜。昨天又看到，是同样的复印件，还是饶有兴味地再次复习一遍，她就明白了，馆方大约复印了不少，分别夹在各类图书中，让感兴趣的读者读到，引起关注，引起好奇，引起大家的共鸣，可能是图书馆的一种公益手段或吸引读者的手段也未可知。信的内容为：

陌生人你好！

很高兴在茫茫书海中被你抽中！

不知你有多久没有写过信了，在这个超大都市中，我们希望以"信"这种传统而浪漫的方式，建立一种纯粹而美好的交流。无论你相信与否，有许多陌生人愿意倾听你的心声，关于读书的，关于生活的，关于情感的，关于人生境遇的，随便什么，你都可以倾诉；你的生活也正被某个陌生人默默地祝福着；或许你的心声会感动另一个人，影响另一个人，并且他也会用心地给你回复。

千年修得同船渡。今天在此相遇，希望你收信快乐！

也期待你的来信。

会读书图书馆祝你阅读愉快！

信的末尾是二维码，说明是，扫码后，有回信方式。图书馆会择优把回信打印出来，复印若干份夹在书里，当成书签流通。吴小丽还没有考虑好要不要传这种信，要不要让自己的信被更多的人看到。她觉得这事也不用着急，至今，她还没有看到有回信的。就是说，她还没有看到不同的信。如果看到了，看看人家怎么说，再考虑自己要不要也写一封玩玩。要是她的信真的传下去，让别人回复了，再让她无意中看到了，有可能也是一件有意思的事。

这想法当然是昨天的了——昨天，这枚帅哥还没有出现，或者出现了，她没有看见。

今天，她看见他了。她搬的一摞书里虽然没有再出现那封信，邮差却毫不吝惜地送来了他。他可比信更吸引她，并且让她心乱了——开始，因为她在认真做功课，只感觉到身边坐下来一个人，没有抬头也没有侧脸看，只顾抄书了。抄完后无意一瞥，让她惊魂一跳，世上真的有这样的脸？这简直就是真实的大卫啊，米开朗基罗什么时候来中国制造了一个真实的大卫？有血有肉的大卫？他年轻，面部线条硬朗，神情坚定，眼睛大而明亮，就连头发都是略微卷曲的。在那一瞬间，她有一种窒息般的感觉，心跳至少停跳了半拍，如果不是对面的小学生铅笔掉落地下了，响起的声音给了她提醒，她有可能失态了。她耳热心慌地回到书堆里时，再也无法集中心思读书了。今年五月，她就要毕业了，毕业论文是关于二十世纪三十年代上海各种小报上的图书广告之文化内涵方面的研究，指导老师非常欣赏她的选题，而她三万多字的初稿已经草就，正根据老师的意见进行补充和完善。这间家边的小型图书馆，非常适合她在这里查阅资料。但这里的资料毕竟有限，无法满足。好在老师帮她联系好到上海某个图书馆去查当年的报纸合订本了。她曾经在去年秋天去过一个月，给论文写作带来了极大的便利。这次再去，是带着问题去的，而且明天就动身了。但是就在这个节骨眼下，大卫突然出现了。大卫的出现，像天空中突然响起的一声炸雷，毫无预兆的炸雷，惊天裂地，彻底惊到她了。她是在本科大一公共艺术课上，看到幻灯片里的大卫的，她的少女心第一次被大卫雕像感动了，认为她未来的男朋友就应该是这样的男孩。可惜本科早就毕业了，研究生也要毕业了，她心目中的大卫一直没有出现，没想到会在一家社区图书馆里邂逅了大卫，而且相距那么近——就在身边，近在咫尺，让她惊魂难定。

吴小丽在稍许平复一下激动的心跳之后，看到他把信重新夹到了一本书里。

怎么办？要不要开口搭讪？要不要请求加微信？要不要打招呼？她真的一时凌乱了。她知道，如果错过这个机会，也许就永远错过了。机会不是每个人都能遇到的，也不是想遇到就能遇到的。什么叫千载难逢？就是这样的偶然。就像那封信上所说，千年修得同船渡，这要多大的偶然才能相遇？而下一句，更让人绝望，万年修得共枕眠。

遇到了就是缘，一万年太久，只争朝夕吧。

信

没错，写信。既然无心读书，就写信吧。他不是也看到那封信了吗？不是还把信又夹回去了吗？吴小丽果断做出了决定，给他写一封信，直接约会的信，用中国最传统的方法，而且，就在今晚——因为高铁票已经订好，和上海方面已经有了约定，无法更改行程了，只能把约会定在今天晚上。

吴小丽敢于直接约会一个素昧平生的年轻男人，她有着自己的判断——在整个下午的自修中，她发现一个极其重要的现象，大卫始终没有看手机。一个英俊的年轻人，埋首在一堆书里，说明他心地单纯；一个心地单纯的大男孩，一个下午不动手机，说明他做事专注。主要的，是他还没有女朋友——这也是她的精准判断。如果他有女朋友了，一个下午，女朋友不会不给他发信息的。这样的"男神"，一眨眼都怕弄丢了，一松手就被别人牵走了，谁能放心他出来一下午还没有半点信息？他也确实够专注的，读书时连哈欠声都没有，连身体都懒得动一下，屁股下特别有定力，稳稳当当的。虽然，他所读的书太杂了，杂到她都无法判断他的职业或爱好，比如有一本谈雅玩的《掌上云烟》，有一本谈哲学的《沉思录》，有一本《无用的美好》，还有一本《核物理构造》，更有《胸海菜经典》和《工程造价》这种太专业的书，不可思议的是，还有一本外国小说《牙》，另有几本书也杂得毫无秩序。每一本书，他都认真翻看，还在《工程造价》上画红杠杠绿杠杠，可能这本书不是借的，而是他带进来的。直到那封信被他翻了出来，他才饶有兴味地放松了表情。从他神情上看出来，他对信的内容和这种与陌生人的沟通方式，也表示一种特别的会意。

　　吴小丽取出马卡龙色系的彩色便笺纸，用她娟秀的小楷认真地写道："陌生人你好，我叫吴小丽，看到你在读信了，我不想传信，我想直接给你写——对你读的书有兴趣，有不少和我的研究重叠，那本《鲁迅书影》也是我喜欢的，我想在论文里引用大先生在上海出版的作品集所刊登的广告，比如《而已集》《三闲集》《二心集》《伪自由书》《南腔北调集》等，后两种的初版本还是毛边本，鲁迅可是一个地道的'毛边党'。不过《鲁迅书影》里没有节录这些书的广告，真是遗憾，据说，当年《申报》《沪报》上有这些书的广告。我明天要到上海去查当年刊登鲁迅图书广告的报纸了，时间至少一周。所以，今晚斗胆约你一叙，聊聊鲁迅也行，聊聊工程造价也行。我不想去咖啡店、茶吧、酒吧、影院这些俗气的地方，郊野公园金榆路入口处小广场是个不错的场所，如蒙赏光，七点半准时，可自带饮品零食。倒春寒冷，注意保暖。你的邻座，大卫的死忠——你就是大卫。2 月 18 日。"她把信写好后，反复看了几遍，觉得还可以，不卑不亢，意思表达清楚，特别是最后的落款，如果有人说他像大卫的话，如果他知道有人说他像大卫的话，那她的落款也算是爱的暗示了，其心意昭然若揭，其痴情可见一斑。

但是，信怎么交给他呢？写好倒是容易，如何让他收到却让吴小丽犯了难。直接送到他面前？太冒失了，会不会让他觉得不稳重？是个花痴？但在爱情面前，有谁能稳重呢？只有这一条路了。她在交信给他之前，还悄悄观察一下整个自修室——她所在的位置最好，可无死角看到自修室全景，她对面的两个小学生刚刚整理书包离开，一个小方桌上的男生正在奋笔疾书，另一个小方桌上的女生在低头看手机，沿窗的四个人都是背身的，两个男的，两个女的，相信他们背后都没有长眼睛。特别是紧靠大卫身边的窗户下，那个穿一身灰色连衣裙的女人，始终戴着耳机，披着大围巾，在全情观看一部外国电影，吴小丽和这个女人有过眼神碰撞，那还是在她发现身边大卫之后，这个穿灰色连衣裙的女人也来了，她丰胸丰臀化着浓妆。像这种三十七八岁年纪的女人，丰胸丰臀浓妆艳抹的打扮，就算戴了口罩也挡不住的脂粉气，在图书馆里还是稀见的，在二月里就穿连衣裙，就更是不多见了，哪怕她有可能把羽绒服脱在图书馆的更衣柜里了，并非只穿连衣裙便招摇过市。这种女人事多，要是叫她发现传递书信这种小把戏，肯定会笑掉大牙的。好在，这些人都在认真做着各自的事，吴小丽如果这时候把信交给他，应该没有人看到。他就在她右手边，相距约一个身位，她只要把信拿在手里，朝他面前一放，时间不会超过一秒，任务就完成了，接下来她能不能如愿，就听天由命了。好，就这么办。

突然，大卫站起来了。

大卫起身之后，并没有整理需要归还的一堆图书，而是迅速离桌而去。真是一个天赐的良机，或者是天意。而大卫起身的瞬间，吴小丽狂跳的心几乎爆裂了——他是如此高大，足有一米八五，他是如此矫健，像一只威猛的猎豹。她迅速抓住这个难得的空当，把信放在他打开的笔记本电脑上。如果他回来，第一眼就能看到她的信了。但吴小丽还是心虚了，不敢等他回来，不敢看他在看到她的信时的反应，赶快整理面前的东西，先去还书，再回来关电脑，收拾双肩包，准备迅速离开时，又拿过那封信，在背面留下了自己的手机号码。

许晴晴

吴小丽刚一离开，大概还没有走出图书馆吧，放在大卫电脑上的那封信，就被一只手拿走了。这是一只白皙的、手指细长的手，指甲上涂着玫瑰红的指甲油，每个指甲上还有绽开的或半开的一朵朵蜡梅花，在明亮的灯光下，闪闪发亮。她几乎没有离座，扭腰、转身，只稍稍欠一下肥硕的屁股，就把信拿到了，那封信在半空中画一道弧线，像蝴蝶一样飞到了她的电脑上，她快速扫一眼内容后，立即将信装进她电脑边的手包里。这一切的发生，如果也用时间来计算，从她取信、读信到藏信，也就十秒左右。

她叫许晴晴，是一家美甲店的老板。她不知道谁是大卫，也没读过鲁迅的书，大先生更是让她糊涂。但她读过很多男人。对男人，她有时糊涂有时不糊涂。

许晴晴的美甲店开在潮街上。潮街上的各种时尚店铺很多，她的美甲店面积很小、很弱势，被两家大店铺夹在中间，本来就没有多少人注意，再加上春节刚过不久吧，还没有上什么生意。而她请的两个美女小员工，一个回湖南老家相亲了，走时说，相成了就准备结婚不回来，相不成再回来——至今还没有消息。另一个员工上班也无事可做，天天刷手机。许晴晴在店里无聊，在家也无聊，干脆就盯着住同一幢楼的邻居猪嘴唇了——这个被吴小丽惊为大卫的青年，在许晴晴的眼中，不过是一个外号叫猪嘴唇的邻居而已，除了身材健硕、肤色健康外，嘴唇过于肥厚了，屁股也肥了点。她觉得男人屁股不应该肥而圆润。窄而削，才是优质的男臀。这个青年如果不是身高的点缀，也许吸引不了许晴晴。许晴晴注意这个邻居有一段时间了。她和他住同一幢楼的同一层，即南 12 号楼 19 层，他住小号那一端。他们所在小区叫北京像素，分南北两个区域，所有楼房都是商住两用的筒子楼，一条百余米长的通道两侧，门挨门密布着大小、格局相同的房间，他的房间是 1906 号，从西侧电梯上上下下。而许晴晴住大号那头，是楼道的另一侧，即背阴的那边，房间号是 1947，一般从东首的电梯进出。许晴晴的美甲店反正也没有生意，百无聊赖中，想趁着冷清的空当期，搞点什么事出来。许晴晴觉得她已经来到青春的尾巴上了，如果不小心尾巴一抖，青春就跌落进岁月的尘埃中，成为一个中年大妈而无声无息地消逝了。她很害怕这一天的到来。而这一天每时每刻都在以光的速度向她逼近。许晴晴有过婚姻，不是一次两次，而是三次。第一次她是想正儿八经嫁给那个男人的，所有程序都是按照同时期女孩出嫁时的最高规格，但是婚礼当天，男人的初恋女友来闹场了，虽然事态得以平息，却致使他们的婚姻蒙上了一层阴影，维持不久就分手了。第二任丈夫是她到了北京后找的，对方是西部某市驻京办工作人员，家里有矿，特别有钱，很有本事，虽然年龄大了点，却对她言听计从。她以为从此情感和生活都有了依靠，没想到结婚不到一个月，丈夫就因重婚罪被抓走了。原来对方家里还有糟糠，并且是两个孩子的父亲。她不甘心，拿到赔偿的一笔钱，迅速和一个东北帅哥闪电结婚，未承想灾难从此临头，这个比她小三岁的帅哥是个家暴狂，每天都以揍她为乐，而且下手特别重，她什么法子都用上了，哄，骗，小鸟依人，针锋相对，依然改变不了他的暴脾气，最后还是分手了事。可恨的是，她还赔了对方一笔不小的款子，否则他不离。这三次婚姻把她折腾怕了，在心中默默签署了备忘录，放弃调情，警惕男人，开一间美甲店做做女人生意，安度时光。如此一晃又是七八年，生活也还安逸平静。直到春节前，她都保持这样的心态，但是那个天天嘟着嘴喋喋不休要回湖南老家相亲的小美女，再一次撩起她封闭已久的心，她第一次觉得这个不到二十岁的小姑娘观点太对了，世界上只有两种人，男人和女人，小美女的爱好就是男人，她常常大言不惭地介绍自己，性别，女；爱好，男。她天天不羞不臊地把这句话挂在嘴上，仿佛她是旧时代一个做皮肉生意的不良少女。但一旦真的见到阳光男孩，又胆小得不得了，低眉红脸，拙口钝腮，一句话都不敢说。好不容易到春节了，家里人要召她回去相亲，就快乐得像迁徙的小燕子一样飞跑了。小姑娘虽然走了，她的话却余音袅袅，并一直响在许晴晴的耳畔，久久回荡，她便想到新年一过，自己又多了一岁，再有两三年就四十岁了，心里突然后怕起来。这种怕有点像酒精上瘾，在她脑子里挥之不去，时不时地都想喝一口，在情感上再搞点事的想法便应运而生了。她开始对每一个从身边经过的男人投以品鉴的目光。有一天就看到了抱着几本书的猪嘴唇了。当时猪嘴唇手里拿了不少东西，在他家门口开门，怀里的书就掉下了几本，声音在长长的走廊里回响。许晴晴也正好要出门。本来她不走小号那边的电梯，因为下楼后要绕道，看到这个以前见过的男人在走廊的另一头，别扭地开门，东西还掉落一地，便想走过去，帮他把地上的书捡起来。她和他相隔比较远，脚步自然就加快起来。但还是没有他快，他把门打开了，在她要走近他时，他已经捡起了地上的书，闪身进屋，"砰"地关上了门。她当时戴了个大口罩，否则难为情的样子一定会出现在脸上——他像逃避瘟神一样地躲着她。她就纳闷了，他们并不认识，只是在电梯里偶遇过一次，在心里嘲笑过他是猪嘴唇，难道他读懂了她当时的心语？加上也读懂她现在的心语？她就觉得受到了对方的鄙视，受到了不应有的怠慢。此事就发生在一周前。她就开始对他耿耿于怀了，并要伺机报复，他如果是已婚者，就拆散他们，让他的妻子成为前妻，并且像粘在衣服上的狗毛一样，成为他一辈子的心魔，难以打发。但是，经过几次的跟踪和观察，发现他是单身，还发现他每天都爱去小区的会读书图书馆看书。然后她开始修正自己的想法，把搞事情的原始概念进行了变通，像回家相亲的小美女那样，把男人当成爱好，把他当成追求的目标，追到就大赚了，追不到，也没啥损失的。同时呢，他也是她测试自己残余魅力的温度计，便于修正自己以后的择偶计划。

于是许晴晴开始对自己的门面进行大规模精细化打理，先是在衣服上进行了挑选，大衣内穿性感连衣裙便是她的创造，一条灰的、一条栗的、一条抹茶绿的，还有一条蜡梅黄的，可以每天切换。在穿连衣裙照镜子时，发现自己的身材也没有走形，加上专门挑选了带调适的钢托文胸，看上去胸脯丰硕而腰肢柔韧，她还在脸上用了点古铜色腮红，配上淡色眼影和睫毛膏，抹上闪粉，年龄真的瞬间减去了十岁，和猪嘴唇恰好般配。谁承想，她蓄谋已久的计划，差点被一个和他同桌的小女生捷足先登了。这小女生居然胆子更大，直接给他写信。而更让她不能容忍的是，这个小女生就是她隔壁的邻居，住在1949号的大学生。真是螳螂捕蝉，黄雀在后啊。可谁是螳螂，谁是黄雀，谁是蝉呢？黄雀捕的不是螳螂，而螳螂的猎物也是黄雀的猎物。她和小女生的身份就可以随意切换了，目标都是蝉。小女生还是太嫩了，以为她的所作所为都是在非常隐秘的情况下进行的，谁承想许晴晴是道高一尺魔高一丈，她通过反光的笔记本电脑屏幕，早就把小女生的一举一动，观察得一清二楚。所以，她就以迅雷不及掩耳的速度，抢先没收了她的信。

魏　东

魏东去了趟图书馆隔壁的公共洗手间，回来走在走廊上，心里还沉浸在某种美好的情绪里，这种情绪就像吃完了糖嘴里还遗留着甜味一样，一时半刻散不去，随时品味一番，都是甜的——他身边坐着一个美若天仙的女孩，一直在抄写什么，整个下午，不是在翻书，就是在抄书，还时不时地偷看他——大约抄写也不是专心吧。她的偷看，就像他偷看她一样，都是在趁对方不注意的时候。其实这种偷看不过是欲盖弥彰而已，互相都知道在偷看，又都在避免四目相对。这有点像爱情的样子了，不，这就是爱情了。魏东心里乱了，一直乱着。这种乱，就是他关注的那个人，也在关注他，只差把那层窗户纸捅破了——他不知道如何去捅破，刚遭遇失恋的人，心里是脆弱的，都有一朝被蛇咬十年怕井绳的心结。

　　魏东当然还想再谈恋爱了。除了刚刚"被咬"，还缺少谈恋爱的本钱——他在春节前遭遇了双重打击，失业和失恋。丢了工作他不怕，大不了再找一个，反正他读的不是好大学，对工作没有要求，干什么都行。失恋，对他的打击不小。他的女朋友和他原是同事，在某品牌汽车专卖店卖车。有基本工资，卖了车还有不错的提成。后来女朋友为了有更多的时间复习考研，辞职到另一家公司做文员，也如愿考上了研究生。两个人的恋爱就更加甜蜜了，经常在周末下个小馆子，逛逛三里屯，看个电影什么的，还商量着要搬到一块儿住。转眼就进入新年了，魏东就被公司辞了。他没敢跟女朋友说。女朋友放寒假时，还专门等他，准备带他一起回家，让父母看看他们的毛脚女婿。可是，魏东犯难了，不要说两个人的机票了，连一个人的机票都买不起，而且第一次去女朋友家也不能空手吧。他就找理由不去，也劝女朋友不回。女朋友不高兴，估计知道他没钱。女朋友还有钱。女孩子总比男孩子有心和细心，工作时存了点钱，平时又省了点。她想把仅有的一万多块钱都给他。可他又死要面子，坚决不要。两个人由互不开心，到争吵，到激烈争吵，再到激烈得无法调和的争吵，终于还是分手了。春节临近时，女朋友买好了高铁票，把车票信息告诉了他，还满心盼着他能反悔，能送她。他只要送她了，爱情还有救。他一根筋，没有送。他还希望她能最后改变主意呢。他们的爱情就这样夭折了。他一个人要在北京过春节，这春节还没有到，工作也不好找，得做点什么吧？他反思自己，前女友的考研启发了他，他也要考点什么。他一个同学考了一级建造师，受聘于一家建筑工地做管理工作，工作干得风生水起。他大学也是学工程，有基础，也要考建造师，查了下考试时间，六月和十一月有两次考试，六月是二级，十一月是一级。他准备一年内全部拿下。他就买了这方面的书，开始埋头苦读。小区里的这家图书馆，暖气好，也安静，他就经常来自修室自修，没想到就遇到这个也在自修的女孩。他来过几次了，却是第一次见，也是奇怪了。第一次就惊到了他，觉得她不仅和前女友一样爱学习，相貌上还不输给前女友，气质上更是比前女友优秀。在去卫生间时，他看到她在便笺上写着什么，不像是书摘，好像是一封信。他还想着，她是不是在响应图书馆的倡议，给陌生人写信？因为他也看到夹在书里的那封给陌生人的公开信了。她有可能也知道这个事，在回一封。一个爱读书的女孩，还有这个心思，一定心胸清明、开朗。他对这个女孩更加产生一种莫名其妙的亲切感，在反复和前女友对比后，确定她就是他想找的女友，朴实而单纯、认真而有主见。而她的穿着，也是他欣赏的那种风格，浅蓝色帽衫，牛仔裤，白板鞋，随意的马尾辫，素面朝天的样子，清清爽爽，完全一副天然美。但是，魏东还是谨慎的，他口袋里毕竟没有钱，要不是去年七月交了一年的房租，他连房租钱都没有，如果再不找工作，他就要在花呗上贷款了。所以，尽管他对她情有所依，现实还是让他做出了艰难的决定，等过了正月，找到工作时，再谈恋爱吧——要不，先和她认识一下，以书为媒介，加个微信；或者问问她，刚才在抄写什么。

但是，她从图书馆出来了，正向着走廊的另一端走去——虽然她帽衫上套了件黑色的羽绒服，他还是一眼认出了她。

魏东愣了一下，心理上没有准备，下意识地要去追她，至少要知道她住在哪幢楼吧？魏东就以冲刺的速度跑进图书馆，桌子上的东西都没来得及整理，书都没有规整到书架上，只拿了笔记本电脑就往外跑了。

魏东还是晚了一步，走廊上已经不见女孩的影子了。他一路跑到电梯厅，三部电梯都处在上行状态，其中的一部刚上到二楼，魏东估计她有可能在这部电梯上。魏东在懊悔了几秒钟之后，突然觉得她有可能出去了，她应该住在另一幢楼里，此时正走在小区的路道上，便又跑出了电梯厅。

小区偌大的院子里，是无数条穿插在各种绿化带里的大小路道，路道又连通着一幢幢高楼。魏东放眼搜寻，并没有发现女孩的影子。在寒风料峭的小区道路上，行人不少，大家穿很多的衣服，大都包头捂脸，匆匆忙忙地行走，大半人高的常青绿化带，经过多年的精心培植，进入壮苗期，把形形色色、熙来攘往的行人切割成齐腰的上半部分，如果不是特别熟悉，根本辨别不出他们是谁和谁。魏东想了想，无法判断出女孩是已经上楼了，还是穿插在绿化带中间路道上，抑或已进入了另一幢楼里。魏东非常失落。既然没有追上女孩，无法跟踪她，就还回图书馆吧。他要把他凌乱的桌子收拾一下，同时也想到，她也许还会再来图书馆的。只要他一直待在图书馆里，总会等到她的，她总会出现的。

魏东快快地走在长长的走廊里，差一点和另一个女人相撞了——可能是太走神了，他违反了正常的行走，在感觉到对面有人走来时，本能地躲向左边，给对方让路。其实他应该向右让，他让错了道，就像违反了交通规则一样，迎着对面的物体就上去了，而对面的物体是一个年轻的女人。这可不得了。好在他下意识地急刹车，才没有和对方撞个满怀。但他也看到年轻女人大惊失色地被吓了一跳后，突然乐开了花，爆发出一种哈哈的大笑，笑得浑身抖动，花枝乱颤。女人的笑成功地吸引了他，他看到她穿一件漂亮的深栗色呢子大衣，敞开的大衣里面，是更豪华的银灰色收腰连衣裙，连衣裙好像已经装不下她的身体了，到处都勒得很紧。他像做错事的小学生被老师抓包一样，躲到一边，连说几个对不起。

"没啥没啥……哈哈哈你这小哥哥，啥事这么急？"

小哥哥心里不爽，无心和不明就里的女人打牙撂嘴，迅速走开了。

跟　踪

许晴晴从大卫和吴小丽的行为上，断定他俩还不知道住同一幢楼，当然也就更不知道住同一层了。许晴晴在暗自窃喜之余，也紧张了，是她切断了吴小丽的求爱信，切断了吴小丽和大卫的联系。对吴小丽来说，她晚上七点半肯定要去赴约，也肯定不会等到大卫的，因为大卫压根儿就没收到吴小丽的信。许晴晴的紧张，不是她切断了吴小丽的念想，而是她如何取代吴小丽。从大卫追着吴小丽的行为和神情上还可以判断，大卫喜欢吴小丽。可大卫喜欢的是吴小丽，对她许晴晴似乎并无感觉，不不不，不是似乎，是肯定无感。在图书馆自修室时，她和吴小丽距大卫的距离差不多远，不同的是，吴小丽占据着更优势的位置——和他并列而坐，就像一对中学生。而她坐在窗下是背向大卫的，且背向着大卫的侧面。大卫就算本事再大，他眼睛也不会拐弯儿，不会看她的相貌的。男人都贱，相貌至上，只对相貌感兴趣，没听说有人对美丽的后背产生幻想进而产生爱情。再说了，大卫已经看到她的相貌了，她还和他说话了。但是大卫对她一点也不来电，在走廊上那样的相撞，按说可以顺势接上火的，触电的，发光的，因为她丰满的胸部已经接触到他了，她都夸张地哈哈大笑了。大卫的反应，就是真的受到了惊吓，并没有从惊吓中表现出别的意思来，比如艳遇的惊喜、肢体相碰后的受宠若惊，相反，还有点嫌弃的意思。这才是许晴晴紧张的真实原因。

　　现在是下午五点半了。天已经黑了。吴小丽既然几小时后要约会，肯定回家化妆打扮自己了。不知出于什么原因，许晴晴很想知道吴小丽没有等到大卫是什么反应。她决定，两个小时后，代表大卫去会会吴小丽。

　　回到家的许晴晴，小心地开了门——她故意绕一圈，从小号那边的电梯厅到19层，还故意向西头走廊尽头走去，从1906门口走了个来回，当然，她什么都没有侦查出来，因为大卫这时候还在图书馆。

　　来到自己家的许晴晴，第一件事是贴在墙上，听听隔壁的动静，隔壁就是吴小丽的家。许晴晴仔细听了听，好像有动静。吴小丽的动静一直都不大，除了在做饭时偶尔会有锅铲或汤匙掉到洗碗池里的声音外，连接电话都很小声。快七点的时候，许晴晴觉得吴小丽该出门了，因为走到郊野公园金榆路入口处的小广场，还要二十分钟左右。那个入口许晴晴也知道，她曾经从那里进入过郊野公园散步。小广场环境不错，难得有几棵雪松，给四周萧条的树木点缀了些许绿意。雪松下有几张长条椅子，虽然气候还很寒冷，依然会有人在上面坐坐。许晴晴知道，再过半个小时左右，其中的某一张椅子上，会坐着吴小丽，孤独的吴小丽，冷清的吴小丽，无人理会的吴小丽。

　　隔壁响起了开门声。

　　许晴晴已经把眼睛贴到猫眼上了，许晴晴知道走廊里的感应灯坏了，早就坏了，她从猫眼里应该什么都看不到的。但是她还是看了，似乎有一片更黑的黑影从她门前一闪，黑还是那样的黑。但是许晴晴知道吴小丽行动了。许晴晴又走到窗户前，朝楼下望。楼下的灯光是小区里正常的灯光，路灯很明亮。她准备等吴小丽出现在小区路道上时，再下楼。

一切都很顺利。还差五分钟到七点半时，许晴晴也到达郊野公园金榆路入口处了，她假装是一个进入公园的夜跑者，只眼睛一瞥，就看到吴小丽了。吴小丽没有坐，而是羽绒服、大围巾、大口罩、大墨镜，包裹严实地站在一棵巨型雪松前，原地在不停地踮着步。原地踮步的吴小丽，一来是活动身体，聚积热量；二来也可能是为了掩饰心里的紧张和不安——她并不确定大卫是来还是不来。

许晴晴没有朝她靠近。

许晴晴也不能确定吴小丽认不认识她。虽然她两同住 12 幢楼 19 层，还是隔壁邻居，但吴小丽不认识她也是完全有可能的。住同一幢同一层互相不认识的，多了去了，就拿许晴晴来说，整幢南区 12 号楼，她能认出来的，不就是 19 层的三四个人吗？这三四个人里，就包括吴小丽。至于吴小丽能认识几个，她就不知道了。即便她早就知道吴小丽和自己是邻居，也是今天才知道她的名字的。所以，许晴晴料想吴小丽也不会多认识多少人。至于吴小丽知道不知道和她是邻居，许晴晴也不得而知。但许晴晴不想冒这个险，她只要看到如约到达的吴小丽，就达到目的了。许晴晴从小广场穿过，跑进了郊野公园，准备十分钟以后，再跑出来，不管吴小丽在还是不在，她都直接跑回家。

十多分钟以后，许晴晴从郊野公园跑出来了，她看到吴小丽没有再等一会儿，时间刚到七点四十，吴小丽就向金榆路走去了。许晴晴便不再跑，慢慢地跟着吴小丽。从吴小丽不紧不慢的背影上，她不知道吴小丽是什么样的表情，但心情肯定是失落的。会不会后悔呢？后悔主动邀约而被放了鸽子？也许会，也许不会。直到这时候，许晴晴都没有觉得自己的所作所为有什么不地道、不道德，既然是竞争，用什么手段并不重要。损人不利己的事她不做，损人利己的事，为何不去尝试？不去追求？何况是不是损害了吴小丽，现在还不好说，也许大卫是受到吴小丽的蒙蔽呢？也许大卫最终喜欢的是她许晴晴呢？但是，且慢——许晴晴心里咯噔一下，吴小丽会不会去图书馆？毕竟她做了鬼事，做了龌龊事，万一大卫还在图书馆，还在自修室读书，万一吴小丽性情上来了，去责问大卫：不赴约也就罢了，为什么不打个电话？害得她在寒风中等了几十分钟。想到这里，许晴晴又跑了起来，她超越了正常行走的吴小丽，在从吴小丽身边超越的一刹那，她打了个软腿。

许晴晴抢先来到图书馆。未承想在图书馆门口遇到点小状况，不小心把一个五六岁小女孩的书碰掉了。小女孩刚借了一本大大的绘本，欢天喜地地走在大人前头，刚出门就遇到冒失而心慌的许晴晴了。许晴晴发现因自己的莽撞闯了小祸之后，赶快弯腰捡起绘本，看了眼小女孩身边的瘦高男人——应该是她爸爸吧，刀条脸上的眼睛正贼眉鼠目地盯着她的胸。许晴晴无暇顾及他，把绘本往小女孩怀里一送，赶紧说对不起，一连声说了五六个对不起，人都进了图书馆，那"对不起"声还没有结束，把在门外的这对父女都逗乐了，小女孩还发出了天使般的笑声。

谢天谢地，在自修室里，许晴晴没有发现大卫。

冷　遇

一连五天，许晴晴成了图书馆的常客。

当初，许晴晴第一次跟踪大卫来图书馆时，也没有真正地读书，而是占据自修室的空间以看电影为掩护在观察大卫，在观察大卫的同时，也观察到了吴小丽。那么，在这五天里，许晴晴装成一个读书人的样子，也真的会从书架上找几本书来读。许晴晴当然读不进去了，她不是读书的料，什么书对她都没有兴趣。但她每次都能看到大卫在自修——不论什么时候来到图书馆，大卫都比她先到，都在自修，都会对每一个进来的人多看一眼。许晴晴知道大卫在看什么，他在等吴小丽，他不放过对每一个人的确认，而且是第一时间确认。许晴晴也被他看了几次，确认了几次。许晴晴当然不是他要等的吴小丽了。只有许晴晴知道，吴小丽去上海了，说要大约一周时间的。许晴晴觉得一周时间太快了。如果吴小丽过几天回来了，许晴晴的计划就泡汤了。许晴晴的危机感一天比一天加重。许晴晴也没有好的办法，她无法让一个处在单相思中的男人来关注另一个女人。但她还是努力了，至少有一次，许晴晴在进自修室前，提前拉下了口罩，在他投来目光时，不仅大胆地把眼神迎上去，还和他一笑。这一笑酝酿很久，头一天晚上就对着镜子练习了无数遍，先是抿唇笑，接着是张口笑、微笑，然后是羞涩的笑，嫣然的笑，一直练到脸都麻木了，嘴巴都没有知觉了，才确定以深情的笑来召唤他的关注。她希望这一笑，能触动到他，能让他灵魂为之一颤，至少能挽回一点上次在走廊"撞车"时他所表现出的对她的漠视。但是从大卫的反应来看，效果并不好，他居然转头望向别处，居然以为她是在冲别人笑，和那次相撞的表现如出一辙。这家伙怎么这么愚笨呢？真他妈的傻瓜！真他妈的浑蛋！许晴晴不知道是骂自己还是在骂大卫了。

　　一周结束了，许晴晴觉得吴小丽就要随时出现在图书馆了。根据她对大卫的观察，他对吴小丽是真心的痴迷，会比吴小丽追求他还更主动、更疯狂、更不顾一切地追求吴小丽。奇怪的是吴小丽并没有出现。是没有从上海回来吗？又过一周，许晴晴从新闻里得知，上海发生了零星的新冠疫情，这小丫头会不会因为疫情而滞留上海？完全有可能啊。许晴晴紧张得心一阵狂跳，仿佛只要吴小丽不出现，大卫就还是无主的风筝，她就还有机会。许晴晴拿出吴小丽写给大卫的信，看到吴小丽留下的手机号，冲动得几乎就要打电话问问吴小丽了。不过这个电话她没有急于打。她知道不打更好。打通了怎么说？说她是像素小区管委会的？对啊，这倒是个好办法，就这么办。但是许晴晴多了个心眼儿，她又重新申请了一个手机号，买一部新手机。她要用新号打，甚至可以加吴小丽的微信，这样就可以掌握并随时调动吴小丽的行踪了。

　　吴小丽果然在上海，这简直就是天赐良机。许晴晴和吴小丽接上了关系，并互加了微信。这个微信，等于是她的小号了。许晴晴自称是像素小区管理委员会的工作人员，接到上级通知负责和她联系，希望吴小丽好好配合当地疫情管理。吴小丽虽然无奈，也表示理解。为了以假乱真，许晴晴还不定期地把北京官方的防疫情况，时不时地发给吴小丽。吴小丽也不回复，也不在朋友圈发任何消息。看来她除了认真查资料、改论文，啥事也不关心了。或者呢，还没有从被大卫冷遇的境遇中走出来。许晴晴翻翻吴小丽以前的朋友圈，吴小丽设置的是三个月可见。在可见的朋友圈的图文里，她不是在学校学习，就是在图书馆学习，或者在大学校园的操场上散步，当然也有几张效果不错的照片。吴小丽的照片都是自拍，都是自信的原生态——不是她拍摄技术高，是人家底子好，天生的美人坯子。许晴晴由衷地感叹道。不知出于什么目的，她一时心血来潮，还偷偷下载了吴小丽的几张照片。

稳住了吴小丽，她这边就要抓紧行动了。但许晴晴也实在没有高招。随着春天的脚步一步一步地深入，迎春花开了，樱花开了，海棠花开了，蔷薇花开了，她美甲店的生意也渐渐好起来了，特别是回湖南老家相亲的小美女又回来了，美甲店又充满了生机。许晴晴觉得两个小美女都是时尚潮流的追赶者，会不会有好经验提供呢？便大言不惭地请教她俩追求小帅哥的秘诀。没想到她俩的经验还不如她，相亲的小美女说，以身相许，还能怎么办？遇到喜欢的人一定要表白，就算自己有多丑都不怕，万一他是瞎子呢？另一个小美女却有着不同的观点，并且说了句非常哲学的话，魅力，魅力，魅力，靠魅力"杀"死他——如果有件事情必须要做的话，就要先好好爱自己，打理自己，把魅力提高到峰值，盛不盛开，花都是花，但，峰值时期的花，才是花应有的样子。许晴晴分别给了两个小美女两个大白眼。特别是相亲小美女话里的"丑"字，让她听了特别不爽，又多给她一个大白眼，谁丑啊？再过十几年，你也跟本姑娘一样！

转眼四月了，她和大卫的爱情虽然还没有进展，但有一天，她把带进图书馆的樱桃拿给大卫吃时，他居然接受了，还说了声谢谢，并且还聊了两句，互相加了微信。当然是用老手机加的了，新的微信只对吴小丽专用。许晴晴知道他叫魏东。吴小丽叫他大卫，是不是"大魏"的别称呢？如此说来？他们认识？不过事情的发展似乎也就到了这里，当许晴晴再次把草莓拿给大卫吃时，大卫拒绝了。樱桃可以吃，草莓又不吃。许晴晴想按照惯性把情感向前推进，还是推不动，进入了死循环。为了保持一丝希望，许晴晴先按兵不动，等待时机。

另一封信

事情的转机，是在北京疫情防控最紧张的时候，也可以说是天赐良机。

许晴晴能从疫情防控中寻找到一条通往爱情的狭小缝隙，不能不说让她既激动、惊喜，又惶恐不安——为了便于管理，各幢楼分别建了几个群，许晴晴所在的19层，和20层、21层共同建了一个群。入群的二维码就贴在每层楼的电梯厅里。群主要求，需要真实姓名和房间号加所住人数，如许晴晴，就是许晴晴1947＋1。让许晴晴想不到的是，平时空落落很少见到人的走廊，三层所住居民竟然有近二百人，也是啊，一层楼有五十个房间，平均一户五人，就二百多人了。

　　许晴晴在入群之后，发现并不是所有人的姓名都是真实姓名，乱七八糟的名字都有，头像也更是五花八门，有的是真人，有的是一朵花，有的是一条狗、一只猫、一头猪。不过大卫是真实的头像和真实的姓名。许晴晴觉得既然不是"一刀切"，她便把头像换成店铺的门脸照，姓名改成了店名，也算是给美甲店顺带做个小广告。让许晴晴灵机一动的是，她让吴小丽也入群了。许晴晴把新手机的微信名改成了吴小丽，同时让她和吴小丽的房间做了个调换，吴小丽就成了"1947 + 1"，而她的美甲店名改成了"1949 + 1"。

　　这就是许晴晴发现的那条通往爱情的缝隙。

　　现在，住在 1947 的虽然是许晴晴，头像却是从吴小丽微信里下载的吴小丽的照片。许晴晴在群里的显示，就是吴小丽了。许晴晴无疑是在给大卫释放一条重要信息，你喜欢的姑娘就在群里。你们在同一个群，甚至住同一层楼，还无动于衷吗？为了加快进度，以防夜长梦多，许晴晴便模仿吴小丽给大卫的信，以吴小丽的身份，重新写了一封约会的信：

　　大卫你好，我叫吴小丽，看到你在群里的头像了，才知道我们住在同一幢楼同一层，惊不惊喜？反正我是差点惊掉下巴了。不过我们应该早就认识啊，不久前的一天，我看到你在图书馆自修室读信。我不想传信，我想直接给你写——我对你读的书有兴趣，有不少和我的研究重叠，那本《鲁迅书影》也是我喜欢的，我想在我的论文里引用鲁迅在上海出版的作品集所刊登的广告，比如《而已集》《三闲集》《二心集》《伪自由书》《南腔北调集》等，后两种的初版本还是"毛边本",鲁迅可是一个地道的"毛边党"。不过《鲁迅书影》里没有节录这些书的广告,真是遗憾,据说,当年《申报》《沪报》上有不少这些书的广告。我明天要到海淀一个朋友家查几个资料,有可能要待几天。所以,今晚斗胆约你一叙。我不想去咖啡店、茶吧、酒吧、影院这些俗气的地方,我们既然相距这么近,就来我的房间喝茶吧,如蒙赏光,晚上十点准时,我备好香茶欢迎你。春天柳絮纷飞,花粉也多,注意保护自己。你的邻居、大卫的死忠、一个喜欢暗恋你的小女子。

写好信之后,许晴晴没有立即申请添加大卫的微信,而是先存在手机里,出门,下楼,去位于另一幢楼的图书馆看看。她不是要去看书,是去看看大卫在不在,看看大卫是不是已经觉察到她的阴谋了——所谓做贼心虚,就是说她现在的状态。图书馆在玻璃门上贴出了暂停开放的通告,已经有四五个人在看通告了。通告大意是,图书馆暂停开放,在这期间,借书超时也不再罚款。许晴晴这才神情放松,真是太棒了,所有的策划,都在掌控之中。许晴晴转身欲回时,那个曾经被她碰掉书的有着治愈笑声的小女孩冲她一笑,还稚气地说声"阿姨好"。牵着她手的刀条脸男人也笑道:"我女儿认识你。"许晴晴心情愉快,就随手摸一把小女孩的小辫子表示友好,同时又奇怪地觉得,那个尖嘴猴腮的男人怎么会有这么漂亮的女儿,他那张奇怪的脸像极了绿丝瓜,而且那丝瓜还正在生长——脸上全是谄媚的笑。然而这些都影响不了许晴晴大胆的计划和决定。回到家后,许晴晴再次捋一捋自己的计划,觉得这实在是一个好办法，虽然冒险，但这个险值得一冒。人生本来就是各种各样的冒险。冒险才有出路，冒险才有机会，冒险才能成功。不冒险，连走路都学不会。不冒险，只有等死。许晴晴开始幻想即将到来的约会，幻想实时的情景，开始各种各样的假设。有一点是确定的，不能首先暴露自己，既要沉住气，又要稳准狠，生米煮成熟饭再说。

许晴晴是在晚上九点以后，才申请大卫成为好友的。没想到这个大卫太没出息了，马上就通过了"吴小丽"的好友请求——看来使用吴小丽的照片作为头像起了大作用。同时，也让许晴晴心头醋醋的，感叹自己要真是吴小丽该多好啊。大卫的微信马上就来了："你好，咱们是邻居啊？"

"是啊，我也才发现。多亏这个群。"许晴晴心里的醋意进一步翻涌荡漾，把她淹没了，但她还是克制住，权且把自己当成吴小丽得了。

"怎么后来你就没去图书馆？"虽然是语言聊天，也能看出大卫语气里的怨艾，"还以为你消失了呢。"

"我能消失到哪里？这不是在家赶论文嘛。"许晴晴说，"论文都要难死我了，放弃的心都有了。"

"你是学生？"

"是啊。研究生。"

"其实那天我就看出来了，估计你是学生，果然是研究生，还要做那么深的学问，好崇拜啊——千万别放弃，挺一挺就过去了。"

"就是挺过去了呀，这不论文刚通过嘛，心情放松了，正想着什么时候能在图书馆碰见你呢，这不，就在群里先遇着了。图书馆你还去吗？"

"去啊。经常去的——我也在准备一项考试呢。"大卫要抓紧一切时机表白了，"每次都盼着能遇见你……每次……"

许晴晴没有再说话，而是当机立断地把事先拟好的信，发给了大卫。

在等着大卫回复的短暂时间里，许晴晴还是紧张了。那种紧张里，还掺杂着激动、慌乱和期待。

在漫长的等待之后（可能只有十秒或十几秒钟），大卫回复了："为啥要等到十点？十点太久了啊……我现在就想去看你，就想去喝你的香茶。"

大卫上钩了。许晴晴心里一阵狂跳。许晴晴先要撩撩他，说："别急嘛，十点后，就有夜晚的样子了，四下里也该安静了，所有时间都是我们的了——我刚到家，要洗个澡，洗得香香地招待你。对了，你也洗个澡吧……我要你和我一样的香。待会儿见。"

还没等大卫回复，许晴晴又赶快发一条："来时敲一下门就可以了，就一下，轻轻地，我怕闹出动静来……你知道，咱们这房子不隔音。"

其实，许晴晴早就准备好了，她提前把灯拉黑了，窗帘也紧闭了起来，还在屋里喷洒了香水，裸身换上了爽滑的丝绸睡衣。她要先适应一下屋里的黑暗和迷人的香水味儿。她还趴在猫眼朝外望，她当然什么也看不见了，除了黑，还是黑。

大卫果然踩着点儿来了。大卫信守诺言，只敲一下门。许晴晴就把门拉开了。

一个高大的身影站在门空里，他似乎还在发愣，可能是黑灯瞎火让他还没有适应吧，也可能是撩人的香水味儿直接熏晕了他，抑或是她身上的气味儿迷惑了他的心智。许晴晴不允许他有太多的适应，伸手拉他进来了，在关上门的同时，身体也贴了上去，憋着嗓子说："……终于来了……大卫大卫大卫……"

真　相

许晴晴趴在大卫的怀里。激情过后，她不敢说话了。她怕露馅。她想保留这份美好。哪怕多保留一分钟，她也要拥有这一分钟，享受这一分钟。她真心觉得大卫太好，太优秀，太可爱了。她非常想自己再年轻十岁，或者回到十年前，或者她就是吴小丽。所有这些，许晴晴都知道是不可能了，甚至连改变他放弃吴小丽都是痴心妄想了，他已经把她当成了吴小丽。她知道灯一亮就会失去他，她也怕灯一亮就原形毕露，心里突然没有了开始时的信心，想好的那些说辞，一时竟显得那么苍白无力，情不自禁地悲伤起来，止不住心中酸楚，眼泪便流了下来。

可能是受到他们刚才激情的影响，隔壁1945房间也传来了激情的喊叫声。大卫也听到了，他搂了搂许晴晴——心中的吴小丽，说："听。"

许晴晴也听到了，忍不住也想笑。做了这么久的邻居，她还第一次听到隔壁的动静，明显是被她的忘情所带动。可她哭也不是，笑也不是，心里突然悲喜交加地矛盾起来，最后竟歇斯底里地号叫了一声。她这一声号叫，吓着了大卫。大卫在她脸上亲了亲，说："别影响人家。小丽……我们喝茶吧？想尝尝你的香茶了。"

"喝茶？"

"是啊。"

许晴晴不说话了，她哪里准备了什么好茶啊。她知道，事情终究是要大白于天下的。所以在大卫说要喝茶后，她身体还是松动了，从他怀里爬起来，开始摸着黑找衣服。而她感觉大卫也在床头的墙上摸索着什么。她知道他在找开关。他找到了，随着轻微的一声响，屋里亮如白昼，而此时的许晴晴，正把睡衣套到头上。

"等下……"大卫说着，用双手按住许晴晴的双肩，然后顺着胳膊轻轻抚摸下来，再掀起睡裙的裙摆，也把脑袋钻了进去。

大卫认出了对方——无法形容睡裙里两张贴近的恐怖的脸……

就像新婚之夜的林妹妹变成宝姐姐一样。不同的是，晴天霹雳之后，大卫还处在蒙圈状态中。大卫的第一感觉是离开，赶快离开，瞬间消失。在他离开的过程中，许晴晴先是双手掩面，做无脸见人状，后来又目不转睛地盯着他，看他手脚错乱地整理自己的衣服。许晴晴预先背熟的说辞，为自己开脱的说辞，贬低吴小丽的说辞，夸大自己事业的说辞，要一辈子对他好的说辞，竟然都无法说出口。哪怕是在她最初的设计中，大卫虽然有一千个不满意，甚至扇她一巴掌也会认真听她解释的场景，也没有出现。大卫脸上的表情是死灰色的，那表情让她有点恐惧。更糟糕的是，大卫看到真实的吴小丽写给他的那封信了，那是一封写在淡黄色便笺上的信，本来就是属于他的信。许晴晴在手机上模仿这封信后，忘了收起来了，就放在梳妆台上。果然不出许晴晴所料，他拿起了那封信，扫了几眼后，丢下一句"卑鄙"，匆匆而去。

电　话

　　吴小丽现在她还无法离开上海返回北京。上海是她的来处，北京是她的归处，没办法，她只能听天由命。好消息是，她的论文答辩，经申请，可以在线上进行。而来上海的成果，不仅是丰富、补充、完善了论文，让内容更加充实，文采更加飞扬，还因为疫情期间无法做别的事，比如聚餐、游山玩水、逛专卖店等，只能利用补充论文时所用的剩余材料，顺带写了两篇万字长文，一篇是《鲁迅家餐桌上的海鲜》，另一篇是《鲁迅及其朋友圈的宴席》，这可以说是她毕业论文的副产品，从另一个角度审视鲁迅、解读鲁迅，更加发现了鲁迅的伟大。这两篇文章得到老师的肯定，在某种意义上，可能比论文还举足轻重，而且经推荐，已经有杂志确定要发表了。

　　吴小丽在查资料写文章的间隙，会在宾馆的窗户里，看看楼下的上海街道。她所住的地方，离上海交大老校区不远，离巴金故居也不远，刚来那几天，还准备抽暇去这两个地方转转，感受感受老上海的文化。站在窗口眺望窄而整洁的街道，看一幢幢老式的洋房，成为她最奢侈的事。街道上空无一人，眼看着一棵棵道旁树枯涩的枝头悄悄鼓出了黄芽，又眼看着黄芽变成了绿叶，绿叶由羞涩的招摇成为迎风起舞的浪涛，季节的更换就在她眼皮子底下，她第一次如此切近地观察、感受到了，给她带来了小小的惊喜。但是她也会在写作或改稿时，偶尔产生幻觉，恍惚间觉得是坐在北京社区图书馆的自修室里，而她身边还有另一个人。这样的幻觉很短暂，却出现了好几次。在幻觉过后的沉思和反思中，她又小小地庆幸，庆幸那天没有如期实现的约会，否则，在这寂寥的封控期，会有更多的牵挂，更多的儿女情长，论文的修改和文章的写作，必定不会像现在这么顺利，每天的视频会话必定不会少。吴小丽也不知道这算是损失还算是收获。不过发生的事实，也让她进一步成熟、进一步成长，那些爱情的奇幻剧不过是自己天真浪漫的少女心在作祟，所谓的一见钟情也有可能是单相思，或者是暗恋。但是，每每夜深人静的时候，总还是心有戚戚，无法释怀，第一次见到幻灯片中的大卫还会时不时地复活，在眼前重现，短暂地扰乱她的心。

这天，夜晚，灯下，吴小丽在宾馆房间里，再一次翻阅从图书馆借来的《新晚报》合订本，准备为她的下一篇大文章收集资料时，突然手机响了，一看，是北京的，还是个陌生号码。她犹豫一下，还是接通了：

"喂……"一个颤抖的男中音。

吴小丽听到那声音里，有胆怯，有谨慎，还有试探，估计是骚扰电话，便耐心地听对方说，随时准备挂断。

"……是……吴小丽吗？"

"我是吴小丽，请问哪位？"能叫出她的名字，吴小丽既好奇，又警惕，甚至还有点小小的紧张，看看对方的葫芦里要卖什么药——能遇到一个高智商的骗子，也不失为一件有趣味的事，和骗子聊聊天，也能增加防骗的技能。

"我是魏东。"

"谁？"

"魏东，魏，东……就是，就是就是……你信中说的大卫。2月18日，你给我写过一封信。"

吴小丽正常呼吸过程中的一口气息突然拐了个弯儿，噎了回去，差点呛着——大卫？就是那个大卫？这家伙怎么到现在才醒过来？两个月了，他都在做些什么？她当初诚心诚意地给他写一封信，自信能得到他的回应。没想到碰了钉子——他没有赴约，也没有任何消息，甚至连一句解释都没有，一句拒绝的话都没说。这么久了，她心中当初的冲动早就淡化，那股突然蹿出的爱情小火苗也早已熄灭，怎么会在夜深人静的时候，突然打来这样的电话？是情势所迫，还是有诈？吴小丽蒙圈了一小会儿，但也只是在最初的疑惑之后，心里曾经熄灭的小火苗，又死灰复燃了，虽然火势很微弱、很摇曳，也感到热量了，那张英俊的、棱角分明的脸，那健硕的体魄，那读书时专注的神情，又重现眼前，又和幻灯片中的大卫重叠。吴小丽以前曾相信的一见钟情，曾相信的艳遇，在渐渐怀疑并不再相信之后，又重新萌芽并迅速绽放。吴小丽轻声说："喂……"吴小丽的手战栗一下，那手机便不稳，她立即换了另一只手，拿稳了手机，顿了顿，百感交集地又重复一遍："喂？"

"听到了……你是吴小丽，我知道是你……我我我我要跟你解释一个事……"大卫的声音终于还是迫不及待了，"……今天我才收到你的信，真是很对不起，图书馆的人告诉我是她在地上捡到这封信的，他们把信当成一封写给陌生朋友的信，随手就夹到书里，准备有时间再整理，没想到竟忘了……今天让我偶然看到了，是……是偶然……我知道，电话打晚了……你在听吗？"

吴小丽一听就知道对方说的是谎言。骗子们精心策划那么久的套路，都能被识破是谎言，怎么能要求一个普通人的谎言更真实呢，即使他是大卫，是米开朗基罗作品的复活，他的谎言也不会天衣无缝，也会漏洞百出。但是，吴小丽不想戳穿他的谎言，即便明知道那些话里充斥着谎言，像肥皂泡一样一吹就破，她也要相信他的话，或相信谎言背后肯定有无法克服、难以启齿的困难。所以，为什么说只要相爱了，爱情就是一笔糊涂账呢？就算明知道是一笔糊涂账，又谁都不愿把爱情的账目搞得明明白白，真搞明白了，那爱情就失去原有的魔力了，就不是一个谜了，所有爱情都会大打折扣的，所以，这就是当事人都要甘心为这笔糊涂账埋单的原因。

"在听……"吴小丽听从了内心的声音，"那么，你……还能赴约吗？"

"我现在就在郊野公园金榆路入口处的小广场上，这里有高大的雪松，还有其他树，路灯也很明亮……可是我来晚了，太晚了，只有我一个人……时光怎么就不能倒流呢？时光要是能暂停下来，等等我该多好啊。"

吴小丽听到手机里的哽咽声，尽管远隔千里之外，那哽咽声也清晰地如在耳边。吴小丽说："时光……也许真的可以倒流……你真的在？"

"……啊，你等下。"大卫说，"我加你微信。"

微信通过了，随即，对方发来视频请求。吴小丽接通了视频。吴小丽的手机屏幕上，出现了夜晚的风景，那正是郊野公园金榆路入口处的小广场，那雪松，那朦胧的灯色，那孤独的长条椅子，正是吴小丽曾经熟悉的地方。吴小丽眼含泪水地笑了。

"我想给你写一封信，约会地点还在这儿……希望你来。"大卫说。

"好啊……等着你的信。"吴小丽鼻子一酸，也哽咽了，"只是……"

"别说……你安心学习……无论你什么时候来，时间都是 2 月 18 号的那个夜晚——它已经凝固了。"

小广场

一个月后的初夏黄昏，轻风微拂、夕阳晚照的郊野公园金榆路入口处小广场上，魏东在焦急地等待。其实他来早了，离七点半还有半个多小时他就到了。等了几分钟，他就坐立不安了，像是过了几天一样，感觉太漫长了。他一直眺望金榆路入口处，空旷的金榆路上，不时有车辆往来，开放式的入口，也有人进出。但他等待的目标还没有出现。他在小广场上来回走动，觉得这样的走动不合适，又停下来。停下来似乎也不正常，再坐到长条椅上，可屁股上又像生了刺，刚一坐下就弹了起来——怕卖呆走神，他等的人就出现了，再站起来迎接就来不及似的。

小广场上还有不少人。向晚的光色被杂树过滤，有点五光十色和光怪陆离。可能是疫情刚过吧，大家都出来放松。望呆的老人一动不动地望着某一个地方，那是天边上一朵镶了金边的云；骑自行车追逐的孩子们欢笑着一刻不停地在小广场上转圈子，落在小广场上的晚霞被他们的车轮撞得支离破碎；也有一家三口在小广场上聚谈说笑。一张条椅上，一个五六岁的小女孩，拿着一本大大的绘本在看，不时给身边衣着华美的漂亮女人讲解着。那个女人不是别人，正是曾把她的绘本撞掉到地上的许晴晴。许晴晴很投入地听，还不时发出喜乐声。许晴晴的身边是一个瘦男人，一张精瘦的刀条脸贴在她胳膊上，恨不得就要贴到她的丰胸上，他的目光穿过她胸前的空间也落在绘本上，他的另一只手从后边环绕，搭着许晴晴裸露的肩膀。他和许晴晴一样，也在听小女孩读书。三个人喜乐融融的场景非常温馨。突然，一道白光闪过，许晴晴的眼睛似乎被晃一下。许晴晴抬起目光，看到金榆路入口处进来一个身穿白色衬衫、浅栗色长裙的姑娘，带着一脸的平静和微微的笑意，轻快而急促地向他们走来。许晴晴认出了来者，她就是几个月前在图书馆读书、自修的吴小丽。那个背影朝向她的并向吴小丽奔去的，是被吴小丽称为大卫的家伙。许晴晴这才回过神来，吴小丽并不是向她走来的，吴小丽是走向正在奔跑的大卫。许晴晴看到，吴小丽也跑起来，扑向了大卫的怀抱。

魏东和吴小丽拥抱到一起了，他们在原地转了几圈才停住，双方都感觉到对方的力量，都不想松开。魏东把下巴搁在吴小丽的肩膀上，感受着吴小丽的体温和心跳，感受着无处不在的甜蜜和爱意。突然地，他看到前方几米远的长条椅上，有人不合时宜地朝他们笑，还轻轻地挥手。魏东心里一闪，认出她是那个假吴小丽。魏东并不知道她叫许晴晴，在群里，假吴小丽已经消失了。她怎么会在这儿？她要干吗？莫非要闹场？但是，魏东从她的笑里并没有看出什么恶意，而她幅度不大的挥手，分明是在打招呼。但魏东还不想看她。魏东紧抱着吴小丽，又转了半圈。没想到的是，假吴小丽也跟着他们转了——她和刀条脸的瘦男人一起，牵着那个小女孩，正向郊野公园里走去。他们一边走，还一边闹——他们带着小女孩，一起玩飞翔的游戏——三个人一起奔跑，中间的小女孩突然双脚离地，借着奔跑的惯性，做飞翔状。他们快乐的笑声，也在黄昏的小广场上回荡。

"你是收到我的信来的吗？"吴小丽的声音有点像梦语。

"是的。"魏东知道吴小丽在说什么，吴小丽已经把时间拨回，让时间倒流了。

"我论文通过了……有一种力量，叫迟来的电话。"吴小丽的声音有点哽咽——她又回到了现实。

"我也考得好，下个月，二级建造师证就会寄到了。"魏东又让时间回溯了，"我太粗心了……才看到你的信。"

"不，时间正好。"

突然响起了音乐。小广场上，不知何时来了一个吹萨克斯的白发、白胡子老人，他穿着很考究的衬衫、西裤，银发飘飘，正在吹

《K 歌情人》里的插曲 *Way Back Into Love*，他面向大卫和吴小丽，面色沉静而忘我，好像是专门为他们吹奏似的，欢快而抒情的旋律，给小广场增添了许多喜庆。

2022 年 5 月 29 日初稿于北京像素

2022 年 6 月 10 日修订

跋

照进追梦青年心间的温暖阳光

读小说集《一路跟随》有感

符　力

隔行如隔山。一般说来，只有在世界小说的天底下深耕多年、真正通窍且有深透认知和高远追求的人，才说得清自莫泊桑、契诃夫、欧·亨利以来的短篇小说传统，才摸得着詹姆斯·乔伊斯、海明威、加西亚·马尔克斯、纳博科夫等诸多名家的小说创新之门框，以及谈得开当代小说创作的现状与可能出现的走向。笔者习诗三十余年而所获无多，虽时常购买小说且喜欢翻翻看看，却对小说知之极少，因此，略有评议诗歌的兴趣，而绝没有谈论小说的勇气。然而，前不久居然答应了为朋友的小说新书写一点评读文字，于是，只好在磨蹭多日之后打开朋友发来的小说文档，逐字逐句地读起来，并随手记录下面这些闲杂言语——

朋友叫陈武。新书《一路跟随》收录了他近年创作的七个中短篇小说。这部小说集，也是他八卷本"陈武文集·北京追梦故事"里的最新一本。有趣的是，小说集里共有 50 处用到"巧"这个字，其中，"巧妙"这个词仅出现一次，其余的，全都是用来表达"碰巧"或"巧合"之意。有些地方虽然没有直接用到"碰巧""巧合"这些词，但都是讲述故事情节发展得令人难以置信，用了"偶遇"等词。例如，在《一路跟随》里，"我"带猫粮和矿泉水出去喂猫，期望见到麻花辫女孩，事实上还真的见到了"她"，这让"我"感到很巧："现在这样的场景，我无论如何也没有想到，就是剧本，也不带这么编的吧？"同样，《杯子丢了以后》一开头就讲述了女主人公胡小菁在候机室弄丢了杯子，导致神情塌陷，整个飞行过程都无法调节糟糕的情绪，然而，飞机刚一落地，就收到朱大季的微信消息，知道杯子找到了，这样，胡小菁的心情就立马灿烂起来，于是，她觉得："太出人意料了，就是事先写好的剧本，也不一定如此巧合啊……"；在《恋恋的草原》里，也有这样的一句："这个小朵老师……剧本不是这么写的呀。我打她手机。"由此可见，作者对讲述城市中发生的"巧合""偶遇"之事的那种倾心着意，已外溢到语言表面。从小说文体的基本特性和语言表达需要来看，这当然很正常。而值得注意的，是陈武小说写作表现出的这样的尝试：通过对日常生活的敏锐观察，发现小说故事和人物原型，并把真实和虚构相结合的人物及其带有奇巧色彩的故事置于真实的生活场景中，进而展开拿捏有度的讲述。他的语言表现手法是写实，而不是虚构。例如，中篇小说《一个小囊肿的切除过程》所写的女主角汪洋洋从所住的像素小区乘地铁去医院做小囊肿检查，"至少需要一个半小时，六号线转十四号线，再转一号线，到五棵松，还要乘三四站公交车。如果不乘公交，就得步行约三十分钟。这样算下来，她得七点半出门才能确保九点半之前到达医院。但是七点半又正好是地铁高峰期。如果要躲开高峰期，就得在七点前出门，六点左右就得起床……"小说虽没有明确写到像素小区的具体位置，但是，通过小说人物汪洋洋的交通路线能发现：像素小区距离草房地铁站不远。在地图上查看，能看到北京市朝阳区草房地铁站北面确实紧挨着像素小区——作者陈武本人就住在像素小区，不知道他是从什么时候开始产生了这样的兴趣：把故事情节和人物活动放置在他熟悉的生活环境中。与此相同的是，短篇小说《一路跟随》所写的，"我"和"她"从北京草房地铁站坐六号线到金台路转十四号线去北京南站，然后在南站 13 号检票口候车，搭乘开往上海虹口的 G7 高铁去南京，接着坐南京地铁一号线在新街口转二号线到西安门出站，向东步行不到三百米，到钟山宾馆——这一路涉及的交通和建筑情况，完全是现实写照；位于朝阳区常通路 1 号院的龙湖长楹天街四楼确实有南京大排档；大排档确实有卖四分之一条"清蒸白鱼"；清蒸白鱼身上浇盖的细如头发丝的姜丝和葱丝，确实只有南京大排档才这么讲究和精细……我来北京工作、生活数年，很熟悉小说中的"我"所走的地铁路线，没少跟小说作者陈武相约去龙湖长楹天街喝酒，吃清蒸白鱼。此外，我所认识的朋友陈武，跟小说里的"我"相似度很高：他为人随和、机敏，热爱小动物，善于观察生活细节，经常泡咖啡馆，也经常出差到南京、上海、苏州一带，有在南京高校工作的爱打牌的姓蔡的教授朋友，说得出"遇到漂亮而可爱的女士，让我心情大好"这样的话，也曾如此劝过一个朋友："一个四十多岁的中年油腻大叔，再玩年轻时的小把戏，不好玩了。"因此，在读这篇小说的过程中，笔者难以分辨自己认识的陈武和他笔下的"我"是不是同一个人，"我""一路跟随""她"是不是发生在北京的真实事件。可见，陈武这样带有自传性质的小说写法，动摇了读者对"真实性是散文毋庸置疑的特点，真实性是散文区别于小说的最根本因素"这一惯常认知，展现了小说家对中国当代小说创作的理解和探索，也在一定程度上丰富了小说家讲述当代中国故事的方式。

　　从小说题材内容上看，《一路跟随》所收的七个中短篇小说，都和当下的城市男女现实生活密切相关，都能够准确地把握他们的生存状态和精神处境。其中，小说《一路跟随》主要讲述了新冠疫情背景下北京青年的日常生活："我"是超大龄未婚男子，"她"是"一个女神，不，天使，她身上有一种特别的气味，不像是香水，但肯定是香水"。"我"特别想认识"她"，于是，展开了兴趣满满的一路跟随，伴随一路感受和思想。这让笔者想起马尔克斯的短篇小说《睡美人航班》："我"在巴黎戴高乐机场见到"一生中见过的最美的女人"，无比渴望跟她有所交流。而整个航程中，那美人都睡着。飞机落地后，她"几乎是从我身上跨了过去。留下一句礼节性的'抱歉'，用的是纯正的美洲西班牙语"。这个小说反映了傲慢美人无视"我为了我们的快乐夜晚付出了那么多"，使"我"增加了对复杂人性和不同文化的认识。两篇小说都是写男主对女主的观察和渴望认识交流，线索清晰。相比之下，《睡美人航班》的情节比较简约，寓意也明了，而《一路跟随》就丰富得多，特别是在末尾部分，虽然只是简单地提到人群中见着一个"太眼熟了"的女孩，却呼应了小说的开头，又增加了故事的复杂性和人性的多变，扩大了小说的容量，体现了小说家有把小说写"大"的积极心态，以及有语言表现力上的巧劲。

在故事发生的环境上，《一路跟随》里写的是从北京小区住处延续到高铁旅程中，再到南京的宾馆和会议室，然后又回到北京，又回到"我"这个中年大龄男子的尴尬的庸常时日中；《杯子丢了以后》着重写的也是大龄青年的情感难题，主角是女性，叫胡小菁，与她相关的感情从北京办公室暧昧、纠结到公司集体去长沙的旅行中。这个小说也是写得很顺畅，心理、情绪描写得自然生动；与前两篇小说故事发生的环境有些区别的是，《一个小囊肿的切除过程》的情节没有延展到北京以外的城市去，而是始终贴着朝阳区草房地铁站附近的报社和"乘地铁至少需要一个半小时"的医院。作者坦言，这个"小囊肿"是他最近创作的比较得意的作品。得意在哪里呢？这个问题是我作为一个读者需要自己去寻找答案的。从文本体量来看，"小囊肿"是一个中篇，故事情节很日常化，并不曲折，还是围绕着大龄青年展开——这一次，作者不再写人物的情感问题，而是写人物的身体疾病和精神压力。汪洋洋是这篇小说的女主角，她的生活原型，可能就是作者所在的文化公司的某个女职员：人到中年，未婚，读大学时发现下身长了小囊肿，二十年后不得不开刀"做掉"小囊肿，身体上的小囊肿终于切除了，而因个人生活和严峻的就业状况所造成的心理上的小囊肿，却随着年龄的增长和精神困境的加深而不可避免地扩展着，威胁着自身的生存。在当今，越来越深地陷于生存困境之中的这样的女性，可谓不计其数，她们在作者的笔下虽然有了新的出路——"从今往后，她已经不是从前那个汪洋洋了，不是一家行业报的编辑了，她要以新的面目出现在社会上了"，但是，她们的处境还是令人担忧。通过阅读这个小说，可见作者对文化领域从业人员的身心健康表现出很深的人文关怀。这一点，可能是作者比较得意的地方吧。

与前文提及的几篇小说不同，《湖边的惊恐》虽然也是一个语言相当放松的中篇小说，却讲述了平静的摄影生活中遇到的惊悚事件，而这惊悚事件发生的环境竟是如此优美："阳光明媚中，那幢房子显得清新峻朗，窗帘依然是紧闭的，树木静静地矗立着。我的望远镜的镜头慢慢地移动，房子的青瓦，干净的墙壁，树木的青葱，都是那么的安逸、静美。"好文章的每一个字、每一个标点符号，都是有用的，更别说一大段一大段的精彩描写或叙述了。例如："它还有一个奇怪的特征，不像别的飞行的鸟类有长长的尾巴。它就是个秃尾巴。它们筑巢也不选那丛芦苇，而是在那片水草密集的水域，四周无遮无拦，特别开阔。它们是把半浮的互相纠缠的藤状水草，用喙剪断成一小截一小截，再含到它们选中的一处水下水草较密集的地方，摞叠起来。如果仔细地看，那里已经堆积着一些水草了，只是水草的含水量太大，底部水草的托举能力不足，又下沉了，成了半浮状，不容易看出来。"不难想象，作者在描写这些景物的过程中是能体验到文学创作之乐趣的。那么，作者在这篇小说里如此奢侈地展开景物描写，并且把景物描写得如此优美、如此精彩，到底是为了什么？当然是为了用迷人的湖光山色去反衬令人惊愕的罪恶事件的发生，从而形成小说语言表达上的艺术张力。

应该说，阅读《湖边的惊恐》这样的小说语言，是能感受到扑面而来的"清新与滋润"的，也能发现那些单纯地讲述琐碎故事的小说语言，或多或少是干巴巴而缺乏文学气息。可见，作者深谙景物描写在小说故事的叙述中所发挥出来的艺术表现力。对于这一点，还可以从《恋恋的草原》里对蒙古草原的风光描绘中，从《郊野公园的几个小场景》里对东苇路上的郊野公园的景物描写中，找到充足的例证。

在这部中短篇小说集里，《恋恋的草原》是篇幅最长的作品，字数超过五万，也是一篇讲述北京文化公司从业人员的情感纠葛、人性变化和命运走向的小说，不妨当作《杯子丢了以后》的扩充版来阅读。当然，这篇小说的内容很丰富，既有揭示人性的冷峻，又有抚慰心灵的暖意。

1992 年获得诺贝尔文学奖的圣卢西亚诗人德里克·沃尔科特在回答《巴黎评论》的提问时说道："作为一个诚实的诗人，方圆二十英里就是他的写作的界限。"这位诗人强调的是，作家应该从自己熟悉的、有感觉的题材上提炼诗意，反之，就是勉强的，甚至是刻意、虚伪的写作，那是对文学创作的不尊重。那样的不诚实的作家，没有什么尊严可言。拿德里克·沃尔科特的这句话来对照小说家陈武的写作也是适合的，因为身为小说家的陈武，在北京文化公司工作了十余年，他这本小说所讲述的，全部是与此相关的编辑、作家、诗人、摄影爱好者、医生、公司职员、大学教授和文化公司的老板，他们的生活、工作、情感、命运等，都是他很熟悉的。而这些人生活的环境，也是在北京东区的一块狭小的地方——草房、像素、非中心、朝阳北路、常营北路、郊野公园等。这里也是作家陈武生活的地方。所有这些，不仅印证了德里克·沃尔科特关于写作的界限的话，而且和福克纳所创作的小说都发生在邮票大的故乡有着某种精神上的牵连。也正因为如此，陈武的行文才会显得这样流畅自然，这样准确细腻，而且富有同情心和感染力，像照进城市追梦青年心间的一道温暖的光。

通过对这本中短篇小说的阅读，笔者发现：陈武的这些小说所彰显的气质，居然与他本人完美吻合：心肠柔软、性格温和、话语轻柔，尽管他个头比一般人高大，站在地铁车厢里，行走在长街短巷中，形象也比较突出，但文如其人从他身上得到了最真切的体现。

2023.09.25